Diogenes Taschenbuch 21771

de
te
be

Robert Bloch

Ich küsse deinen Schatten

Horrorgeschichten

Aus dem Amerikanischen von Kurt Bracharz

Diogenes

Titel der Originalausgabe:
›Pleasant Dreams, Nightmares‹

Umschlagillustration von
Hans Traxler

Deutsche Erstausgabe

150/89/36/1
ISBN 3 257 21771 4

Inhalt

Zucker für die Süße

Irma sah nicht aus wie eine Hexe.

Sie hatte feine, regelmäßige Züge, eine Pfirsichhaut, blaue Augen und blondes, fast aschblondes Haar. Außerdem war sie erst acht Jahre alt.

»Warum quält er sie so?« schluchzte Miss Pall. »Daher hat sie in erster Linie diese Idee – weil er sie dauernd eine kleine Hexe nennt.«

Sam Steever verlagerte seinen Fettbauch in dem quietschenden Bürodrehstuhl und faltete seine plumpen Hände im Schoß. Sein Gesicht zeigte seine professionelle Rechtsanwaltsmiene, aber er war recht aufgeregt. Frauen wie Miss Pall sollten nicht weinen. Ihre Brille verrutschte, ihre dünne Nase zuckte, die gerunzelten Augenlider röteten sich, und das strähnige Haar geriet durcheinander.

»Bitte, bleiben Sie ruhig«, redete Sam Steever ihr zu. »Vielleicht, wenn wir uns vernünftig über diese ganze Angelegenheit unterhalten –«

»Mir ist es ganz gleich«, schnüffelte Miss Pall. »Ich gehe nicht mehr zurück dorthin. Ich halte es nicht aus. Ich kann sowieso nichts tun. Dieser Mann ist Ihr Bruder, und sie ist das Kind Ihres Bruders. Ich bin nicht dafür verantwortlich. Ich habe mein Bestes getan –«

»Natürlich haben Sie das.« Sam Steever lächelte so gutmütig, als sei Miss Pall Sprecherin der Geschworenen. »Ich verstehe Sie sehr gut. Aber ich begreife immer noch nicht, warum Sie so aufgeregt sind, liebe Frau.«

Miss Pall nahm ihre Brille ab und betupfte ihre Augen mit einem blümchengemusterten Taschentuch. Dann stopfte sie den feuchten Ball in ihre Tasche, ließ den Verschluß zuschnappen, setzte ihre Brille wieder auf und setzte sich gerade.

»Nun gut, Mr. Steever«, sagte sie. »Ich werde mein Bestes tun, um Ihnen die Gründe zu erklären, warum ich die Stellung bei Ihrem Bruder aufgegeben habe.«

Sie unterdrückte ein verspätetes Schnüffeln.

»Wie Sie wissen, kam ich vor zwei Jahren zu John Steever, als er in der Zeitung eine Haushälterin suchte. Als ich feststellen mußte, daß ich die Gouvernante für ein mutterloses sechsjähriges Kind spielen sollte, war ich zuerst ein wenig verwirrt. Ich wußte ja nichts über Kindererziehung.«

»John hatte die ersten sechs Jahre ein Kindermädchen«, nickte Sam Steever. »Sie wissen ja, daß Irmas Mutter im Kindbett starb.«

»Ich weiß das«, sagte Miss Pall steif. »Natürlich öffnet sich einem das Herz für ein einsames, vernachlässigtes kleines Mädchen. Und sie war so schrecklich einsam, Mr. Steever – wenn Sie sie gesehen hätten, wie sie sich in den Winkeln dieses großen, häßlichen alten Hauses herumdrückte –«

»Ich habe sie gesehen«, sagte Sam Steever hastig, um damit einem weiteren Ausbruch zuvorzukommen, »und ich weiß, was Sie für Irma getan haben. Mein Bruder ist manchmal ein wenig gedankenlos, vielleicht sogar egoistisch. Er hat nicht viel Verständnis.«

»Er ist grausam«, sagte Miss Pall plötzlich sehr heftig, »grausam und böse. Auch wenn er Ihr Bruder ist, sage ich ganz offen, er sollte nicht Vater eines Kindes sein. Als ich zu ihnen kam, waren ihre kleinen Arme grün und blau von Schlägen. Er nahm gewöhnlich einen Gürtel –«

»Ich weiß. Manchmal glaube ich, John hat sich nie von dem Schock beim Tod seiner Frau erholt. Deshalb freute ich mich so, als Sie kamen, liebe Frau. Ich dachte, Sie würden die Situation retten.«

»Ich habe es versucht«, wimmerte Miss Pall. »Sie wissen, daß ich es versucht habe. Ich habe nie eine Hand gegen dieses Kind gehoben, die ganzen zwei Jahre nicht, obwohl Ihr Bruder mir immer wieder gesagt hat, ich solle sie züchtigen. ›Geben Sie der kleinen Hexe Prügel‹, sagte er immer. ›Das ist es, was ihr fehlt – eine ordentliche Tracht Prügel.‹ Und dann versteckte sie sich hinter meinem Rücken und wisperte mir zu, ich solle sie beschützen. Aber sie weinte nicht, Mr. Steever. Wissen Sie, ich habe sie niemals weinen sehen.« Sam Steever fühlte sich etwas verärgert und ein bißchen gelangweilt. Er wünschte, das alte Huhn würde mit ihrer Geschichte weitermachen. Also lächelte er und raspelte Süßholz. »Aber was genau war denn nun das Problem, liebe Frau?«

»Alles war in Ordnung, als ich hinkam. Wir kamen blendend miteinander aus. Ich begann damit, Irma lesen zu lehren – und fand zu meiner Verblüffung heraus, daß sie es schon konnte. Ihr Bruder stritt ab, daß er es ihr beigebracht hätte, aber sie verbrachte Stunden damit, auf dem Sofa zusammengerollt ein Buch zu lesen. ›Das sieht ihr ähnlich‹, sagte er immer. ›Diese unnatürliche kleine Hexe. Spielt nicht mit anderen Kindern. Kleine Hexe.‹ So sprach er ständig, Mr. Steever. Als wäre sie eine Art – ich weiß nicht, was. Und sie war so süß und still und hübsch! Ist es ein Wunder, daß sie las? Ich war selber so, als ich klein war, denn – aber das ist ja gleichgültig. Trotzdem war es ein Schock, als ich sie einmal mit der Encyclopaedia Britannica fand. ›Was liest du da, Irma?‹ fragte ich. Sie zeigte es mir. Es war der Artikel über Hexerei.

Sehen Sie, was für morbide Gedanken Ihr Bruder ihr in den armen kleinen Kopf gesetzt hat? Ich tat mein Bestes. Ich ging und kaufte ihr ein paar Spielsachen – sie hatte ja überhaupt nichts, nicht einmal eine Puppe. Sie wußte nicht einmal, wie man spielt! Ich versuchte, sie für ein paar andere kleine Mädchen aus der Nachbarschaft zu interessieren, aber das war sinnlos. Die verstanden sie nicht, und Irma verstand sie nicht. Es gab Szenen. Kinder können grausam sein. Und ihr Vater wollte sie nicht in eine öffentliche Schule schicken. Ich mußte sie unterrichten –

Dann brachte ich ihr Modellierton. Das gefiel ihr. Sie verbrachte Stunden damit, Gesichter aus Ton zu formen. Für ein Kind von sechs Jahren entwickelte sie wirkliches Talent. Wir machten zusammen kleine Puppen und ich nähte Kleider für sie. Dieses erste Jahr war sehr glücklich, Mr. Steever. Besonders während dieser Monate, als Ihr Bruder in Südamerika war. Aber als er dieses Jahr zurückkam – ach, ich kann kaum darüber sprechen!«

»Bitte«, sagte Sam Steever. »Sie müssen es verstehen. John ist kein glücklicher Mensch. Der Tod seiner Frau, der Niedergang seines Importgeschäfts, und sein Alkoholkonsum – aber das wissen Sie ja alles.«

»Alles, was ich weiß, ist, daß er Irma haßt«, schnappte Miss Pall. »Er haßt sie. Er will, daß sie böse ist, damit er sie schlagen kann. ›Wenn Sie diese kleine Hexe nicht züchtigen, dann tu ich es‹, sagt er immer. Und dann nimmt er sie mit hinauf und prügelt sie mit seinem Gürtel – Sie müssen etwas unternehmen, Mr. Steever, oder ich werde mich selbst an die Behörden wenden.«

Dieses verrückte alte Huhn würde das tun, dachte Sam Steever. Er mußte noch mehr Süßholz raspeln. »Aber wie war es weiter mit Irma?« beharrte er auf dem Thema.

»Sie veränderte sich auch. Insbesondere seit der Rückkehr ihres Vaters vor einem Jahr. Sie wollte nicht mehr mit mir spielen und sah mich kaum noch an. Mr. Steever, es war wohl, weil ich sie nicht vor diesem Mann beschützen konnte. Außerdem – sie glaubt, sie sei eine Hexe.«

Verrückt. Total, total verrückt. Sam Steever setzte sich in seinem quietschenden Sessel auf.

»Sie brauchen mich gar nicht so anzusehen, Mr. Steever. Sie würde Ihnen das selbst auch sagen – wenn Sie jemals ins Haus kämen!«

Er hörte den Vorwurf in ihrer Stimme und besänftigte sie mit einem mißbilligenden Nicken.

»Sie sagte mir, gut, wenn ihr Vater wolle, daß sie eine Hexe sei, dann sei sie eben eine Hexe. Und sie würde nicht mit mir oder sonst irgendjemandem spielen, denn Hexen spielen nicht. Zum letzten Halloween wollte sie von mir einen Besenstiel. Es wäre lustig, wenn es nicht so tragisch wäre. Dieses Kind verliert seinen Verstand.

Vor ein paar Wochen dachte ich, sie würde sich ändern. Das war, als sie mich an einem Sonntag fragte, ob ich sie mit zur Kirche nähme. ›Ich möchte eine Taufe sehen‹, sagte sie. Stellen Sie sich das vor – ein acht Jahre altes Kind interessiert sich fürs Taufen! Sie liest zuviel, das ist es.

Gut, wir gingen zur Kirche und sie war so süß, wie sie nur sein kann, trug ihr neues blaues Kleid und hielt meine Hand. Ich war stolz auf sie, Mr. Steever, wirklich stolz.

Aber danach zog sie sich wieder völlig in ihr Schneckenhaus zurück. Las im Haus, rannte im Dämmerlicht im Hof herum und sprach mit sich selbst.

Vielleicht war es, weil Ihr Bruder ihr kein Kätzchen brachte. Sie drängte ihn ständig, ihr eine schwarze Katze zu bringen, und als er fragte, wozu, sagte sie, ›weil Hexen immer schwarze Katzen haben.‹ Daraufhin nahm er sie mit nach oben.

Ich kann ihn nicht aufhalten, wissen Sie. Er schlug sie auch wieder in der Nacht, als der Strom ausfiel und wir die Kerzen nicht finden konnten. Er sagte, sie hätte sie gestohlen. Stellen Sie sich vor – ein acht Jahre altes Kind zu beschuldigen, Kerzen gestohlen zu haben!

Das war der Anfang vom Ende. Dann heute, als er seine Haarbürste nicht finden konnte –«

»Schlägt er sie mit der Haarbürste?«

»Ja. Sie gab zu, sie entwendet zu haben. Sagte, sie wollte sie für ihre Puppe.«

»Aber sagten Sie nicht, sie hätte keine Puppen?«

»Sie machte sich eine. Zumindest glaube ich das. Ich habe sie nie gesehen – sie wollte uns nichts mehr zeigen; sprach am Tisch nicht mehr mit uns, es war unmöglich, mit ihr zu reden.

Aber diese Puppe, die sie gemacht hat – es muß eine kleine sein, denn manchmal trägt sie sie unterm Arm versteckt. Sie spricht mit ihr und hätschelt sie, aber sie zeigt sie weder mir noch ihm. Er fragte sie nach der Haarbürste, und sie sagte, sie hätte sie für die Puppe genommen. Ihr Bruder geriet in fürchterlichen Zorn – er hatte den ganzen Morgen in seinem Zimmer getrunken, oh, glauben Sie nicht, ich wüßte das nicht! – und sie lächelte nur und sagte, er könne sie jetzt wieder haben. Sie ging in ihr Zimmer und gab ihm die Bürste. Sie hatte sie nicht im geringsten beschädigt; sein Haar war noch drin, wie ich bemerkte.

Aber er riß sie ihr aus der Hand und begann, sie mit der Bürste auf die Schultern zu schlagen, und er verdrehte ihr den Arm und dann –«

Miss Pall kauerte sich in ihren Stuhl und holte gequälte Seufzer aus ihrer dünnen Brust herauf.

Sam Steever tätschelte ihre Schulter und bemühte sich um sie wie ein Elefant um einen verwundeten Kanarienvogel.

»Das ist alles, Mr. Steever. Ich bin geradewegs hierhergekommen. Ich gehe nicht einmal zurück in dieses Haus, um meine Sachen zu holen. Ich halte das nicht mehr aus, wie er sie schlägt, und wie sie nicht weint, sondern nur kichert und kichert und kichert – manchmal glaube ich, sie ist wirklich eine Hexe – daß er sie irgendwie zu einer Hexe gemacht hat –«

Sam Steever nahm den Hörer ab. Das Läuten des Telefons hatte die Stille nach Miss Palls hastigem Abgang unterbrochen.

»Hallo – bist du's, Sam?«

Er erkannte die Stimme seines Bruders, obwohl sie vom Trinken verändert war.

»Ja, John.«

»Ich nehme an, die alte Fledermaus ist geradewegs zu dir gerannt, um sich das Maul zu zerreißen.«

»Wenn du Miss Pall meinst, sie war hier, ja.«

»Gib nichts auf ihr Gerede. Ich kann alles erklären.«

»Soll ich vorbeikommen? Ich habe dich ja monatelang nicht mehr besucht.«

»Naja – nicht gerade jetzt. Ich habe einen Termin beim Arzt heute abend.«

»Etwas nicht in Ordnung?«

»Schmerzen im Arm. Rheumatismus oder sowas. Bekomme eine kleine Diathermie. Aber ich ruf dich morgen an, und dann klären wir diese ganze Angelegenheit.«

»Gut.«

Aber John Steever rief am nächsten Tag nicht an. Gegen Mittag griff Sam zum Telefon.

Erstaunlicherweise nahm Irma ab. Ihre dünne, quiekende kleine Stimme klang schwach in Sams Ohren.

»Daddy schläft oben. Er ist krank.«

»Na, dann stör ihn nicht. Was ist es denn – sein Arm?«

»Jetzt ist es sein Rücken. Er muß demnächst wieder zum Arzt.«

»Sag ihm, ich ruf ihn dann morgen an. Äh – ist alles in Ordnung, Irma? Ich meine, vermißt du nicht Miss Pall?«

»Nein, ich bin froh, daß sie weg ist. Sie ist blöd.«

»Oh. Ja. Ich verstehe. Aber du rufst mich an, wenn du etwas brauchst. Und ich hoffe, deinem Vater geht es wieder besser.«

»Ja. Das hoffe ich auch«, sagte Irma, begann zu kichern und hängte ein.

Von Kichern war nichts zu hören, als John Steever am Nachmittag Sam im Büro anrief. Seine Stimme klang nüchtern – eine scharfe Nüchternheit aufgrund von Schmerzen.

»Sam – um Gottes willen, komm her. Irgend etwas passiert mit mir!«

»Worum geht's?«

»Der Schmerz – er bringt mich um! Ich muß dich sofort sehen!«

»Ich habe einen Klienten im Büro, aber ich werde ihn bald los. He, wart mal. Warum rufst du nicht den Arzt?«

»Der Quacksalber kann mir nicht helfen. Er hat mir

eine Diathermie für meinen Arm gemacht und gestern dasselbe für meinen Rücken.«

»Hat's nicht geholfen?«

»Der Schmerz ging weg, ja doch. Aber jetzt ist er zurück. Ich fühle mich – als würde ich zerquetscht. Ein Drücken, hier in der Brust. Ich kann nicht atmen.«

»Klingt nach Rippenfellentzündung. Warum rufst du ihn nicht?«

»Es ist keine Rippenfellentzündung. Er hat mich untersucht. Sagte, ich sei kerngesund. Nein, es ist nichts Organisches. Und den wirklichen Grund konnte ich ihm nicht sagen.«

»Den wirklichen Grund?«

»Ja. Die Nadeln. Die Nadeln, die dieser kleine Teufel in die Puppe steckt, die sie gemacht hat. In den Arm und den Rücken. Und der Himmel weiß, wie sie jetzt das macht.«

»John, du darfst nicht –«

»Oh, wozu reden wir hier? Ich kann nicht aus dem Bett. Jetzt hat sie mich. Ich kann nicht hinuntergehen und sie stoppen und die Puppe nehmen. Und sonst wird es niemand glauben. Aber es ist diese Puppe, die sie aus Kerzenwachs und aus meinem Haar von der Bürste gemacht hat. Oh, es tut so weh, das Sprechen – diese verfluchte kleine Hexe! Beeil dich, Sam. Versprich mir, daß du irgend etwas tun wirst – irgend etwas – um diese Puppe zu kriegen –«

Eine halbe Stunde später, um halb fünf, betrat Sam Steever das Haus seines Bruders.

Irma öffnete die Tür.

Sam war schockiert, sie da stehen zu sehen, lächelnd

und ungerührt, das blaßblonde Haar vom rosa Oval ihres Gesichts makellos zurückgekämmt. Sie sah wie eine kleine Puppe aus. Eine kleine Puppe –

»Hallo, Onkel Sam.«

»Hallo, Irma. Dein Vater hat mich gerufen, hat er dir's gesagt? Er sagte, er fühle sich nicht wohl –«

»Ich weiß. Aber jetzt geht's ihm gut. Er schläft.«

Etwas geschah mit Sam Steever; ein Tropfen Eiswasser rollte sein Rückgrat hinab.

»Schläft?« krächzte er. »Oben?«

Bevor sie den Mund zur Antwort öffnen konnte, rannte er die Stiegen in den zweiten Stock hinauf und den Gang entlang zu Johns Schlafzimmer.

John lag im Bett. Er war eingeschlafen, und es war tatsächlich nur Schlaf. Sam Steever sah das regelmäßige Heben und Senken seiner Brust beim Atmen. Sein Gesicht war ruhig und entspannt.

Da verschwand der Tropfen Eiswasser, und Sam lächelte und murmelte »Unsinn«, als er hinausging.

Während er die Stiege hinunterging, machte er hastig Pläne. Einen sechsmonatigen Urlaub für seinen Bruder; man würde ihn nicht als »Kur« bezeichnen. Ein Heim für Irma; man mußte ihr eine Chance geben, dieses morbide alte Haus zu verlassen, all die Bücher...

Er blieb in der Mitte der Stiege stehen. Über das Geländer spähend, sah er im Zwielicht Irma auf dem Sofa, zu einem kleinen weißen Ball zusammengerollt. Sie sprach zu etwas, das sie in ihren Armen hin und herwiegte.

Also gab es tatsächlich eine Puppe!

Sam Steever schlich auf Zehenspitzen die Stiege hinunter und zu Irma hinüber.

»Hallo«, sagte er.

Sie machte einen Satz. Die Arme schossen hoch, um zu verdecken, was sie gewiegt hatte. Sie drückte es heftig. Sam Steever dachte an eine Puppe, die an die Brust gedrückt wird –

Irma starrte zu ihm hoch, ihr Gesicht eine Maske der Unschuld. In diesem Zwielicht sah ihr Gesicht wirklich wie eine Maske aus. Die Maske eines kleinen Mädchens, und was verdeckte sie –?

»Daddy geht es besser, nicht wahr«, lispelte Irma.

»Ja, viel besser.«

»Ich wußte es.«

»Aber ich fürchte, er muß für eine Weile zur Erholung weg. Für eine lange Weile.«

Ein Lächeln glitt über die Maske. »Gut«, sagte Irma.

»Natürlich«, fuhr Sam fort, »kannst du nicht allein hier bleiben. Ich frage mich – nun ja, vielleicht könnten wir dich in eine Schule schicken, oder in eine Art Heim –«

Irma kicherte. »Oh, du mußt dir um mich keine Sorgen machen«, sagte sie. Sie bewegte sich auf dem Sofa, als Sam sich hinsetzte, und sprang schnell auf, als er ihr näherkam. Ihre Arme hoben sich bei der Bewegung, und Sam Steever sah ein Paar winzige Beine unter ihrem Ellbogen herabbaumeln. An diesen Beinen waren Hosen und kleine Lederstücke als Schuhe.

»Was hast du denn da, Irma?« fragte er. »Ist das eine Puppe?« Langsam streckte er seine pummelige Hand aus. Sie zog sich zurück.

»Du kannst ihn nicht sehen«, sagte sie.

»Aber ich würde gern. Miss Pall sagte, du machst so hübsche Sachen.«

»Miss Pall ist blöd. Und du auch. Geh weg.«

»Bitte, Irma. Laß mich ihn sehen.«

Aber noch während er sprach, starrte Sam Steever auf die Puppe, die momentan sichtbar wurde, als Irma zurückwich. Es war ein richtiger Kopf mit Haarsträhnen über einem weißen Gesicht. Das Halbdunkel verwischte die Züge, aber Sam erkannte die Augen, die Nase, das Kinn –

Er konnte nicht weiter so tun als ob.

»Gib mir diese Puppe, Irma!« sagte er scharf. »Ich weiß, was das ist. Ich weiß, wer es ist –«

Einen Moment verschwand die Maske von Irmas Gesicht, und Sam Steever sah die nackte Angst darauf.

Sie wußte es. Sie wußte, daß er es wußte.

Dann war die Maske ebenso schnell wieder da.

Irma war nur ein süßes, verzogenes, bockiges kleines Mädchen, wie sie so ihren Kopf schüttelte und mit boshaftem Blick lächelte.

»Oh, Onkel Sam«, kicherte sie, »du bist so dumm! Das ist doch keine richtige Puppe!«

»Was ist es denn dann?« murmelte er.

Irma kicherte wieder, als sie die Figur in die Höhe hob –

»Na, es ist nur – Zucker!«

»Zucker?«

Irma nickte. Dann steckte sie schnell den winzigen Kopf der Puppe in ihren Mund.

Und biß ihn ab.

Es kam ein einzelner durchdringender Schrei von oben.

Als Sam Steever die Treppen hinaufrannte, huschte Klein Irma, immer noch schmatzend, durch die Vordertür hinaus in die dunkle Nacht.

Die Traumfabrikanten

Ich habe schon den richtigen Einstieg dafür. Das ist ja leicht. Ich kann mit all dem üblichen Bla-bla anfangen – Hollywood ist eine verrückte Stadt, voll verrückter Leute, und die verrücktesten Dinge passieren da. Ich kann dieses Garn auf die übliche Art spinnen.

Es gibt nur ein Problem dabei. Einmal ist es kein Garn, und dann bin ich es, dem's passiert ist.

Also beginnen wir ganz vorn, wie ich an jenem Nachmittag in meinen Wagen steige und den Wilshire Boulevard hinausfahre zu einem Ort, der Friedenshof heißt. Es war einer von diesen Auftragsjobs, und wenn das »Filmdom«-Magazin eine Serie über große alte Filmschauspieler wollte, war ich der richtige Mann. Gierig auf Jobs.

Ich fuhr die Miracle Mile hinaus und nach Beverly Hills, ging's gemütlich an und blieb von der Autobahn weg. Es war ja keine heiße Sache, hinter der ich her war.

Große alte Filmschauspieler. Das ließ mich kühl. Ich wußte, was auf mich zukam – herumschnüffeln im Actor's Home und im Besetzungsbüro, um dann Tips zu verfolgen, die in billigen Absteigen oder in der Gosse der Main Street endeten.

Dort nämlich waren die großen Alten, jedenfalls die meisten von ihnen. Die Männer und Frauen, die »mit der Industrie großgeworden waren«, bis die Industrie über sie hinauswuchs. Oh, Pickford, Cooper, Gable und ein paar mehr brauchten sich keine Sorgen zu machen. Sie waren noch im Geschäft oder hatten sich mit genügend Kies auf der hohen Kante zurückgezogen. Valentino und Fairbanks und Chaney mußten sich keine Sorgen machen, weil sie auf der Höhe ihres Erfolges gestorben waren.

Aber was war mit denen, die nicht so glücklich gewesen waren, zur Zeit ihrer größten Berühmtheit zu sterben – Griffith und Langdon und Barrymore, die kämpfen mußten bis zum allzu bitteren Ende? Und was mit jenen, die noch nicht gestorben waren – Sennett und Lloyd und die Gish und ein Dutzend andere? Sie waren ja wohl auch große Alte.

Ich seufzte, verließ den Wilshire nach dem Westwood Village und fuhr durch kleinere Seitenstraßen.

Ich wußte alles über die großen Alten. Die »Spezialpreise«, die sie auf den Banketten der Akademie bekamen und die Türen, die man ihnen am nächsten Tag vor dem Gesicht zuschlug. Die demütigenden Kleinstauftritte in gelegentlichen Nostalgiefilmen; die mit viel Publicity hochgepushten Comebacks, die sie noch einmal für einen Film zurückbrachten, um sie dann wieder in der Versenkung verschwinden zu lassen.

Es würde ihnen peinlich sein, von mir interviewt zu werden, und es würde ebenso unangenehm für mich werden, meinen Job zu tun.

Aber ein Mann muß essen. Und er muß träumen...

Für mich waren sie nie die großen Alten gewesen, eben wegen der Träume; der Träume, die sie zu meinem Genuß dreißig Jahre früher produziert hatten. Meine Träume waren immer noch sehr lebendig, und deshalb genauso ihre Schöpfer. Gerade jetzt, auf der Fahrt hinunter nach Santa Monica fand ich mich selbst in einem der großen Träume wieder – dem großen Alptraum.

Es ist ein warmer Herbstabend an einem Mittwoch in Maywood, Illinois. Man schreibt 1925, und heute abend ist der absolute Höhepunkt des Jahres. Denn du bist acht Jahre alt und gehst ins Lido, ganz allein, wie ein Erwachsener. Sicher, morgen ist Schule, aber meine Güte, Mama, nur dieses Mal, du hast es versprochen, ich werde auch nicht spät zurückkommen, und ich will es doch so gern sehen.

Du mußt acht Blöcke weit gehen, acht aufregende Blöcke lang durch den Herbstabend, mit dem Dime für den Eintritt in der rechten Hand und dem Nickel für die Zuckerstange in der linken.

Das Lido ist ein Palast. Seine Tore werden von hundert Fuß hohen Marmorsäulen flankiert, aber du gehst nicht gleich hinein. Zuerst mußt du dir draußen alle Bilder ansehen – die großen farbigen und die kleinen, die wie Fotos aussehen. Da ist diese wunderschöne Frau mit den langen Haaren und der Mann mit der Maske. Und hier steht die Frau auf dem Dach eines hohen Gebäudes, zusammen mit einem anderen Mann in Soldatenuniform. Er hat einen Schnurrbart – das muß der Held sein.

Aber da ist auch noch der Mann mit der Maske, er spioniert ihnen nach. Du kannst sein Gesicht nicht sehen. Er ist auf eine große Skulptur geklettert, und er sieht verrückt aus, sogar mit der Maske kann man es sehen. Das muß er sein, weiß Gott. Das muß er sein.

Aber es ist fast sieben, gleich geht es los, also gehst du hinüber zu dem glitzernden Kasten und gibst dem hübschen Fräulein in dem reizenden Kostüm deinen Dime. Sie lächelt und drückt an einer Maschine, und deine Karte kommt heraus. Dann gehst du weiter und gibst die Karte dem Mann an der Tür. Er lächelt auch. Deine Zuckerstange hast du dir schon in dem Laden neben dem Kino gekauft, und jetzt hast du alles, was du brauchst.

Es ist wundervoll im Lido, schon der Vorraum ist wundervoll. Überall rote Teppiche und gepolsterte Stühle und ein großer Trinkwasserbrunnen, der die ganze Zeit läuft – nicht wie daheim, wo du immer das Wasser gleich abdrehen mußt, weil die Wasserrechnung schon so hoch ist.

Und noch besser ist es drinnen im Dunkeln. Da gibt es tausend Sitze, von denen man sich einen auswählen kann, alle aus Plüsch und weich, und wenn du genau in der Mitte des ganzen Kinos sitzt und die Reihen vor und hinter dir zählst und dich umsiehst, ob nicht eines von den Kindern aus der Schule da ist, das dich hier ganz allein wie ein Erwachsener sitzen sehen könnte, ja, dann siehst du klarerweise auch hinauf in den Himmel.

Natürlich haben sie einen Himmel im Lido, genauso blau wie der nächtliche draußen, und – er ist auch voller Sterne! Ehrlich, er hat richtige funkelnde Sterne! Und die ganze Wand entlang stehen Statuen in gedämpftem Licht, und darüber leuchten die Sterne, und ist es schöner als jeder echte Ort, den du bis heute gesehen hast.

Dann geht das Licht auf der rechten Bühnenseite an, da ist die Orgel. Eine wirklich hübsche Dame spielt sie; sie hat goldenes Haar, das aufglänzt, wenn das Licht darauffällt. Aber jetzt schaust du nicht, jetzt hörst du zu.

Du verkriechst dich in deinem Sessel, der so weich und gemütlich ist, und schaust in den nachtblauen Himmel mit seinen Sternen und läßt die Musik über dich wegspülen. So eine Orgel muß das absolut tollste Ding zum Spielen sein, und sie spielt alles, Valencia und Blue Skies und Avalon und dieses Lied, Collegiate, das man bei Harold Lloyd im »Musterschüler« hören konnte.

Aber jetzt geht das Licht aus, abgesehen von dem kleinen über den Tasten, und die Musik wird zu einer Art erregendem Hintergrund, und der Vorhang wird zurückgezogen wie durch Zauberei, dann gehen die Seitenlampen aus, und jetzt kommt der Film im vollen Glanz.

Zuerst einmal die »Tagesthemen«, das sind eine Menge Erwachsenenwitze, einer nach dem anderen, in Schrift auf der Leinwand. Die Orgel macht lustige Geräusche, doch es ist nicht wie richtiger Film. Aber dann kommt Felix der Kater, und da kommt diese kleine Maus drin vor und der alte Farmer mit dem Kahlkopf und dem Bart. Am lustigsten ist es, als Felix ihn mit der Gabel durch den Heuhaufen jagt, und er fällt in den Brunnen und kommt wieder herauf und spuckt das Wasser aus, und da kommt doch tatsächlich ein Fisch aus seinem Mund.

Aber der lustige Vorfilm ist noch besser. Es ist Billy Dooley in seinem Seemannsanzug – Billy Dooley ist einer von den besten, besser als Bobby Vernon oder Al St. John, wenn auch nicht ganz so gut wie Lloyd Hamilton oder Larry Semon oder Lupino Lane. Er ist wirklich lustig, und jeder lacht. Billy Dooley, er springt in die Luft und hampelt dann irgendwie mit seinen Beinen dreimal hin und her, bevor er wieder herunterkommt. Wie machen die das?

Dann wird die Musik leiser, und das Vorprogramm ist vorbei, und es gibt blaues Licht für eine Minute. Der Hauptfilm kommt – der, auf den du gewartet hast. Du siehst am Licht und hörst an der Musik, daß es ein richtig grausiger Film sein wird. Da ist dieser Bursche mit der Maske, und er möchte das Mädchen haben und kettet diesen anderen Mann im Keller an. Dann kriegt er sie und bringt sie in sein geheimes Versteck, wo er in einem Sarg schläft oder Orgel spielt. Da sitzt er und spielt, er trägt immer noch die Maske, und das Mädchen schleicht sich hinter ihn, und du weißt, was sie jetzt tun wird, und du wartest darauf.

Und dann tut sie es, sie reißt die Maske herunter. Und das Gesicht füllt die Leinwand aus, tritt aus ihr heraus und löscht alles aus, und es gibt nichts auf der Welt als diesen grinsenden fleischbedeckten Schädel mit den verrotteten Fangzähnen und den glotzenden Augen, von dem du diese Nacht und jede folgende träumen wirst.

Das ist der Traum, den du von Lon Chaney bekommen hast... Oh, sie machten damals wirkliche Träume. Es hat seither kein Monster gegeben, das sich mit Chaney hätte vergleichen können, keinen Schurken von Stroheims Arroganz, keine Heroine so lieblich wie Barbara La Marr und keinen so rauhen und starken Helden wie William S. Hart.

All das kam herauf von vor einer Million Jahren, und dann war es vorbei, und ich fuhr den Caprice Drive hinunter, und die Sonne schien.

Die Sonne schien auf das »Friedenshof«-Zeichen. Ich parkte, ging den Weg hinauf, drückte auf die Klingel. Man hörte ein Glockenspiel.

Die Frau, die die Tür öffnete, trug eine gestärkte Uniform. Ihr Haar war gestärkt, und ihre Augen waren auch gestärkt. Steifes Sanatoriumsgesicht, steife Sanatoriumsstimme.

»Entschuldigen Sie die Störung. Ich komme vom ›Filmdom‹-Magazin, um Mr. Franklin zu besuchen.«

»Haben Sie einen Termin?«

»Ich habe heute morgen angerufen.«

»Zimmer 216. Zweiter Stock, nach vorn heraus.«

Ich ging die Treppe hinauf. Ich beeilte mich nicht, weil ich keinen Geschmack an meiner Arbeit fand, weil ich eher fürchtete, was ich vorzufinden erwartete. Einen weißhaarigen Alten, der am Spitalfenster saß und hinausstarrte auf das Leben in den Straßen und dann die Bilder von Toten anstarrte, mit denen seine Wände vollgehängt waren.

»Für Jeffrey Franklin, den größten Regisseur von allen« unterschrieben – Mickey Neilan, Mabel Normand, Lowell Sherman, John Gilbert.

Nun, wenn sie auch tot waren und er alt und krank: er war immer noch der größte Regisseur von allen. Für mein Geld und für das einer ganzen Menge anderer Leute. Er hatte seit seinem letzten Flop 1929, als der Tonfilm aufkam, keinen Film mehr gedreht. Aber vorher war er einer von den wirklichen Traumfabrikanten gewesen.

Rechnen wir mal nach, das war vierundzwanzig, fast fünfundzwanzig Jahre her. Schwer, ihn sich immer noch lebend vorzustellen. Er mußte älter als Gott sein. Das würde traurig werden, sehr traurig. Aber ein Mann muß essen ...

Ich klopfte diskret an die Tür von Zimmer 216. Eine Stimme rief: »Kommen Sie herein.« Ich öffnete und trat ein. Und der neue Traum begann ...

Auf den Starfotos, die ich vor einem Vierteljahrhundert von ihm gesehen hatte, erschien Jeffrey Franklin als großer, schwarzhaariger Mann, der eine Pfeife mit gebogenem Stiel rauchte. Er wurde immer fotografiert, wie er breitbeinig dastand, mit aggressiv vorgerecktem Kinn.

Es war ziemlich schockierend, Jeffrey Franklin jetzt im Gang stehen zu sehen.

Er war ein großer, schwarzhaariger Mann, der eine Pfeife

mit gebogenem Stiel rauchte. Er stand breitbeinig da, mit aggressiv vorgerecktem Kinn.

Ich glaube, ich glotzte ihn an.

»Kommen Sie herein und machen Sie es sich gemütlich«, forderte er mich auf.

Es war nicht schwierig, sich's gemütlich zu machen – denn 216 erwies sich als eine Suite. Es führten mindestens zwei Räume von dem Empfangszimmer weg, und dieses selbst war mehr als geräumig.

Kein Spitalbett, keine zerrissenen Zeitungsausschnitte oder vergilbten Fotos an den Wänden, kein unbequemes Anstaltsmobiliar; statt dessen fand ich mich in einem modernen männlichen Dekor wieder, das man nur als luxuriös bezeichnen konnte. Die ganze Atmosphäre war ausgesprochen Zeitgeist-mäßig. Und genau so war auch Jeffrey Franklin.

»Möchten Sie einen Drink?«

»Hier?« In meinem Ton schwang die Sanatoriumsumgebung mit, und er lächelte.

»Ich bin zahlender Gast, kein Patient. Ein bißchen Alkohol tonisiert das System, finde ich. Verhindert, daß man alt wird.«

»Das funktioniert offensichtlich.« Ich platzte taktlos damit heraus, aber er lächelte wieder.

»Das Besetzungsbüro würde Scotch mit Wasser für Sie nehmen. Stimmt's?«

»Stimmt.«

»Wenn wir gerade von Besetzung reden, wie finden Sie Frisbie?«

»Wen?«

»Miss Frisbie. Den Drachen, der die Eingangstür bewacht. Ist sie nicht eine Idealbesetzung?«

Ich nickte. Noch bevor er mir den Drink in die Hand drückte, fühlte ich mich schon wie zuhause.

Ich nahm einen Fauteuil, und Jeffrey Franklin bot auf dem Sofa mir gegenüber ein beeindruckendes Bild von Selbstsicherheit. Er sah ein wenig aus wie diese distinguierten Männer in einer Anzeigenkampagne, die vor ein paar Jahren gelaufen war, und (als meine Gedanken ein wenig zu schweifen begannen) wie einer von den alten Shakespearschen Knattermimen. Wenn mir das gerade einfiel – hatte er nicht ohnehin als Bühnenschauspieler in ernsthaften Stücken begonnen?

Das erinnerte mich an meinen anfänglichen Irrtum, und ich fühlte mich wieder beschämt. Er bemerkte es sofort; seine Empfindsamkeit war bemerkenswert für einen Mann seines Alters. (Du lieber Gott, wie alt war er wohl? Er mußte nahe an die siebzig sein. Das alles verwirrte mich.)

»Es ist nicht leicht, nicht wahr?« Seine Stimme war so sanft wie sein Lächeln.

»Was ist nicht leicht?«

»Ein Ghul zu sein.« Er hob die Hand. »Ich meine das nicht unfreundlich, mein Sohn. Ich weiß, daß Sie nur Ihren Job tun, um Ihre Story zu kriegen. Aber ich wünschte, ich hätte einen Nickel für jeden begierigen Reporter gekriegt, der hierherkam, den Spaten in der Hand, um die Erinnerungen der letzten zwanzig Jahre auszugraben.«

»Sind Sie schon so lange hier?«

Er nickte. »Genau das. Seit ›Revolution‹.«

»Ihr letzter Film.«

»Mein letzter Film. Der Flop.« Seiner Stimme war kein Gefühl anzumerken.

»Aber warum –?«

»Mir gefällt's hier.«

»Aber Sie sind nicht krank, und – wenn ich das sagen darf – Sie sehen auch nicht irgendwie abgewrackt aus. Und Sie hätten andere Filme machen können, man hat Ihnen Verträge angeboten, und –«

»Mir gefällt's hier.«

Er beugte sich vor. »Ich fürchte, ich kann Ihnen keine Story für die Tränendrüsen erzählen. Ebensowenig wie Walter Harland, Peggy Dorr oder Danny Keene oder sonst einer aus der Stammbesetzung meiner alten Gesellschaft. Keiner von uns wurde hinausgeschmissen, und keiner von uns ist Fürsorgeempfänger. Sie werden Probleme haben, mit dieser Szene die Leute zum Weinen zu bringen.«

Jetzt lehnte ich mich vor. »Mr. Franklin, ich möchte Ihnen eines geradeheraus sagen. Ich bin nicht auf der Suche nach einer Tränendrüsenstory. Ich würde keine schreiben, falls ich eine erführe. Glauben Sie mir, nichts freut mich mehr, als zu hören, daß Sie freiwillig hier sind. Ich mag es nicht, wenn meinen Träumen etwas zustößt.«

»Ihren Träumen?« Er ließ die distinguierte Pose fallen und legte seine langen Finger um die Knie, und ich bemerkte mit einer gewissen Befriedigung, daß seine Hände nicht mit Altersflecken gesprenkelt waren. »Was meinen Sie mit ›Ihren Träumen?‹«

Ich erzählte es ihm oder versuchte es wenigstens. Über Chaney im »Phantom der Oper«. Den Traum mit Keaton im »General«. Doug, wie er in »Robin Hood« den Vorhang heruntergleitet, Charlie ißt den Schuh, Renée Adoree, der hinter dem Zug in »The Big Parade« einherstolpert; ein halbes Hundert erinnernswerter Augenblicke, die irgendwie mit einem deutlicheren Anschein von Realität in meinem Geist gespeichert werden als die wirklichen Momente meiner Kindheit, die ich in der Zeit erlebte, als ich die Filme sah.

Ich glaube, ich sprach ziemlich lange. Über die Filme und die Schauspieler und die Regisseure des Stummfilms. Über den Effekt der Orgelmusik, die Selbsthypnose, die dann rüde zerstört wurde vom theatralischen faulen Zauber des Tonfilms. Ich fragte mich laut, ob ich allein war oder nicht mit diesen Erfahrungen und diesem Gesichtspunkt; oder wie viele hunderte oder tausende oder Millionen andere (in ihrer Lebensmitte, es war hart, sich das vorzustellen) mit mir die Illusionen jener großen Tage teilten, als der »Silver Screen« noch wirklich silbern war und zauberisch schimmerte. Und ich versuchte darzustellen, warum es sich geändert hatte. Kam es daher, daß ich kein Kind mehr, sondern ein Erwachsener war? Nein – denn ich hatte einige von den alten Filmen wiedergesehen, in Sondervorstellungen; »Caligari« natürlich, »Zorro«, »Intolerance«, ein Dutzend weitere. Und die letzten Szenen von »The Strong Man« sind immer noch gleich komisch, die Szene in »The Thief«, in der Doug die Armee aus dem Staub beschwört, ist immer noch reinster Zauber.

Nun – fragte ich mich laut – war es das Radio, oder das Fernsehen, oder war es einfach diese obergescheite Besserwisserattitüde, die sich jedermann zugelegt hatte, der sich bemühte, die Berühmtheiten auf sein Niveau herunterzuzerren?

Waren es der Krieg, die Nachkriegszeit, das Zeitalter der Angst; hatte die Bombe nicht nur das Atom gespalten, hatte sie auch die Träume vernichtet?

»Der Stoff, aus dem die Träume sind.« Ja, Franklin war

ein alter Barde des Repertoires, tatsächlich. Er rollte das Zitat genüßlich im Mund, aber ich fühlte, daß er es ernst meinte.

»Merkwürdig, daß Sie gerade über diese Zeilen spekulieren«, murmelte er. »Ich hatte gedacht, außer uns hätte niemand die Veränderung bemerkt.« Er bemerkte meinen Blick. »Walter Harland und Tom Humphrey und noch ein paar andere kommen immer noch zusammen und schwelgen in Erinnerungen. Sie sollten vielleicht mit ihnen sprechen, falls Sie eine Artikelserie planen. Sie werden sie sehr gut gealtert finden.«

Ich nahm die Eröffnung an. »Ich hoffe, Sie sind nicht beleidigt, wenn ich dasselbe über Sie sage. Ehrlich gesagt, ich kann nicht so tun, als ob ich es nicht bemerkte. Ich gebe zu, daß ich erwartet hatte –«

»So etwas?« Jeffrey Franklin richtete sich auf und verschwand augenblicklich. Auf seinem Platz saß ein buckliger zusammengekrümmter Greis mit vertrockneten, klauenartigen Fingern, mit denen er an seinem faltigen Kinn herummachte. Einmal mehr wurde ich daran erinnert, daß er auch Schauspieler gewesen war – dachte auch daran, daß es einer seiner Tricks als Regisseur gewesen war, jedem seiner Schauspieler seine Rolle vorzuspielen, bevor die Einstellung gedreht wurde.

Er streckte sich wieder und setzte sich zurecht. »Die Jahre sind freundlich gewesen. Es ist alles gut gegangen seit ›Revolution‹. Das war mein einziger Irrtum, daß ich dachte, ich könnte gegen ihre Wünsche handeln. Ich habe seither nicht mehr versucht, das Drehbuch zu ändern, ebensowenig wie Walter oder Tom oder Peggy oder sonst jemand von den anderen.«

Ich spitzte die Ohren und kam zur Sache. Ich roch

irgendwo eine Story. »Drehbuch?« sagte ich. »Dann ist also etwas dran an all diesen Gerüchten – daß man Sie zu gehen zwang, als der Tonfilm kam und das Studio reorganisiert wurde. Ich glaube, man drohte der Company mit einer schwarzen Liste und drückte Sie bei einer Personalumbildung hinaus?«

Jeffrey Franklin tat etwas sehr Merkwürdiges. Er schaute zur Decke, und ich hätte schwören können, daß er einen Augenblick lauschte, bevor er antwortete. Einmal ein Schmierendarsteller, immer ein Schmierendarsteller. Aber seine Antwort klang beiläufig. »Tut mir leid, daß ich Sie da wieder enttäuschen muß. Ich sagte Ihnen, wir wurden nicht hinausgedrängt, und das ist die Wahrheit. Fragen Sie die anderen. Sie hatten alle Angebote, jede Menge Angebote. Die meisten hatten ernsthafte Bühnenerfahrung und hätten ohne jedes Problem beim Tonfilm anfangen können. Aber wir beschlossen, es sei Zeit abzutreten, solange wir auf der Höhe des Spieles waren. Wie ich schon sagte, ›Revolution‹ war ein Flop. Und es gibt weitere Beispiele; Leute, die nicht vernünftig genug waren, aufzuhören, als es Zeit war.«

»Sie meinen Gilbert, Lew Cody und Charles Ray, Leute wie diese?«

»Vielleicht. Aber ich dachte insbesondere an Roland Blade, Fay Terris und Matty Ryan.«

Seltsam, wie diese Namen langvergessene Erinnerungen in mir wachriefen.

Roland Blade, dessen Name zusammen mit denen von Navarro und LaRoque und Ricardo Cortez genannt wurde – ja, er hatte einen oder zwei Tonfilme gemacht, und dann fuhr er mit seinem Luxusschlitten über die Klippen. Fay Terris war absolut hochkarätig, eine Art amerikanische Pola Negri. Sie machte ein paar Tonfilme vor diesem großen Feuer in ihrem Strandhaus. An Ryan erinnere ich mich nicht sehr gut. Er war ein unabhängiger Produzent gewesen und zwar ein ziemlich großer, sowas wie Thomas Ince. Was war nur mit ihm geschehen? Plötzlich fielen mir Schlagzeilen ein. Er war einer dieser frühen Flugenthusiasten, wie Mary Astors erster Ehemann. Er stürzte ab, und sie fanden seinen Körper beinahe in zwei Stücke geschnitten.

Seltsam. Sehr seltsam. Sie starben alle eines gewaltsamen Todes. Und jetzt fielen mir noch ein halbes Dutzend mehr ein, alle etwa um diese Zeit. Einige mysteriöse Selbstmorde. Einer war das Opfer eines unentdeckt gebliebenen Mörders geworden. Andere starben im Feuer, ertranken oder verschwanden einfach.

»Wollen Sie sagen, daß Sie aus Aberglauben nicht mit der Zeit gehen und Tonfilme machen wollten?« fragte ich.

Franklin lächelte. »Einmal ein Reporter, immer ein Reporter«, sagte er. »Legt den Leuten Worte in den Mund. Bitte zitieren Sie mich nicht mit so etwas, denn ich habe nichts in dieser Art gesagt.« Er schwieg und richtete die Augen wieder zur Decke, bevor er fortfuhr.

»Wenn überhaupt etwas, dann meine ich, daß wir alle am selben Punkt angelangt waren, als die große Veränderung in Hollywood kam. Wir hatten alle in den Zwanziger Jahren angefangen, hatten uns zusammen einen Namen gemacht, taten unsere beste Arbeit zusammen und erhielten zur selben Zeit unsere Auszeichnungen. Die beste Zeit war vorbei für die meisten Stummfilmstars, Regisseure und Produzenten. Was übrig blieb, war der dauernde Kampf, um oben zu bleiben, der daraus resultierende Streß, die Rücksichtslosigkeit, deren man sich unvermeidlicherweise bedienen mußte und die zu einer Tragödie für alle wurde, die im Geschäft bleiben wollten. Sie nannten es gewöhnlich die ›Hollywood-Tour‹. Sie erinnern sich an die Geschichten von Lloyd Hamiltons feudalen Parties oder an Tom Mix mit seinem sechzehntausend-Dollar-Auto, und an die Dinge, die Leuten wie dem armen Wally Reid oder Arbuckle passierten und dem ganzen Rest der Meute.

Nein, wir entschieden uns einfach, aufzuhören, und das ist alles. Ich fürchte, es ist kein sensationell guter Einstieg für Ihren Artikel.«

Ich versuchte es ein letztesmal. »Sagten Sie nicht etwas von ›entgegen ihren Wünschen‹ und von einem ›Drehbuch‹?«

Jeffrey Franklin erhob sich. »Sie haben mich mißverstanden«, sagte er. »Ich sprach von unseren Wünschen, als Gruppe, das Filmen aufzugeben. Und ich sagte Ihnen schon, da war kein ›Drehbuch‹. Wenn Sie mich jetzt entschuldigen wollen – ich bin ein wenig müde. Aber ich habe dieses Interview sehr genossen.«

Er log, und ich wußte es.

Aber ich konnte nichts tun, als ihm die Hand schütteln und gehen. Ich lächelte ihn an. Und er sah zur Decke...

Als ich die kleine Buchhandlung betrat, fragte ich mich, ob ich wohl an der richtigen Adresse sei. Vorne war niemand, und im Hintergrund brannte eine einzige Glühbirne über einem Tisch. Ein stämmiger bebrillter Mann mittleren Alters legte sein Buch auf den Tisch und sah zu mir auf.

»Ja?«

»Ich suche Walter Harland.«

Der Mann erhob sich. Er war größer, als ich gedacht hatte, und nicht annähernd so alt, wie er auf den ersten Blick aussah. Er nahm seine Brille ab und lächelte. Natürlich war der, der da stand, niemand anderer als Walter Harland. Es lag etwas sehr Dramatisches in dieser simplen Entdeckung. Und irgendwie auch etwas Erschreckendes. Er war zu jung. Franklin war zu jung. Sie sahen alle aus, wie sie '29 oder '30 ausgesehen hatten.

Ich kämpfte mit diesem Gedanken, während ich mich vorstellte, mein Versehen erklärte und meinen Besuch bei Jeffrey Franklin erwähnte.

Walter Harland nickte. »Ich habe Sie erwartet«, sagte er. »Mr. Franklin warn –, äh, benachrichtigte mich, daß Sie kommen würden.«

»Es war nett von Mr. Franklin, Sie zu warn –, äh, zu benachrichtigen«, erwiderte ich. Er verstand es und senkte seinen Blick.

»Sagen Sie nichts«, fuhr ich fort. »Ich kann es verstehen. Diese ganze Sache ist auch nicht unbedingt das, was ich unter gutem Geschmack verstehe.«

Das brachte ihn zum Lächeln, und er sagte, ich solle mich setzen. Ich fragte ihn im folgenden ungefähr dasselbe, was ich Franklin gefragt hatte, und bekam im Grunde genommen genau dieselben Antworten. Ich begann, zu überlegen, ob nicht Franklin allen vervielfältigte Kopien dieses Skripts zum Auswendiglernen gegeben hatte.

Ja, er habe andere Angebote gehabt, als Franklins Produktionsfirma sich auflöste. Nein, er habe nicht weitermachen wollen. Ja, er habe eine Menge Geld, um davon zu leben; er hatte sich diese Buchhandlung gekauft und war ganz zufrieden damit. Er habe entdeckt, daß es viel angenehmer sei, die Drehbücher anderer Leute zu lesen, als sie zu spielen.

Ich machte einen Vorstoß. »Wie ist das mit diesen Drehbüchern?« fragte ich. »Es geht das Gerücht um, Sie seien das Opfer von so einer Art Drehbuch, das Sie zum Rückzug ins Private gezwungen hätte.«

Es wäre angemessen dramatisch, an dieser Stelle zu berichten, daß Walter Harland schluckte und blaß wurde. Aber tatsächlich zog er nur an seiner Zigarette – und wenn seine Haut überhaupt eine Reaktion zeigte, war das Licht zu düster, um sie zu entdecken.

»Glauben Sie nicht alles, was sie hören«, sagte er, nachdem er fertig an der Zigarette gezogen hatte, »das ist kein B-Movie, wissen Sie. Ich versichere Ihnen, daß wir ausgestiegen sind, weil es Zeit dazu war. Ehrlich, wir sprachen darüber, aber wir sprachen vernünftig. Und wir kamen alle zum Schluß, es sei Zeit, aufzuhören.«

»Weil Sie alle auf dem Höhepunkt Ihres Ruhmes waren, weil Sie alle Preise bekommen hatten und sich nicht verschlechtern wollten«, beendete ich seine Ausführungen für ihn, »ist es so?«

»Genau.« Er war froh. Wir waren wieder beim alten Skript. Ich hätte gewünscht, es dabei lassen zu können, aber ein Mann muß essen. Also zeigte ich ihm mein süßestes Lächeln und verpaßte ihm eins genau zwischen die Augen. »Ich habe dieses Liedchen schon vorher gehört«, sagte ich, »und ich kaufe es Ihnen nicht ab. Nicht eine Note davon stimmt. Hören Sie, Mr. Harland – ich möchte nicht aufdringlich sein, ich sage es nur als Feststellung einer Tatsache. Damals, in den Zwanzigern, hatten Sie den Ruf, einer der größten Komödianten im Geschäft zu sein. Ich beziehe mich jetzt überhaupt nicht auf Ihre Fähigkeiten als Schauspieler. Sie waren gut, und jedermann wußte es. Man kann es auch nachlesen.

Aber Sie waren theatralisch, wie alle anderen. Sie traten großartig auf, weil es Ihnen so gefiel. Autogramme geben. Posieren in Satinmorgenmänteln mit Ihren Initialen auf dem Revers. Zur Premiere im Rolls fahren, und die Fans küssen die Reifen. Diese Wolfshunde ins ›Montmartre‹ mitschleifen. Das war Ihre Show, nicht wahr?«

Er lachte, ein herzliches Schauspielerlachen. »Ich nehme an, es war so. Aber ein Mann wird älter. Er wird erwachsen.«

»Hören Sie, Peter Pan – ein Schauspieler wird nie in diesem Sinne des Wortes erwachsen, und das wissen Sie auch! Nichts könnte ein Matinee-Idol wie Sie dazu bringen, all diesen Glanz aufzugeben. Nichts außer vielleicht schrecklicher Angst. Kommen Sie schon, was war es?«

Ich war mächtig stolz auf meine Staatsanwaltsmasche, denn sie schien zu wirken. Er saß dort und atmete eine Zeitlang heftig. Dann sprach er.

»Gut«, sagte er sanft. »Da war eine Angst. Eine schreckliche Angst. Erinnern Sie sich an die Filme, in denen ich gespielt habe? Die Fechtszenen, die Kämpfe, die Akrobatik – das ganze Fairbanks-Zeugs? Das war es, womit ich mich identifizierte. Eines Tages ging ich zu einer Routineuntersuchung zum Arzt. Er regte sich auf, machte Kardiogramme. Sie können sich denken, was herauskam. Meine Pumpe machte es nicht mehr richtig. Er warnte mich, die Dinge leicht zu nehmen, wenn ich noch ein paar Zugaben erleben wollte.«

Einen Moment lang schämte ich mich ein bißchen. Dann fiel mir wieder ein, wie er vorhin »warnen« hatte sagen wollen. Und es fiel mir ein, daß Walter Harland ebensogut den Mann mit dem kaputten Herzen spielen konnte wie ich den Staatsanwalt. Und ich erinnerte mich, daß er zur Decke geschaut hatte, bevor er zu sprechen begann.

Vielleicht war da oben eine Fliege und summte herum. Aber etwas anderes summte in meinem Hirn.

Ich sagte nichts. Ich schüttelte nur den Kopf.

Er war schon aufgestanden und bereit, das Skript zu beenden, das Jeffrey Franklin so sorgfältig vorbereitet hatte. Er streckte seine Hand aus, zögerte dann aber.

»Sie möchten es wirklich wissen, nicht wahr?« sagte er milde. »Nicht nur wegen des Artikels, sondern weil es Ihnen etwas bedeutet.«

Ich nickte.

»Ich fürchte, man kann es nicht erklären.« Er führte mich zur Tür, hielt inne, legte die Hand auf meine Schulter. »Lesen Sie gerne?« fragte er.

»Ja.«

»Ich auch. Und ich hatte eine Menge Zeit dazu in diesen letzten zwanzig Jahren. Ich war besonders beeindruckt von den Schriften eines Mannes namens Charles Fort. Kennen Sie sein Werk? Gut. Nun, Fort hatte eine Idee bezüglich Zyklen und Geschehnissen. Fast wie Spengler. Er sagte einmal, sobald Dampfmaschinenzeit sei, begännen die Leute plötzlich dampfmaschinenmäßig zu leben. Man kann nichts tun, um diese Phase zu beschleunigen. Man kann andererseits nichts tun, um sie zu verzögern. Vielleicht taten wir alle das Richtige, weil wir erkannten, daß es die richtige Zeit dafür war.«

Draußen auf der Straße sah ich hinauf zum Himmel. Und Walter Harland war wieder in seinem Laden und starrte zur Decke. Oder wohin sonst?

Der Rest war kinderleicht. Peggy Dorr fand ich in Pasadena. Danny Keen hatte ein Boot in Balboa. Tom Humphrey – ausgerechnet! – betrieb einen TV-Service-Laden nicht weit von Farmer's Market.

Und Sie können sich denken, was ich vorfand, als ich sie aufsuchte. Zu junge Gesichter, zu ausweichende Antworten, zu gleichförmige Stories. Und diesen abwesenden Blick. Alles setzte sich zu einem großen Rätsel zusammen.

Unglücklicherweise waren Detektivstories nicht mein Fach. Ich war hinter einer Geschichte her, die ich nicht zu fassen kriegte. Die ganze Angelegenheit stellte sich allmählich als totales Fiasko heraus.

Wo gab es hier ein Drama, etwas für's Herz, Pathos und Geigenmusik im Hintergrund? Für diese Leute war alles 1930 stehengeblieben, und die ganze Geschichte gehörte in die Ära, als sie die Filme machten.

Und niemanden mehr interessierte das auch nur im geringsten. Oder doch?

Der Gedanke schlug wie ein Blitz ein, während ich von dem Besuch bei Tom Humphrey nach Hause fuhr.

Bei Louis B. Mayer und allen Heiligen, da gab es doch eine Story!

Nicht einen einzelnen lausigen Artikel, nicht einmal eine Artikelserie. Das Ganze war ein Film!

Wenn man sich ansah, wie die Leute in diese Jolson-Filme liefen, in den über Will Rogers und all die anderen verlogenen Biographien! Wie wär's mit demselben Schmäh über das Leben von Jeffrey Franklin? Die ganze Geschichte des Stummfilms, in glanzvollem Technicolor, Warnercolor, Cinecolor oder was für Color auch immer?

Sicher, die Twentieth hatte »Hollywood Cavalcade« gedreht, aber das war schon mehr als zwanzig Jahre her.

Und außerdem, ich hatte den Dreh! Zufall, Schicksal oder ein glückliches Zusammentreffen der Umstände zu meinen Gunsten, was auch immer – jedenfalls hatte ich etwas, mit dem sich ein solcher Film wirklich verkaufen lassen würde. Keine Arbeit mit Imitatoren und Doubles – mit ein bißchen moderner Beleuchtungstechnik und Make-up konnte der Film mit der Originalbesetzung, die sich selbst darstellte, gedreht werden!

Klar! Super! Hyper! Das ganze Variety-Lexikon blitzte in meiner Vorstellung auf, und der Plot begann Form anzunehmen, und bevor ich wußte, was ich tat, saß ich schon an der Schreibmaschine und hämmerte ein Treatment zusammen. Es war ein gutes Treatment. Das muß ich nicht selber sagen. Das sagte nämlich Cy Charney genau so. Ich saß in seinem Büro und ertrug den Gestank zweier kompletter Zigarren, während er es durchlas – dann hatte ich das höchst befriedigende Erlebnis, mitansehen zu können, wie einer der größten Agenten auf dem Strip über meiner Idee durchdrehte. »Das kann ich morgen unterbringen«, sagte er. »Es ist wirklich vom Feinsten. Natürlich haben Sie keinen Namen, aber die Idee bringt es von allein. Ich glaube, ich kann das Gebot bei – sagen wir mal – 40 bis 50 000 beginnen. Und vielleicht bekommen Sie eine Schreibkraft für das richtige Drehbuch. Sie können eine solche Verpflichtung eingehen, mein Junge?«

Ich brach mir fast mein verdammtes Genick, so sehr nickte ich.

»Bleiben wir in Kontakt«, sagte Charney. »Und jetzt gehen Sie und lassen mich nur machen auf meine feine britische Art.«

Ich ging, und dann geschah alles so schnell, daß ich meinen Ohren kaum traute. Aber ich hing bei diesem Deal nicht von meinen Ohren ab. Ich hatte ja Mr. Charneys feine britische Art an meiner Seite.

Und wie fein diese Art war! Er rief mich genau sechsundzwanzig Stunden später an. »Alles in Butter«, sagte er. »Freeman ist scharf darauf, und Jack will es auch. Und ich kann von jedem der beiden fünfzig bekommen, wenn der andere von seiner Konkurrenz weiß. Ich werde einen Vertrag im Büro haben, bevor die Woche herum ist. Können Sie sie dann zusammenkriegen?«

»Wen zusammenkriegen?«

»Die Besetzung, Junge! Old Franklin und Harland und die anderen. Ich habe geglaubt, daß die so aussehen, wie Sie sagten, und nicht, als seien sie genau richtig für die Knochenleimfabrik. Natürlich muß man Probeaufnahmen machen und alles, aber ich verkaufe die Story, daß sie noch tip-top sind. Klar? Und jetzt frage ich Sie, ob Sie sie zusammenkriegen. Wenn Sie natürlich wollen, daß ich mitkomme und ein bißchen Dampf mache –«

»Nein, das wird nicht notwendig sein«, fiel ich ihm ins Wort, »lassen Sie das nur mich machen.«

»Sagen Sie Ihnen, daß Sie sich ums Geld keine Sorgen machen müssen«, erwiderte Charney. »Ich bin ihr Repräsentant – und sie sollten wissen, was das in dieser Stadt bedeutet. Und schauen Sie, daß Sie von Franklin die Freigabe bekommen. Es ist ja nicht genau seine Lebensgeschichte, aber ziemlich nahe daran, so daß Sie ihn vielleicht an dem Honorar fürs Drehbuch beteiligen müssen. Arbeiten Sie es mit ihm zusammen aus, hm?«

»Ja«, sagte ich, »ich mach's zusammen mit ihm.«

Als ich einhängte, stiegen die Fragen in mir hoch. Ich lehnte mich zurück und schaute an die Decke. Da oben war keine Antwort – zumindest nicht für mich.

Aber ich war nicht abergläubisch. Vielleicht lag darin die Erklärung – Schauspieler sind abergläubisch. Schauspieler sind abergläubisch, sie sind dauernd überdreht, sie sind immer theatralisch.

Theatralik! Damit würde ich sie kriegen.

Als erstes sandte ich eine Kopie des Treatments mit dem Stempel *Persönlich* an jeden, mit dem ich gesprochen hatte. Ich sandte es eingeschrieben und mit einem vertraulich gehaltenen Begleitschreiben. Darin stellte ich die ganze Sache dar, wies darauf hin, was für eine wundervolle Gelegenheit dies sei, um die wahre Kunst des Films wiederzubeleben, wie sie in den alten Tagen existiert hatte. Ich bemerkte auch beiläufig (und entsprach damit hoffentlich ihren Erwartungen), daß ein Teil des Gewinns aus den Einspielergebnissen für einen Wohltätigkeitsfonds oder direkt zugunsten weniger glücklicher alter Schauspieler abgezweigt würde. Und ich strich in jedem einzelnen Brief besonders heraus, was für eine großartige Rolle auf den jeweiligen Empfänger wartete.

Ich ließ vierundzwanzig Stunden verstreichen, damit die Sache ins Laufen käme. Dann schaute ich in Walter Harlands Buchladen vorbei.

Das erste, was ich bemerkte, als ich eintrat, war, daß er seine Brille nicht mehr trug. Und sein Anzug war auch nicht dazu gedacht, Bibliophile zu beeindrucken. Er sah sehr elegant aus. Und das war gut so.

»Nun?« sagte ich.

»Gratuliere. Es ist großartig. Ich hatte keine Idee, was hinter all dem steckte – Ihr Trick mit dem Interview hatte mich komplett verwirrt.«

Er bot mir nicht an, sondern drängte mich geradezu, mich zu setzen. Er schob mir eine Schachtel Players hin.

»Diese Lektüre hat mir gutgetan. Ich fühle mich zwanzig Jahre jünger.«

»So sehen Sie auch aus«, sagte ich ihm wahrheitsgemäß. »Und das wird auch eine neue Generation von Filmliebhabern sagen, wenn sie Sie auf der Leinwand sieht.«

Er strahlte. »Danny und Tom riefen mich gestern abend an. Und Lucas – erinnern Sie sich an ihn? Er spielte gewöhnlich die schweren Jungs, mit langer Zigarettenspitze und Koteletten undsoweiter. Sie sind alle so aufgeregt –«

Etwas Kleines stolperte in die Buchhandlung; etwas kleines Altes und Verwelktes, das wie das allerletzte Herbstblatt zitterte. Mit einem piepsenden Whiskytenor sagte es weinerlich: »Walt, ich möchte mit dir reden.«

»Sicher, Tiny.« Harland stand auf und ging zum Ladentisch. Der kleine Mann flüsterte in sein Ohr. Harland ging zur Registrierkasse, tippte ein *Kein Verkauf* ein und gab dem Alkoholiker etwas in die Hand. »Wenn du mich jetzt entschuldigst –«

»Ja, Walt. Ja. Gott segne dich.« Und das letzte Herbstblatt wurde davongeweht.

»Entschuldigen Sie.« Harland kam lächelnd zu mir zurück.

»Sie müssen sich nicht entschuldigen.«

»Doch, doch.«

»Warum?«

»Ich kann ihn nicht machen. Wir können ihn nicht machen. Ihren Film.«

»Aber –«

»Ersparen Sie mir das Bla-bla. Sie wissen, daß ich es fürs Leben gern täte. Und die anderen genau so. Ich will Sie nicht bluffen. Es wäre wie ein Neubeginn des Lebens. Was würde ich nicht dafür geben, meinen Namen da oben zu sehen und all diesen jungen Schnöseln zeigen zu können, was ein richtiger Schauspieler bringt.«

»Aber warum dann –«

Er stand auf der Bühne, und es war seine große Szene. »Weil ich Ihnen sagte, wir alle sind übereingekommen aufzuhören, wir alle. Und das haben wir auch getan. Es gab ein oder zwei Ausnahmen, aber die sind nicht mehr da. Sie wissen es nicht, aber Sie haben gerade einen Blick auf jemanden geworfen, der sich anders entschieden hatte. Er hat nur einmal für Franklin gearbeitet, in einer winzigen komischen Rolle, und ich nehme an, er ist deshalb so gut davongekommen. Aber es geht einfach nicht. Wir können dieses Risiko nicht eingehen.«

»Was für ein Risiko?« rief ich aus. »Es wird ein totaler Erfolg werden. Sie können nichts dabei verlieren, aber bedenken Sie doch mal, was Sie gewinnen können.«

Er schüttelte den Kopf. »Erinnern Sie sich, was ich über die Dampfmaschinenzeit gesagt habe? Wir sind Pferdekutschenleute. Und wir müssen bleiben, wo wir hingehören.« Er lächelte, denn er gab jetzt Pagliacci.

»Nebenbei, auf eines können Sie wetten: es gibt keinen Film ohne den alten Franklin, und er wird niemals mittun. Niemals.«

Ich verließ schnell den Laden. Ich hatte einen Grund dazu. Ich war auf der Suche nach dem letzten Herbstblatt. Ich wußte jetzt, wer er war – Tiny Collins. Nie ein Komiker der ersten Kategorie, aber zuverlässig. Ebenbürtig mit Heinie Mann, Billy Bevan oder Jack Duffy.

Ein Blick auf ihn und seinen kleinen Auftritt mit Harland in dem Laden hatte genügt, um sich auszurechnen, wo man ihn finden würde. Es war vier Eingänge weiter unten an der Straße.

Er saß am Ende der Bar, ganz allein mit einem großen Bier und einem kleinen Schnaps als Gesellschaft. Er zitterte nicht mehr, jetzt, wo er wieder bei sich zuhause war. Ich sprach die magische Formel aus. »Sind Sie nicht Tiny Collins? Ich denke doch.«

Genau so kam es, daß ich die Titel verschiedener seiner Filme aus ihm herausholte. Genau so zahlte ich ein paar Bier mit Schuß. Genau so bugsierte ich ihn in eine der Nischen und steuerte das Boot unserer Konversation in genau den Hafen, in dem ich es haben wollte.

Tiny war komisch. Das Trinken ernüchterte ihn. Er hörte auf, undeutlich zu brabbeln, und wurde nachdenklich. Ich machte ihm nicht völlig klar, worum es ging, gab ihm aber ein paar Anhaltspunkte. Ich ließ durchblicken, daß ich vielleicht einen Artikel über ihn schreiben würde, und das reichte. Wir wurden Kameraden. Und Kameraden kann man alles fragen, nicht wahr?

»Sei mal ehrlich«, sagte ich. »Was ist in all deine alten Freunde gefahren? Warum sind sie so Publicity-scheu, und warum haben sie überhaupt aufgehört?«

»Das fragst du mich? Das ist eine Frage, die ich mir seit zwanzig Jahren stelle – warum sie gekündigt haben. Im Unterschied zu mir. Ich bin entlassen worden. Aber sie mußten nicht kündigen. Es sieht so aus, als seien sie alle mal zusammengekommen und hätten so entschieden.«

»Ich weiß, Tiny. Und ich frage mich, warum. Es gibt überhaupt keinen Sinn.«

»Nichts gibt einen Sinn«, stimmte er zu. »Sie wollen kündigen, also kriegen sie Angebote. Ich will nicht kündigen und – peng! – kriege keinen Job mehr. Ich, Tiny Collins, der ich mit Turpin und Fields und Dingsda gespielt habe –«

»Ich weiß, Tiny. Ich weiß. Komm, trink noch einen.« Wir taten es, und ich wartete, bis er geschluckt hatte, bevor ich fortfuhr. »Aber sicher hast du eine Theorie.«

»Klar hab ich eine Theorie. Jede Menge Theorien. Die erste ist die, daß sie alle tot sind.«

»Tot?«

»Logo. Sie kamen zusammen und beschlossen gemeinsamen Selbstmord. Als sie von Blade und Terris und Ryan und Todd hörten und all den anderen, die zur selben Zeit über den Jordan gingen, kamen sie zum Schluß, das sollten sie auch tun. Also trafen sie eine Vereinbarung und brachten sich um.« Er wollte lachen, geriet aber mittendrin ins Husten. Ich überstand auch das.

»Nur, Tiny – sie sind nicht tot.«

»Was? Ja, sicher. Sie sind nicht tot. Sie wirken bloß so. Ist es dir nicht aufgefallen? Nimm doch mal zum Beispiel mich. Ich bin gleich alt wie Tom Humphrey. Aber sieh dir den Unterschied an. Ich bin völlig im Sand und er – er sieht aus, wie er in ›The Black Tiger‹ aussah. Das war sein letzter Film, für die First National oder sonst jemanden. Und die anderen sind auch so. Sie sehen aus, als hätten sie überhaupt aufgehört, als sie aufhörten, Filme zu machen. Als wären sie gestorben und jemand hätte sie erst einbalsamiert und dann ihre Feder aufgezogen.«

Ich erwog diese Theorie einen Moment lang. Ich erwog auch, daß Tinys Gewohnheit, einen Schnaps zu jedem Bier zu trinken, mit dem Aussehensunterschied zu tun haben könnte. »Hast du noch andere Theorien?«

Tiny sah mich an. Zumindest versuchte er das. Aber jetzt schwankte er wieder. »Ja. Ja, ich habe noch eine Theorie. Wirst du sie auch niemandem erzählen?«

»Großes Ehrenwort.«

»Gut so. Weil – nun, ich weiß, daß sie verdreht klingt. Aber ich glaube, sie haben Angst.« Er griff nach dem Bierglas. »Angst«, sagte ich schnell.

»Eine Scheißangst. Der Alte, Franklin, ist dran schuld. Er hat ihnen mächtig Angst eingejagt. Ich habe Geschichten darüber gehört. Ich bin nicht der, der sie bestätigen oder dementieren könnte. Bestätigen oder Dementieren.« Die Wendung gefiel ihm.

»Was für Geschichten?«

»Der Alte. Er stieg aus. Nach ›Revolution‹. Und der Tonfilm kam. Jedermann begann zu unken. Er bekam Schiß, daß er es nicht mehr schaffen würde. Und dabei war er – wie ein Gott für die anderen. Was er sagte – und noch sagt – wurde gemacht. Er sagte: kündige, und es wurde gekündigt. Du weißt, wie spinnig die Leute hier sein können. So wie ich mir das zusammenaddiere, könnte es sein, daß der Alte in irgendeinen dieser komischen Kulte eingestiegen ist. Hast du von Hollywood-Kulten gehört?«

Ich versicherte ihm, das hätte ich.

»Nehmen wir an, die kassierten ihn irgendwie und füllten ihn mit ihrem Quatsch ab, und der Obermotz oder sonstwer sagte ihm, in den Karten stehe zu lesen, er dürfe nie wieder Filme machen. Es stünde nicht in den Sternen –«

Bei mir klickte etwas. Sterne. Die Zimmerdecke.

»Danke, Tiny.« Ich stand auf.

»He, wohin gehst du?«

»Ich habe eine Verabredung.«

»Aber ich wollte gerade eben eine Runde schmeißen –«

»Ein andermal. Danke. Vielen Dank.« Das meinte ich ernst. Ich ging hinaus und fuhr heim. Ich fuhr langsam, weil ich viel zum Nachdenken hatte. In vino veritas. Mit Tiny gab die Sache Sinn für mich.

Die Stücke des Puzzles formten sich und paßten zusammen. Mir fiel eine Menge ein, was ich über Jeffrey Franklin wußte, aber vergessen hatte. Sein bekannter Aberglauben. Die Art, wie er eine Szene tagelang verzögerte, bis er genau den richtigen Schauspieler für einen winzigen Auftritt im Hintergrund hatte. Die Art, wie er ganze Sequenzen vernichtete, genau wie Stroheim, weil irgendein Detail nicht richtig aussah. Die Art, wie er seine Schauspieler behandelte: er verfluchte sie nie, sondern betete für sie. Betete für sie! Und (fiel mir jetzt ein), er hatte diese Macke, die Augen zum Himmel zu heben, als suche er göttliche Anweisung. Nehmen wir mal an, er wäre an Astrologen geraten – es gab damals weiß Gott jede Mengen von ihnen und gibt sie heute noch – und einer von ihnen hätte ihm gesagt, Krebs sei im Uranus oder was auch immer. Dann hätte er aufgehört, einfach so.

So hätte es gewesen sein können. Und es wäre möglich, daß ich seinen persönlichen Sterngucker herausfinden und mit ihm einen kleinen Deal machen könnte. Oder Franklin mit einem anderen astrologischen oder halbastrologischen Schwindler zusammenbringen? Es war ein klarer Fall, daß ich etwas tun mußte, und das schnell.

Ich kam heim und machte mich an die Arbeit. Die Astrologen standen im Telefonbuch. Ich würde jeden einzelnen anrufen, falls sich das als nötig erwies und –

Es erwies sich als unnötig. *Mein* Telefon läutete nämlich. Und die Stimme am anderen Ende sagte:

»Ich bin's, Jeffrey Franklin. Ich habe Ihre Mitteilung erhalten und frage mich, wann ich Sie treffen kann.«

»Ja, heute abend noch, wenn Sie wollen, Mr. Franklin.«

»Gut. Wir haben eine Menge zu besprechen. Ich werde Ihren Film machen.«

Wir saßen in der Suite und tranken Scotch. Die Sonne versank mit freundlicher Genehmigung von MGM im Pazifik, und UNIVERSAL zog in Technicolor den Mond hoch.

Franklin führte das Gespräch. »Sehen Sie, es war nicht Ihre Story, die mich überzeugt hat, obwohl ich zugebe, daß sie mich reizt. Aber als er mich anrief – der Studioboss, stellen Sie sich vor – und sagte, daß er seinen eigenen Wagen herschicken würde ...«

Ich nickte und erkannte plötzlich, daß ich Mr. Charneys feine britische Art unterschätzt hatte.

»... und Sie können sich nicht vorstellen, was das für ein Gefühl war, wieder einmal in einem Studio zu sein! Natürlich ist vieles anders, aber ich bin sicher, daß ich viel technisches Verständnis habe. Ich bin in diesem Bereich völlig auf der Höhe des Wissensstandes geblieben – glauben Sie es oder nicht, aber ich lese jede Ausgabe des ›American Cinematographer‹ – und ich sehe alles, was herauskommt. Und er glaubt an mich. Er weiß, was es bedeutet, wenn ich wieder ins Geschäft einsteige, Regie führe –«

»Regie?«

»Aber sicher!« Franklins Lächeln überstrahlte das Mondlicht. »Das ist die größte Überraschung von allen. Ich soll in meiner eigenen Lebensgeschichte nicht nur spielen, sondern auch Regie führen.«

Wie fein war Charneys britische Art!

Es war unzweifelhaft, was das für Franklin bedeutete. Er war besoffen vom eigenen Adrenalin. »Mir war nie klar, daß sie sich noch an mich erinnern«, sagte er. »Natürlich gab es da dieses Zeugs wie das Dinner der Akademie vor ein paar Jahren, aber ich hielt das für eine Geste. Und dann sitze ich da heute im Produktionsbüro und jedermann im Studio – und ich meine das genau so, wirklich jeder auch nur halbwegs Wichtige – bettelt buchstäblich darum, vorbeikommen und mich sehen zu dürfen! Sie können sich nicht vorstellen, was das heißt, mein Sohn. Man gewöhnt sich an die Vorstellung, daß alles vorbei ist, man denkt, man gehört zum alten Eisen.« Er seufzte. »Aber jetzt bin ich bereit. Zum erstenmal seit Jahren bin ich ehrlich zu mir selbst und gebe zu, daß ich mich immer bereit gehalten habe. Und ich denke, wenn wir alle zusammenarbeiten, können wir ein paar Dinge zaubern, die Hollywood überraschen werden.«

Berauschung ist ansteckend. Ich begann allmählich, mich selbst ein bißchen high zu fühlen. Fünfzigtausend minus zehn Prozent ist fünfundvierzigtausend, die Hälfte weg für die Steuern gibt immer noch zwanzigtausend, dazu eine Schreibhilfe fürs Drehbuch – Franklin würde dafür eintreten, das wußte ich – und ich würde für eine Produktion mit einem A-Budget arbeiten, wer weiß, wohin das noch führen konnte? Dreimal hoch für die großen Alten! Und dreimal hoch für – Das Telefon läutete. Jeffrey Franklin ging hinüber und nahm es in der besonderen Schauspielerart ab. Seine Modulation war makellos.

»Ja, Sie sprechen mit Jeffrey Franklin.«

Ich sah seinem Auftritt zu und bemerkte zuerst das Stocken, dann das Absacken. »Nein … nicht wirklich … entsetzlich … wann? … natürlich, sicher, alles, was Sie für notwendig halten … Freitagnachmittag, ja … wo wird es sein? … ja … morgen … Danke.«

Er legte auf und setzte sich wieder. Einen Moment lang sah er nahezu so alt aus, wie er war. »Schlechte Nachrichten«, sagte er. »Einer meiner alten Freunde wurde bei einem Unfall heute am frühen Abend getötet. Er wurde von einem Lastwagen überfahren. Das Begräbnis wird am Freitagnachmittag sein, und natürlich werde ich hingehen. Unsere Studiokonferenz muß eben bis Montag verschoben werden.« Er schüttelte den Kopf. »Es ist hart, sie gehen zu sehen, einen nach dem anderen«, murmelte er, »Sie werden das verstehen, mein Sohn, wenn Sie mal so alt sind wie ich.«

»Tut mir leid«, sagte ich, »war es jemand, den ich kannte?«

»Ich glaube nicht. Nur jemand aus den alten Tagen. Er hatte mal einen kleinen Auftritt in einer meiner Produktionen. Tiny Collins.«

Das war mein Stichwort. Ich hörte es und hielt meinen Mund. Ich hielt ihn, nachdem ich von Franklin weggegangen war, und auch den ganzen nächsten Tag. Natürlich hatte ich da einen Termin mit dem frohlockenden Mr. Charney, während dessen er umherlief und mit den Händen in der Luft herumfuhr vor reiner Ekstase wegen unseres Glücks. Aber ich hielt mich von Harland und den anderen fern. Sie durften nicht erfahren, daß ich mit Tiny Collins gesprochen hatte. Sie durften nicht erfahren, welchen Verdacht ich mittlerweile geschöpft hatte – denn ich wollte ihn nicht zugeben, nicht einmal mir selbst gegenüber.

Aber am Freitagnachmittag war es Zeit für das Begräbnis, und ich war da. Ebenso wie Danny Keene und Peggy Dorr und Tom Humphrey und Walter Harland und vier andere Leute, deren Namen ich nie erfuhr. Die Lokalpresse und der *Reporter* hatten Routinenachrufe gedruckt; aber Tiny Collins gab weder lebendig noch tot für die Presse etwas her. Er war nicht einmal einer von den großen Alten, sonst hätten die Studios aus dem Public-Relations-

Fonds gezahlte Blumen geschickt. Ich saß neben Jeffrey Franklin, während der Reverend zusammen mit dem Leichenbestatter und den Sargträgern die Routinebeerdigung exekutierte. Es war eine lausige Vorstellung. Zwei von den vier Fremden waren dicke alte Damen, und sie weinten in der Art, wie es dicke alte Damen immer tun – laut und wenig überzeugend. Die schäbige Kapelle sah aus, als würde sie mitten in der Szene zusammenbrechen, und die Beleuchtung war miserabel, von der Art, als habe man das Beleuchterteam auf per-diem-Basis gemietet.

Das war das Begräbnis für Tiny Collins, der mit Turpin und Fields und Dingsda gespielt hatte, der dann buchstäblich in der Gosse gelandet war und jetzt sein finales Comeback hatte, in dem er seine einzige Szene als Star dieser Show spielte. Schade, daß es so ein Reinfall war. Es hätte nicht seinen Beifall gefunden.

Der Organist spielte routiniert – warum erinnerte mich das so stark an die Stummfilme? – als wir hinausgingen. Die Szene mußte auf dem Friedhof beendet werden.

Es dauerte nicht lange. Der Himmel war bedeckt, und es war so offensichtlich, daß ein Sturm aufzog, daß sogar die Handelskammer sich verdrückt hätte. Der Reverend murmelte seine Gebete, machte seine unvermeidlichen Gesten, und dann senkten sie die Leiche hinab. Es gab nur eine einzige Einstellung, und sie verpatzten sie – ließen die Leiche zu schnell hinunter. Aber niemand schien sich was drauszumachen. Jeder ging zurück zum Weg. Die kleine Gruppe löste sich auf, jeder suchte seinen Wagen und beobachtete dabei die Wolken, die von Westen hertrieben.

Ich blieb nahe bei Jeffrey Franklin. Wir waren beide sehr still gewesen während der Zeremonie. Er schritt den Weg entlang, zog an seiner Pfeife, und ich folgte ihm, als mir klarwurde, daß er nicht zu der Gruppe bei den Autos ging. Wir stiegen über einen Hügel in einen anderen Teil des Friedhofs. Hier gab es mehr Bäume und eine Menge Grabsteine. Ein Knick im Weg führte uns in eine exklusive Abteilung – denn jeder Friedhof hier hat sein eigenes kleines Beverly Hills.

Er stieg auf einen weiteren Hügel. Auf der Spitze war eine steinerne Bank; ihr gegenüber ein imposantes Grabmal, das eine D'Artagnan-Figur zeigte, die heroisch auf einer Marmorkugel posierte.

Ich sah die Skulptur zweimal an und erkannte sie, bevor ich den Namen las.

»Roland Blade!«

»Ja.« Jeffrey Franklin setzte sich auf die Steinbank gegenüber dem Grabmal. Er füllte seine Pfeife, als ich mich zu ihm setzte. Der Wind flüsterte in den Baumkronen, und sein Ton gefiel mir nicht.

Es wäre die richtige Zeit für herkömmliche Psychologie gewesen. Ich hätte Franklin beim Genick packen und seinen Geist aufrichten sollen. Weil ich nicht recht wußte, was ich tun oder sagen sollte, platzte ich mit dem heraus, was mir im Kopf herumging.

»Dieses Begräbnis war nicht gerade eine besondere Inszenierung, nicht wahr?«

Er zuckte die Achseln. »Warum sollte es eine sein? Tiny war nicht wichtig genug für ein richtiges Drehbuch. Die ganze Szene war improvisiert.«

Das war merkwürdig. Er mußte dasselbe gedacht haben wie ich – einen Vergleich der Zeremonie mit einem Spielfilm. Mir fiel seine Bemerkung über die Krankenschwester im Friedenshof ein und was er über Rollenbesetzung gesagt hatte. Komisch.

»Schauen Sie, mein Sohn«, sagte Franklin. »Ich sollte es Ihnen besser sagen.«

»Nur zu. Eine Weile lang wird es noch nicht regnen.«

»Alles hängt vom Drehbuch ab. «

»Von was für einem Drehbuch?«

Franklin reinigte seine Pfeife. »Das ist es, was ich Ihnen erklären will. Es ist nicht angenehm, aber jetzt, wo wir mit dem Film anfangen werden, gehören Sie dazu, ob Sie es wollen oder nicht. Und ich nehme an, daß es Ihnen nicht gefallen wird. Mir jedenfalls gefällt's nicht.«

Ich blieb ruhig (jetzt kommt's, Junge, jetzt kommt die Astrologie oder was auch immer es ist, und du streitest dich besser nicht mit ihm oder lachst ihm ins Gesicht).

»Omar Khayyam muß es gewußt haben, als er diese Zeilen über das Schachspiel schrieb. Vielleicht war es zu seiner Zeit Schach. Shakespeare brachte es auf den Punkt, als er sagte: ›Die ganze Welt ist eine Bühne.‹ Und vielleicht war sie eine Bühne zu seinen Lebzeiten. Für uns ist es Filmproduktion. Dampfmaschinenzeit. Kinozeit. Und es amüsiert sie, ein Drehbuch zu schreiben, es zu besetzen, zu produzieren und Regie zu führen.«

Er machte eine Pause, die mir Zeit ließ, »welche ›sie‹?« zu sagen.

»Sie. Die. Es. Einer oder viele. Nennen Sie diese Kräfte, wie Sie wollen – Götter, Dämonen, Schicksalskräfte oder kosmische Intelligenzen. Alles, was ich weiß, ist, daß sie existieren, immer existiert haben, immer existieren werden. Und es amüsiert sie, bestimmte Sterbliche auszuwählen, die Rollen in den kleinen Dramen spielen müssen, die sie inszenieren.«

Ich vergaß meine guten Vorsätze und platzte heraus. »Wollen Sie mir sagen, die ganze Welt sei ein Filmstudio, in dem übermenschliche Kräfte jedermanns Handlungen lenken?«

Er schüttelte den Kopf. »Nicht jedermanns. Nur die von wenigen, von ausgewählten wenigen. Die Wichtigen, und jene, die durch das Drehbuch mit ihnen in Kontakt kommen. Omar muß das gewußt haben, Shakespeare muß es gewußt haben, denn sie waren wichtig. Die Mehrheit der Menschen muß improvisieren und ihre Geschäfte in der üblichen schäbigen, kitschigen Art abwickeln. Selbst ihre Verbrechen, ihre Liebesaffären und ihre Art zu sterben sind undramatisch und wenig überzeugend. Ihre Dialoge sind langweilig und uninspiriert, und sie erschaffen niemals etwas.

Verstehen Sie jetzt? Das ist das einzige Kriterium – wenn Sie kreativ sind, haben Sie eine gewisse Affinität zu ihnen. Sie bemerken Sie und schreiben Sie ins Drehbuch. Sie haben von mir und von ein paar anderen als Traumfabrikanten gesprochen. Das sind wir. Besser gesagt, das waren wir, in den alten Tagen, denn es war Teil des Drehbuchs.«

Der Wind röhrte herüber vom Meer, aber er beschäftigte mich nicht weiter. Jetzt mußte ich mir über andere Dinge Sorgen machen. Franklin war plem-plem, und –

»Ich wünschte, ich könnte Ihnen das klarmachen«, sagte er. »Es ist nämlich wirklich furchtbar wichtig, wissen Sie. Wenn Sie einmal die Tatsache akzeptiert haben, werden Sie lernen, was Sie tun müssen. Sie werden nicht den Fehler machen, gegen den Produzenten, den Direktor oder den Drehbuchschreiber angehen zu wollen. Sie werden es nicht riskieren, aus dem Drehbuch gestrichen oder aus dem Film geschnitten zu werden. Denn jetzt sind Sie ein Schauspieler, ob Ihnen das gefällt oder nicht. Und Sie können nicht gegen das Drehbuch ankämpfen. Wenn Sie das tun, kriegen Sie es mit dem Regisseur zu tun. Er wird den Cutter anweisen, Ihre Szenen zu schneiden. Das ist das, was Blade passiert ist, und vielen anderen.«

Man kann mit einem Verrückten nicht streiten, aber ich versuchte es. »Sehen Sie, Mr. Franklin – wir finden da nicht dieselbe Wellenlänge. Sie klingen für mich wie Tiny Collins neulich, als er –«

Es rutschte mir heraus, einfach so. (Mußte das so sein, stand es im Drehbuch?)

»Sie kennen Tiny Collins?«

»Tja, ich sprach mal mit ihm.« Ich erzählte ihm, was geschehen war. Er hörte kopfschüttelnd zu. Er schaute zum Himmel, auf die jagenden Wolken. Wartete er auf ein Stichwort, bevor er sprach?

»Dann war Tinys Unfall vielleicht – kein Unfall. Er war wieder im Drehbuch.«

»Bitte, Mr. Franklin, ich wünschte, Sie würden aufhören, solches Zeug zu sagen. Diese Vorstellung, daß alle wichtigen Leute auf der Welt Teil eines kosmischen Films seien, gibt keinen Sinn.«

»Was gibt Sinn?« fragte er zurück. »Weltkriege, Atombomben, Seuchen, Hungersnöte? Vielleicht ist es nicht für jeden ein Film, nur für Filmemacher. Vielleicht spielen die da oben Krieg für Generale und Staatsmänner. Und andere machen Geschäfte für leitende Angestellte. Wenn Sie jemals hohe Militärs oder Spitzenpolitiker und Industriebosse kennenlernen, können Sie sie fragen. Wenn es wahr ist, werden sie es wissen. Sie werden es herausfinden – sobald sie das Drehbuch verlassen und ihre eigene Show veranstalten wollen.«

Der Klang entfernten Donners.

»Omar wußte es. Er schrieb, was er schreiben sollte – vielleicht ist das die Art, wie sie es tun, sie geben einem schöpferische Energie auf eine Art, die wir nie verstehen werden – und dann hörte er auf. Er schrieb nie wieder eine einzige Zeile, sondern zog sich völlig zurück. Denn sie hatten keine Lust mehr auf diese Szene und schufen eine andere. Rubayat-Zeit war vorbei. Und auch Shakespeare hörte auf zu schreiben. Denken Sie darüber eine Zeitlang nach; denken Sie an die Namen, die großen Namen, die eine bestimmte Zeit aufblühten und dann für immer aus dem Bild verschwanden. Sie waren damals noch auf der Höhe ihrer Schaffenskraft.«

Ich versuchte es mit Logik. »Aber denken Sie an die anderen, die weitermachten, die Tausende, die nicht aufhörten.«

»Manche von ihnen waren nicht groß genug, um unter die Regie zu fallen« erwiderte Franklin. »Manche wußten unzweifelhaft Bescheid, forderten sie aber heraus. Napoleons Drehbuch endete auf Elba, aber er war größer als der Produzent. Er kam zurück. Nun, es gibt keine Comebacks. Man endet im Desaster. Napoleon-Zeit war vorbei. Er hielt es genau einhundert Tage durch.«

Der Himmel war dunkel. Franklin entzündete seine Pfeife und tausend winzige rote Augen sprühten im Wind. »Aber das ist nicht bloß Theorie, mein Sohn. Ich rede von der Realität. Ich spreche von mir selbst und von meiner Firma und einem Dutzend anderer, die dieses Geheimnis in den Tagen erfahren mußten, als wir die stummen Träume schufen. Das Drehbuch war das richtige für uns, um Erfolg zu haben, damals, und unser Erfolg kam plötzlich und spektakulär. Es war eben Stummfilmzeit. Aber dann kam Tonfilmzeit, und es gab ein neues Drehbuch, das neue Darsteller verlangte. Wir hatten die Wahl: zu gehen oder geschnitten zu werden. Die Vernünftigen zogen sich zurück. Den Rest bekam der Cutter. Sehen Sie jetzt klarer?«

Ich sah klarer. »Vielleicht haben Sie recht. Aber – warum erzählen Sie mir all das?«

Franklin lächelte. Es war ein geisterhaftes Lächeln in einem geisterhaften Licht, aber ich kriegte es mit. »Weil ich in den letzten paar Tagen herausgefunden habe, daß ich mehr bin als ein Darsteller. Ich bin ein Mann. Und ein Mann muß sein eigenes Leben führen. Ich dachte einmal, ich könnte meine Verbeugung machen und für den Rest meines Lebens im Publikum sitzen. Und das habe ich jetzt auch länger als zwanzig Jahre getan.

Dann kamen Sie, mit Ihrem Drehbuch. Ihrem Drehbuch, nicht einem von denen. Und ich will es machen. Ich will Regie führen. Ich bin auch ein Regisseur.«

»Gut.« Und ich dachte auch wirklich, daß das gut sei. »Dann werden wir den Film machen.«

Er klopfte mir auf die Schulter. »Natürlich werden wir das, mein Sohn. Aber es wäre nicht fair, anzufangen, ohne Sie zu warnen. Da muß man an die Cutter denken. Wenn der große Regisseur uns beim Improvisieren erwischt und seinen Finger hebt –«

Meine Fresse, der alte Knattermime hob seinen eigenen Finger und deutete dramatisch auf die Statue von Roland Blade. Und der Donner brach genau im richtigen Augenblick los, aufs Stichwort.

Da hätte er mich beinahe einen Moment lang überzeugt. Ich dachte an Blade, an Fay Terris, Matty Ryan und an all die anderen, die dem Tonfilm hatten trotzen wollen und die vor ihrer Zeit starben, plötzlich und gewaltsam.

Die vor ihrer Zeit starben? Nein! Die herausgeschnitten wurden vor ihrer Zeit. Oder aber: als ihre Zeit vorbei war.

Ich fragte mich, ob jene »sie« uns jetzt beobachteten, die Szene anhörten und die Darstellung beurteilten. Ich fragte mich, ob sie ein Signal an die Regenmaschine gegeben hatten. Der Wolkenbruch kam. Ich sprang von der Bank auf und lief den Pfad hinunter. Ich schaute zurück in der Erwartung, Jeffrey Franklin dicht hinter mir zu sehen.

»Eine Minute noch«, sagte er, »ich muß nur – nachdenken –«

»Kommen Sie«, rief ich, »Sie haben es versprochen.«

Jeffrey Franklin straffte sich. Er stand dort im Regen, die Beine auseinander, die Füße fest auf dem Boden, das Kinn aggressiv vorgestreckt.

»Sie haben mein Wort«, rief er. »Ich habe es Ihnen versprochen, ich habe es mir selbst versprochen, und ich verspreche es denen. Von jetzt an führe ich in meinem Leben selbst Regie. Ich werde den Film machen.«

Ich stand dreißig Meter entfernt, die Nacht war dunkel und der Regen eine Sintflut, aber ich sah es trotzdem: das Kinn fuhr in die Höhe. Jeffrey Franklin starrte wieder zum Himmel. Dann passierte es.

Natürlich war es ein Blitz; ein einzelner scharfer Blitz, der Jeffrey Franklin und das Filmprojekt und meine Hoffnungen und überhaupt alles hinwegfegte. Wie die Zeitungen später schrieben (und wie ich mir selbst immer wieder sagte, schon als ich zu dem leblosen Körper hinrannte), es war nur ein idiotischer Zufall.

Aber ich konnte sie nicht vor mir selbst verbergen, diese letzte Erkenntnis. O ja, es war ein Blitz, schön und gut – aber für mich sah es in jenem winzigen Augenblick, da ich es sah, mehr aus wie die scharfe Schneide einer gigantischen Schere.

Der Zauberlehrling

Ich wünschte, ihr würdet das Licht ausdrehen. Es tut mir in den Augen weh. Ihr braucht kein solches Licht, weil ich euch alles erzählen werde, was ihr wissen wollt. Ich werde alles darüber erzählen, wirklich alles. Aber dreht dieses Licht ab.

Und starrt mich bitte nicht so an. Wie kann man nachdenken, wenn ihr alle herumsteht und immer nur Fragen stellt, Fragen, Fragen ...

In Ordnung, ich werde mich beruhigen. Ich werde sehr ruhig sein. Ich wollte nicht schreien. Es sieht mir nicht ähnlich, die Nerven zu verlieren. Ich bin wirklich nicht so. Ihr wißt, daß ich nie jemanden verletzen würde.

Was passiert ist, war ein Unfall. Es war nur, weil ich die Macht verloren habe.

Aber ihr wißt nichts über die Macht, nicht wahr? Ihr wißt nichts über Sadini und seine Gabe.

Nein, ich erfinde nichts. Das ist die Wahrheit, Gentlemen. Ich kann sie beweisen, wenn ihr zuhört. Ich werde euch von Anfang an erzählen, was passiert ist.

Wenn ihr nur das Licht abdreht –

Mein Name ist Hugo. Nein, bloß Hugo. Das ist das einzige, was sie im Heim immer zu mir sagten. Ich lebte im Heim, solange ich zurückdenken kann, und die Schwestern waren sehr freundlich zu mir. Die anderen Kinder dagegen waren böse, sie wollten überhaupt nicht mit mir spielen, wegen meines Buckels und weil ich schiele, wißt ihr, aber die Schwestern waren nett. Sie sagten nicht »Verrückter Hugo« zu mir und machten sich über mich lustig, weil ich kein Gedicht aufsagen konnte. Sie drängten mich nicht in eine Ecke und schlugen mich nicht und brachten mich nicht zum Weinen.

Nein, ich bin in Ordnung. Ihr werdet sehen. Ich habe euch von dem Heim erzählt, aber das ist nicht wichtig. Es fing alles an, als ich weglief.

Seht mal, die Schwestern sagten mir, ich würde zu alt. Sie wollten, daß ich mit dem Doktor woandershin ginge, in eine staatliche Anstalt. Aber Fred – das war einer von den Jungen, die mich nicht schlugen – sagte mir, daß ich nicht mit dem Doktor gehen sollte. Er sagte, die staatliche Anstalt sei böse und der Doktor sei böse. Sie hätten dort Räume mit Gittern an den Fenstern, und der Arzt würde mich an einem Tisch festbinden und mir das Hirn aufschneiden. Er wollte mein Hirn operieren, sagte Fred, und dann würde ich sterben.

Da wurde mir klar, daß die Schwestern wirklich auch dachten, ich sei verrückt, und der Doktor sollte mich am nächsten Tag holen kommen. Deshalb haute ich ab, schlich mich aus meinem Zimmer und kletterte nachts über die Mauer.

Aber es interessiert euch nicht, was danach mit mir geschah, nicht wahr? Ich meine, wie ich unter der Brücke wohnte und Zeitungen verkaufte und wie es im Winter so kalt war – Sadini? Ja, aber das ist ein Teil der Geschichte, der Winter und die Kälte, meine ich. Denn es war wegen der Kälte, daß ich in der Straße hinter dem Theater bewußtlos umfiel, und deswegen fand mich Sadini.

Ich erinnere mich an den Schnee in der Straße und wie er herunterfiel und mir ins Geschicht schlug, eisiger, eisiger

Schnee, der mich ganz zudeckte, und ich sank für immer hinein.

Als ich dann aufwachte, war ich an diesem warmen Platz im Theater, im Umkleideraum, und ein Engel war da und schaute mich an.

Ich dachte, sie sei irgendwie ein Engel. Ihr Haar war lang, wie goldene Harfensaiten, und ich griff danach, um es anzufassen, und da lächelte sie.

»Geht's besser?« sagte sie. »Hier, trink das.«

Sie gab mir etwas Gutes, Warmes zu trinken. Ich lag auf der Couch, und sie hielt meinen Kopf, während ich trank.

»Wie bin ich hierhergekommen?« fragte ich. »Bin ich gestorben?«

»Das habe ich geglaubt, als Victor dich hereinbrachte. Aber ich glaube, jetzt bist du wieder in Ordnung.«

»Victor?«

»Victor Sadini. Willst du sagen, du hast noch nie vom großen Sadini gehört?«

Ich schüttelte den Kopf.

»Er ist ein Zauberer. Er ist jetzt auf der Bühne. Du lieber Himmel, da fällt mir ein, ich muß hinaus!« Sie nahm die Tasse weg und stand auf. »Du bleibst liegen, bis ich zurück bin.«

Ich lächelte sie an. Es war schwierig zu sprechen, weil alles rundherum und rundherum ging.

»Wer bist du?« wisperte ich.

»Isabel.«

»Isabel«, wiederholte ich. Es war ein hübscher Name, ich flüsterte ihn immer und immer wieder, bis ich einschlief. Ich weiß nicht, wie lange es gedauert hat, bis ich wieder aufwachte – ich meine, bis ich aufwachte und mich gesund fühlte. Zwischendurch war ich so irgendwie halbwach, und manchmal konnte ich eine Zeitlang sehen und hören.

Einmal sah ich einen großen Mann mit schwarzen Haaren und Schnurrbart, der sich über mich beugte. Er war ganz in Schwarz und hatte schwarze Augen. Ich dachte, vielleicht ist es der Teufel, der kommt, mich in die Hölle zu holen. Die Schwestern hatten uns viel vom Teufel erzählt. Ich fürchtete mich so, daß ich beinahe wieder in Ohnmacht fiel. Ein andermal hörte ich Stimmen, öffnete meine Augen und sah den Mann in Schwarz und Isabel auf der anderen Seite des Zimmers sitzen. Ich glaube, sie wußten nicht, daß ich wach war, denn sie sprachen über mich.

»Was glaubst du, wie lange ich das noch mitmache, Vic?« sagte sie gerade. »Ich habe es satt, das Kindermädchen für diesen lausigen Penner zu spielen. Was ist die tolle Idee dahinter? Du kennst ihn nicht seit Adams Zeiten, oder?«

»Aber wir können ihn nicht hinauswerfen und im Schnee sterben lassen, nicht wahr?« Der Mann in Schwarz ging auf und ab und zog an seinen Schnurrbartenden. »Sei vernünftig, Liebling. Das arme Kind wäre beinahe verhungert, verstehst du? Er hat keinerlei Ausweis, gar nichts; er ist in Schwierigkeiten und braucht Hilfe.«

»Scheiß drauf! Ruf die Bullen – es gibt Asyle, so viel ich weiß. Wenn du glaubst, ich verbringe meine ganze Freizeit zwischen den Auftritten zusammengesperrt mit einem verlausten –«

Ich konnte nicht verstehen, was sie meinte, was sie da sagte. Wißt ihr, sie war so schön. Ich wußte, daß sie freundlich sein mußte und daß alles ein Mißverständnis war, vielleicht war ich zu krank, um richtig zu verstehen.

Dann fiel ich wieder in Schlaf, und als ich aufwachte,

fühlte ich mich besser, anders als vorher, und ich wußte, daß es ein Irrtum gewesen war. Denn sie war da, und sie lächelte mich an.

»Wie geht's dir?« fragte sie. »Kannst du jetzt etwas essen?« Ich konnte sie nur anschauen und lächeln. Sie trug einen langen grünen Mantel voll silberner Sterne, und jetzt wußte ich, daß sie ganz sicher ein Engel war.

Dann kam der Teufel herein.

»Er ist bei Bewußtsein, Vic«, sagte Isabel.

Der Teufel sah mich an und grinste.

»Hallo, Kumpel! Fein, dich bei uns zu haben. Einen Tag lang oder so dachte ich schon, wir würden auf das Vergnügen deiner Gesellschaft verzichten müssen.«

Ich starrte ihn nur an.

»Was ist los, ängstigt dich mein Make-up? Stimmt, du weißt ja gar nicht, wer ich bin, oder? Mein Name ist Victor Sadini. Der Große Sadini – eine Zauberschau, weißt du.« Isabel lächelte mich auch an, daran sah ich, daß alles in Ordnung war. Ich nickte und flüsterte: »Ich heiße Hugo. Sie haben mein Leben gerettet, nicht wahr?«

»Vergiß es. Warte noch ein bißchen mit dem Plaudern. Jetzt mußt du erstmal essen und dich ein bißchen mehr ausruhen. Du kampierst jetzt drei Tage auf diesem Sofa, Junge. Schau, daß du zu Kräften kommst, denn unser Auftritt hier ist am Mittwoch zu Ende, und wir hüpfen rüber nach Toledo.«

Am Mittwoch war der Auftritt zu Ende, und wir hüpften nach Toledo. Eigentlich hüpften wir nicht richtig, wir nahmen einen Zug. O ja, ich war dabei. Denn ich war Sadinis neuer Gehilfe.

Das war, bevor ich herausbekam, daß er ein Diener des Teufels war. Ich dachte nur, er sei ein freundlicher Mann, der mir das Leben gerettet hatte. Er saß da im Ankleideraum und erklärte mir alles; wie er seinen Schnurrbart formte und sein Haar auf bestimmte Art kämmte und immer Schwarz trug, weil man erwartet, daß Bühnenzauberer so aussehen.

Er machte mir Tricks vor; wundervolle Tricks mit Karten und Münzen und Taschentüchern, die er aus meinen Ohren herauszog, und mit farbigem Wasser, das er aus meinen Taschen holte. Er konnte auch Dinge verschwinden lassen, und ich fürchtete mich vor ihm, bis er mir sagte, es sei alles nur Trick.

Am letzten Tag ließ er mich mitkommen und hinter der Bühne stehen, während er vor den Leuten auftrat und das machte, was er seinen »Akt« nannte, und da sah ich wundervolle Dinge.

Er ließ Isabel sich auf einem Tisch ausstrecken und dann winkte er mit einem Stab und sie schwebte in der Luft, ohne daß irgend etwas sie gehalten hätte. Dann ließ er sie herunter und sie fiel nicht und lächelte nur, während alle Leute applaudierten. Dann gab sie ihm die Sachen, mit denen er die Tricks machte, und er zeigte mit seinem Zauberstab auf sie und ließ sie verschwinden oder explodieren oder sich verwandeln. Er ließ einen großen Baum aus einem kleinen Pflänzchen wachsen, direkt vor meinen Augen. Und dann steckte er Isabel in eine Kiste, und ein paar Männer brachten eine große elektrische Säge mit scharfen Zähnen herein, und er sagte, er würde sie in der Mitte auseinandersägen. Und dann fesselte er sie.

Ich rannte da beinahe auf die Bühne, um ihn davon abzuhalten, aber sie fürchtete sich nicht, und die Männer, die den Vorhang zwischen den Szenen bedienten, lachten auch bloß, und da dachte ich mir, das müsse auch ein Trick sein. Aber als er den Schalter der Säge umlegte und begann, in die Kiste hineinzusägen, stand ich dort, und der Schweiß drang mir aus allen Poren, weil ich sehen konnte, wie er in sie hineinsägte.

Sie lächelte aber nur, selbst als er sie richtig durchgesägt hatte. Sie lächelte, und sie war überhaupt nicht tot!

Dann deckte er sie zu und schob die Säge beiseite und winkte mit seinem Zauberstab, und sie sprang auf, alles einfach so hintereinander. Das war die wunderbarste Sache, die ich je gesehen hatte, und ich glaube, es war diese Show, die mich bewog, mit ihm zu gehen.

Also sprach ich nachher mit ihm, wie er mein Leben gerettet habe, und wer ich sei, und daß ich keinen Platz hätte, wohin ich gehen könnte, und wie ich umsonst für ihn arbeiten würde, einfach alles tun würde, wenn ich nur mitkommen dürfte. Ich sagte ihm nicht, daß ich das nur täte, um Isabel immer sehen zu können, denn ich dachte, das würde er nicht mögen. Und ich glaubte, sie auch nicht. Sie war seine Frau, wie ich mittlerweile wußte.

Es hatte nicht viel Sinn, was ich ihm da erzählte, aber er schien mich zu verstehen.

»Vielleicht kannst du dich wirklich nützlich machen«, sagte er. »Wir sollten jemanden haben, der sich um die Requisiten kümmert, das würde mir Zeit sparen. Du könntest sie aus- und einpacken.«

»Niente«, sagte Isabel. »Chorradas.« Ich verstand sie nicht, wohl aber Sadini. Vielleicht waren es Zauberformeln.

»Hugo wird das richtig machen«, sagte er. »Ich brauche jemanden, Isabel. Jemanden, der wirklich verläßlich ist – du verstehst, was ich meine.«

»Hör zu, du billiger Schmierendarsteller –«

»Mach halblang, Isabel.« Sie sah finster drein, aber als er sie ansah, erschlaffte sie irgendwie und versuchte zu lächeln.

»Meinetwegen, Vic. Wie du meinst. Aber denk dran, es ist dein Bier, nicht meines.«

»Genau.« Sadini kam zu mir herüber. »Du kannst mit uns kommen. Du bist von jetzt an mein Assistent.«

So lief das damals.

So lief es für lange, lange Zeit. Wir gingen nach Toledo, dann nach Detroit, Indianapolis, Chicago, Milwaukee und St. Paul – oh, an eine ganze Menge Orte. Aber für mich waren sie alle gleich. Wir fuhren mit dem Zug und dann gingen Sadini und Isabel zu einem Hotel und ich blieb zurück und überwachte das Entladen des Gepäckwagens. Ich bekam die großen Koffer mit den Requisiten (so nannte Sadini die Sachen, die er für seinen Akt brauchte) und gab dann dem Lastwagenfahrer einen Zettel, wir fuhren zum Theater, der Fahrer stellte die Sachen auf die Straße, und ich schleppte sie in die Garderobe und hinter die Bühne. Dann packte ich die Requisiten aus, und so lief das eben immer.

Ich schlief im Theater, meistens in der Garderobe, und ich aß mit Sadini und Isabel. Eigentlich nicht so oft mit Isabel. Sie schlief gerne lange im Hotel, und ich glaube, sie schämte sich zuerst mit mir. Ich nahm ihr das nicht übel, so wie ich aussah, mit meinen Kleidern und dem Schielen und dem Buckel.

Natürlich kaufte mir Sadini nach einer Weile neue Kleidung. Er war gut zu mir, wirklich. Er erzählte mir eine Menge über seine Tricks und seinen Akt, und er sprach sogar über Isabel. Ich konnte nicht verstehen, wie ein so netter Mann solche Dinge über sie sagen konnte.

Obwohl sie mich nicht zu mögen schien und sich auch von Sadini fernhielt, wußte ich, daß sie ein Engel war. Sie war genau auf die Art schön wie die Engel in den Büchern, die mir die Schwestern gezeigt hatten. Natürlich würde sich Isabel nicht für häßliche Leute wie mich oder Sadini interessieren, Sadini mit seinen schwarzen Augen und seinem schwarzen Schnurrbart. Ich habe nie verstanden, wie sie ihn heiraten konnte, wenn es doch gutaussehende Männer für sie gab wie George Wallace.

Sie sah ihn die ganze Zeit, weil er eine andere Nummer in derselben Show hatte, mit der wir unterwegs waren. Er war groß, blond und hatte blaue Augen und war ein Sänger und Tänzer. Isabel stand in der Seitenkulisse, wenn er sang, und schaute ihm zu. Manchmal sprachen sie miteinander und lachten, und als Isabel einmal sagte, sie ginge ins Hotel, weil sie Kopfweh hätte, sah ich sie und George Wallace in seine Garderobe gehen.

Vielleicht hätte ich das Sadini nicht sagen sollen, aber es rutschte mir heraus, bevor ich es zurückhalten konnte. Er wurde sehr wütend und stellte mir Fragen, und dann sagte er mir, ich solle den Mund geschlossen, aber die Augen offenhalten.

Ich hätte darauf nicht ja sagen sollen, das weiß ich jetzt; aber alles, was ich damals denken konnte, war, daß Sadini gut zu mir gewesen war. Also beobachtete ich Isabel und Wallace, und als Sadini einmal zwischen den Vorstellungen in der Stadt war, sah ich sie wieder in Wallaces Garderobe. Das war auf der Galerie, und ich schlich mich auf Zehenspitzen hin und schaute durchs Schlüsselloch. Es war sonst niemand da, und keiner sah, wie rot ich wurde.

Denn Isabel küßte George Wallace, und er sagte: »Komm Liebes – tun wir nicht länger so als ob. Wenn die

Show vorüber ist, heißt es für uns: nur wir beide. Wir hauen ab, gehen an die Küste, und –«

»Red keinen Quatsch!« Isabel klang zornig. »Ich bin verrückt nach dir, Georgie-Boy, aber ich erkenne ein gutes Geschäft, wenn ich eines sehe. Vic ist ein Star; er macht einen Riesen pro Woche, während du kaum Kohle bringst. Vergnügen ist gut und schön, aber bei dem Handel sehe ich keinen Gewinn für mich.«

»Vic!« George Wallace schnitt eine Grimasse. »Was hat dieser Tölpel denn schon? Ein paar Koffer voll Plunder und einen Schnurrbart. Jeder kann Zaubertricks machen – ich könnte das auch, wenn ich das ganze präparierte Material hätte. Zum Teufel, du kennst doch alle seine Tricks. Du und ich könnten einen eigenen Akt entwickeln, Baby. Wie wär's damit? Der Große Wallace und Co. –«

»Georgie!«

Sie sagte es so schnell und bewegte sich so blitzartig, daß ich nicht weglaufen konnte. Isabel kam geradewegs herüber zur Tür und riß sie auf, und da stand ich.

»Was zum –«

George Wallace trat hinter sie, und als er mich sah, griff er nach mir, aber sie schlug ihm die Hände herunter.

»Laß das!« sagte sie. »Das mach ich.« Sie lächelte mich an und da wußte ich, daß sie mir nicht böse war. »Komm mit nach unten, Hugo«, sagte sie, »wir wollen ein bißchen miteinander reden.«

Ich werde dieses bißchen Reden nie vergessen.

Wir saßen in der Garderobe, nur Isabel und ich, ganz allein. Und sie hielt meine Hand – sie hatte so weiche, warme Hände – und sah mir in die Augen und sprach mit ihrer tiefen Stimme, die war so wie Singen und Sterne und Sonnenschein.

»Jetzt hast du es also herausgefunden«, sagte sie. »Das bedeutet, daß ich dir auch den Rest erzählen muß. Ich wollte nicht, daß du es weißt, Hugo. Niemals. Aber ich fürchte, jetzt geht es nicht anders.«

Ich nickte. Ich traute mich nicht, sie anzusehen, deshalb starrte ich auf den Tisch. Sadinis Zauberstab lag da – sein langer schwarzer Stab mit dem goldenen Knopf. Er glitzerte und schimmerte und ließ mich zwinkern.

»Ja, es ist wahr, Hugo. George Wallace und ich lieben uns. Er will weg mit mir.«

»A-aber Sadini ist so ein netter Mann«, stotterte ich, »obwohl er so aussieht.«

»Wie meinst du das?«

»Na, als ich ihn zum erstenmal sah, dachte ich, er sei der Teufel, aber jetzt –«

Sie zog scharf den Atem ein. »Du hast gedacht, er sähe wie der Teufel aus, Hugo?«

Ich lachte. »Ja. Weißt du, die Schwestern sagten, ich sei nicht sehr klug. Und sie wollten meinen Kopf operieren, weil ich irgendwelche Sachen nicht verstehen konnte. Aber ich bin in Ordnung. Du weißt das. Ich dachte nur, Sadini sei der Teufel, bis er mir erzählte, daß alles nur ein Trick war. Es ist kein richtiger Zauberstab, und er sägt dich nicht wirklich in zwei Hälften –«

»Und du hast ihm geglaubt!«

Jetzt schaute ich sie an. Sie saß ganz gerade da, und ihre Augen leuchteten. »Oh, Hugo, wenn du nur wüßtest! Siehst du, ich habe das auch einmal geglaubt. Als ich ihn zum erstenmal traf, vertraute ich ihm. Aber jetzt bin ich seine Sklavin. Deswegen kann ich nicht weg, weil ich seine Sklavin bin. Genau so, wie er der Sklave des – Teufels ist!«

Meine Augen müssen mir aus dem Kopf getreten sein, denn sie sah mich so komisch an, als sie weiterredete.

»Das hast du nicht gewußt, nicht wahr? Du hast ihm geglaubt, als er sagte, es sei nur ein Trick, und daß er mich nur zum Schein in Hälften sägte, mittels Spiegeln.«

»Aber er verwendet Spiegel«, sagte ich. »Ich pack sie ein und aus und stelle sie auf.«

»Damit täuscht er die Bühnenarbeiter. Wenn sie wüßten, daß er ein richtiger Zauberer ist, würde man ihn einsperren. Haben dir die Schwestern nicht erzählt, daß man dem Teufel seine Seele verkaufen kann?«

»Ja, sowas habe ich schon gehört, aber ich dachte –«

»Du glaubst mir doch, Hugo, oder?« Sie nahm wieder meine Hand und schaute mir in die Augen. »Wenn er mich auf die Bühne mitnimmt und mich schweben läßt, das ist Zauberei. Ein Wort von ihm, und ich würde mich zu Tode stürzen. Wenn er mich in zwei Hälften sägt, tut er das wirklich. Deshalb kann ich nicht davonlaufen, weil ich seine Sklavin bin.«

»Dann muß ihm der Teufel diesen Zauberstab gegeben haben, mit dem er seine Tricks macht.«

Sie nickte und beobachtete mich.

Ich schaute den Stab an. Er glänzte, ihre Haare glänzten, und ihre Augen glänzten.

»Kann ich ihm nicht den Stab stehlen?« fragte ich.

Sie schüttelte den Kopf. »Das würde nichts nützen. Nicht, solange er am Leben ist.«

»Nicht, solange er am Leben ist«, wiederholte ich.

»Aber wenn er – oh, Hugo, du mußt mir helfen! Es gibt nur einen Weg, und es wäre keine Sünde, weil er ja seine Seele dem Teufel verkauft hat. Oh, Hugo, du mußt mir helfen, du wirst mir helfen –«

Sie küßte mich.

Sie *küßte* mich. Ja, sie legte ihre Arme um meinen Buckel, und ihre goldenen Haare wanden sich rund um mich, und ihre Lippen waren so weich und ihre Augen strahlten, und sie sagte mir, was zu tun war, wie es zu tun war, und daß es keine Sünde wäre, denn er hatte sich dem Teufel verkauft, und außerdem würde niemand es je erfahren.

Da sagte ich, ja, ich würde es tun.

Sie sagte mir, wie.

Und ich mußte ihr versprechen, es nie jemandem zu erzählen, ganz gleich, was passierte, selbst wenn die Sache schiefginge und man mich befragte.

Ich versprach das.

Und dann wartete ich. Ich wartete darauf, daß Sadini an diesem Abend zurückkäme. Ich wartete bis nach der Show, als jeder heimging. Isabel ging und sagte Sadini, er solle dableiben und mir beim Packen helfen, denn ich sei krank, und er sagte, er werde das tun. Es lief alles so, wie sie gesagt hatte, daß es sein würde.

Wir begannen mit dem Packen, und es war niemand mehr im Theater als der Pförtner, aber er war unten in dem Zimmer zur Straße. Ich ging ins Vestibül, während Sadini packte, und sah, wie still und dunkel es da war. Dann ging ich zurück in die Garderobe und sah Sadini zu, wie er die Requisiten wegräumte.

Er hatte den Stab noch nicht berührt. Der glitzerte und glänzte, und ich hätte ihn gern aufgenommen und die Magie gefühlt, die die Macht des Teufels in ihn gelegt hatte. Aber dafür war jetzt keine Zeit. Ich mußte hinter Sadini treten, als er sich über den Koffer beugte. Ich mußte das Eisenrohr aus meiner Tasche nehmen, es über seinen

Kopf schwingen und ein-, zwei-, dreimal niedersausen lassen. Es gab ein schreckliches knackendes Geräusch, dann einen dumpfen Fall, als er auf den Boden fiel.

Alles was ich jetzt tun mußte, war, ihn in den großen Koffer stecken und –

Da war ein anderes Geräusch.

Jemand klopfte an die Tür.

Jemand rüttelte am Türknopf, als ich Sadinis Körper in die Ecke hinüber zog und einen Platz suchte, an dem ich ihn verstecken konnte. Aber das nützte nichts. Es klopfte wieder und eine Stimme rief: »Hugo – öffne! Ich weiß, daß du da drin bist!«

Also öffnete ich die Tür und hielt das Eisenrohr hinter meinem Rücken. George Wallace kam herein.

Ich glaube, er war betrunken. Jedenfalls schien er den am Boden liegenden Sadini zuerst gar nicht zu sehen. Er schaute mich an und wedelte mit den Armen.

»Hugo, ich muß mit dir sprechen.« Er war tatsächlich betrunken, jetzt konnte ich den Alkohol riechen. »Sie hat es mir gesagt«, flüsterte er. »Sie hat mir gesagt, was ihr vorhabt. Sie versuchte, mich betrunken zu machen, aber ich bin schlauer als sie. Ich bin abgehauen. Ich muß mit dir reden, bevor du einen Blödsinn machst.

Sie hat es mir erzählt. Sie will dich hineinlegen, das ist es. Du bringst Sadini um, sie wird die Bullen anrufen und alles abstreiten. Du giltst als – naja, sagen wir, ein bißchen weich in der Birne. Wenn du den Quatsch über den Teufel verzapfst, werden sie dich für verrückt halten und einsperren. Dann sollten wir beide abhauen und die Nummer übernehmen. Ich bin hergekommen, um dich zu warnen –«

In diesem Moment sah er Sadini. Er gefror förmlich, stand mit offenem Mund steif wie ein Brett da. Das machte es mir leicht, hinter ihn zu treten und ihm mit dem Rohr eins überzuziehen – draufzuschlagen und drauf und drauf und drauf.

Ich wußte doch, daß er log, er log über sie, er sollte sie nicht kriegen, nicht davonlaufen, das konnte ich nicht erlauben. Ich wußte, was er wirklich wollte – er wollte den Zauberstab, die Macht des Teufels. Aber der gehörte mir. Ich ging hinüber und nahm ihn in die Hände, ich fühlte die Macht meinen Arm hinaufsteigen, als ich die schimmernde Spitze ansah. Ich hatte ihn noch in der Hand, als sie hereinkam.

Sie mußte ihm gefolgt sein, aber jetzt kam sie zu spät. Sie konnte sich das selber sagen, als sie ihn da so am Boden liegen sah mit dem Hinterkopf, in dem ein großer roter Mund lachte.

Auch sie erstarrte einen Moment lang, aber dann fiel sie zu Boden, bevor ich etwas sagen konnte. Sie verlor einfach das Bewußtsein.

Ich stand da, hielt den Zauberstab, schaute auf sie hinunter, und alles tat mir leid. Sadini tat mir leid, weil er in der Hölle brannte. George Wallace tat mir leid, weil er hereingeplatzt war. Sie tat mir leid, weil alle ihre Pläne danebengegangen waren.

Dann schaute ich auf den Stab, und mir kam eine wundervolle Idee. Sadini war tot, George war tot, aber sie hatte immer noch mich. Sie fürchtete sich nicht vor mir – sie küßte mich ja sogar.

Und ich hatte den Zauberstab. Das war das magische Geheimnis. Jetzt, während sie schlief, konnte ich herausfinden, ob es stimmte. Und wenn sie aufwachte, wie überrascht würde sie sein! Ich würde zu ihr sagen: »Du hattest recht, Isabel. Es funktioniert. Und von jetzt an werden wir beide zusammen die Nummer bringen. Ich habe den Stab, und du mußt dich nie wieder fürchten. Denn ich kann es. Ich habe es gemacht, während du geschlafen hast.«

Es störte uns niemand. Ich trug sie auf die Bühne. Ich holte auch die Requisiten. Ich schaltete sogar den Scheinwerfer an, weil ich wußte, wo er war. Es war komisch, sich so ins Dunkle zu verbeugen, ganz allein in dem leeren Theater. Aber ich trug jetzt Sadinis Mantel, und ich stand dort einen Augenblick lang, Isabel lag vor mir. Mit dem Zauberstab in der Hand fühlte ich mich wie ein neuer Mensch – wie Hugo der Große.

Und ich war Hugo der Große.

In dieser Nacht war ich in dem leeren Theater Hugo der Große. Ich wußte genau, was ich tun sollte und wie. Es gab keine Bühnenarbeiter, also gab ich mich erst gar nicht mit den Spiegeln ab, sondern fesselte sie und holte selbst die elektrische Säge. Das Blatt schien sich nicht so schnell zu drehen, als ich sie gegen die Kiste richtete, die Isabel umschloß, aber ich machte es schon richtig.

Die Säge brummte und brummte, und dann öffnete Isabel die Augen und schrie, aber ich hatte sie festgebunden, und außerdem gab es ja nichts, wovor sie Angst haben mußte. Ich zeigte ihr den Zauberstab, aber sie schrie und schrie, bis das Geräusch der Säge ihre Stimme übertönte und das Sägeblatt durchkam.

Es war rot. Tropfnaß rot.

Mir wurde übel, als ich hinsah, deshalb schloß ich meine Augen und schwang den Zauberstab sehr schnell.

Dann schaute ich wieder hin.

Alles war – wie zuvor.

Ich schwang den Stab nochmals.

Nichts passierte.

Irgend etwas war schiefgegangen. Jetzt wußte ich, daß etwas schiefgegangen war.

Dann fing ich an zu schreien, und der Pförtner hörte es endlich und kam hereingerannt, und dann seid ihr gekommen und habt mich weggebracht.

So, jetzt seht ihr, daß es nur ein Unfall war. Der Zauberstab funktionierte nicht. Vielleicht nahm der Teufel die Macht weg, als Sadini starb. Ich weiß es nicht. Ich weiß bloß, daß ich sehr müde bin.

Würdet ihr jetzt bitte das Licht abdrehen?

Ich möchte schlafen ...

Ich küsse deinen Schatten

Joe Elliot setzte sich in meinen Lieblingssessel, nahm sich einen Schluck von meinem besten Whisky und entzündete sich eine meiner Spezialzigaretten.

Ich unternahm nichts dagegen.

Aber als er sagte: »Ich habe letzte Nacht deine Schwester gesehen«, machte ich mich zum Protest bereit. Schließlich kann man nicht alles tolerieren.

Als ich meinen Mund öffnete, wurde mir klar, daß es da nichts zu sagen gab. Was konnte ich gegen einen Satz wie diesen einwenden? Ich hatte ihn schon hundertmal aus seinem Mund gehört, während ihrer Verlobungszeit, und er klang damals absolut natürlich.

Er hätte auch jetzt absolut natürlich geklungen, von einer Kleinigkeit abgesehen – meine Schwester war seit drei Wochen tot.

Joe Elliot versuchte zu lächeln und war nicht sehr erfolgreich dabei. »Ich nehme an, das klingt verrückt«, sagte er. »Aber es ist die Wahrheit. Heute nacht sah ich Donna. Oder zumindest ihr Gespenst.«

Er gab mir immer noch keine Gelegenheit zu einem vernünftigen Einwand. Das einzig Vernünftige, was ich tun konnte, war zu schweigen und zuzuhören.

»Sie kam in mein Schlafzimmer und beugte sich über mich. Ich habe seit dem Unfall Schlafschwierigkeiten, aber ich nehme an, das weißt du ohnehin. Jedenfalls lag ich da und schaute zur Decke und versuchte zu entscheiden, ob ich aufstehen und das Rollo herunterziehen sollte, weil das Mondlicht so hell war. Dann drehte ich mich auf die Seite und wollte die Füße aus dem Bett schwingen, und da war sie. Sie stand da, beugte sich über mich und streckte ihre Arme aus.«

Elliot lehnte sich vor. »Klar, ich weiß, was du denkst. Das Mondlicht wurde von irgendeinem Gegenstand im Zimmer reflektiert und warf einen Schatten, und den Rest erfand ich selber dazu. Oder ich schlief doch und wußte es nicht. Aber ich weiß, was ich gesehen habe. Es war Donna – ich würde sie überall erkennen, allein nach ihrer Silhouette.«

Ich fand meine Stimme (oder eine brauchbare Nachahmung).

»Was tat sie dann?«

»Tat? Sie tat überhaupt nichts. Stand dort und streckte ihre Arme aus, als wartete sie auf etwas.«

»Worauf wartete sie?«

Elliot starrte auf den Boden. »Das ist das Harte dran«, murmelte er. »Es klingt so – ach, zum Teufel damit, wie es klingt. Als Donna und ich uns verlobten, hatte sie diesen Trick drauf. Wir waren gerade am Plaudern oder wollten das Geschirr waschen, wenn ich bei ihr gegessen hatte, irgendso etwas Gewöhnliches halt. Und dann streckte sie plötzlich ihre Arme aus. Ich kriegte mit, was die Geste bedeuten sollte. Sie wollte geküßt werden. Also küßte ich sie. Und jetzt fang an zu lachen! – das tat ich auch letzte Nacht. Ich stieg aus dem Bett und küßte ihren Schatten.«

Ich lachte nicht. Ich tat überhaupt nichts. Ich saß nur da und wartete darauf, daß er weitererzählte. Als er dazu keinerlei Anstalten machte, mußte ich die Gesprächspause irgendwie füllen. »Du küßtest sie. Und was geschah dann?«

»Na, nichts. Sie ging einfach weg.«

»Sie verschwand?«

»Nein, sie ging weg. Das Gespenst löste sich von mir, drehte sich um und ging durch die Türe hinaus.«

»Das Gespenst *löste* sich von dir«, wiederholte ich, »meinst du damit –«

Er nickte. Ich bin nicht zuständig für Körpersprache, aber es war offensichtlich, daß kein Widerstand in dieser Bewegung lag, eher eine Art Resignation. »So war's. Als ich sie küßte, legte sie ihre Arme um mich. Ich – ich sah sie. Und ich fühlte sie. Ich spürte auch ihren Kuß. Ein komisches Gefühl, ein Gespenst zu küssen. Real, und doch nicht ganz da.« Er schaute in seinen Drink. »Wie ein gewässerter Whisky.«

Mit diesem Vergleich war etwas faul, aber es war auch etwas faul mit der ganzen Geschichte. Ich nehme an, das Hauptproblem war ganz einfach die Chronologie – er kam damit ungefähr fünfzig Jahre zu spät.

Vor fünfzig Jahren hätte das alles nicht so merkwürdig geklungen. Nicht in jenen Tagen, als die Leute im großen und ganzen noch an Geister glaubten; in jenen Tagen, als so wichtige und nüchterne Psychologen wie William James sich in der Gesellschaft zur Erforschung des Übernatürlichen betätigten. Es gab damals eine gewisse Empfänglichkeit für den sentimentalen Aspekt – Liebe über den Tod hinaus, die aus dem Grab herüberreichen konnte, und all dieses Zeug. Aber jetzt klang das nur noch falsch.

Das einzige, was mich davon abhielt, das geradeheraus zu sagen, war die Erkenntnis, daß etwas an der Sache noch unstimmiger war als der Rest. Nämlich Joe Elliot selbst.

Er war der professionelle Skeptiker, der überzeugte Spötter. Natürlich konnte der Schock wegen Donnas Tod –

»Sag es nicht«, seufzte er. »Ich weiß, wie konfus und doof das alles klingt, und ich weiß auch, was du denkst. Ich möchte mich nicht mit dir streiten. Der Unfall hat mich wirklich hart getroffen, das verstehst du sicher. Und ich gebe auch zu, daß ich in einer Art Schockzustand war, als sie mich in der Schlucht aus dem Wagen holten. Aber ich kam noch vor dem Begräbnis wieder aus diesem Zustand heraus. Das weißt du auch. Und wenn du es nicht glaubst, dann frag Doktor Foster.«

Diesmal war ich mit Nicken dran.

»Ich war völlig o.k. beim Begräbnis und später«, fuhr er fort. »Du hast mich seit damals fast täglich gesehen. Hast du irgend etwas Außergewöhnliches bemerkt?«

»Nein.«

»Dann war es nicht nur Einbildung. Das kann es nicht gewesen sein.«

»Was glaubst du dann?«

Er stand auf. »Ich glaube gar nichts. Ich wollte dir nur erzählen, was passiert ist. Das ist nämlich eins von den Dingen, die man jemandem erzählen muß, und du bist dafür der logische Empfänger. Ich kann darauf vertrauen, daß du es nicht herumposaunst. Außerdem bist du ihr Bruder, und es wäre immerhin möglich – daß sie zu dir kommt.«

Joe Elliot ging zur Tür.

»Du gehst schon?« sagte ich.

»Ich bin müde. Ich habe letzte Nacht nicht viel geschlafen – danach.«

»Schau«, sagte ich, »wie wär es mit einem Beruhigungsmittel? Ich habe ein paar Sachen da –«

»Danke, ich glaube, lieber nicht.« Er öffnete die Tür. »Ich werde dich in ein, zwei Tagen anrufen. Wir können zusammen Mittagessen.«

»Bist du sicher, daß du –«

»Ja, ich bin in Ordnung.« Er lächelte und ging.

Ich runzelte die Brauen und blieb. Ich runzelte die Brauen noch bis zum Zubettgehen. Irgend etwas war definitiv falsch an Elliots Geschichte, und das bedeutete, daß irgend etwas an Elliot falsch war. Ich wünschte, ich wüßte die Antwort.

»Es wäre immerhin möglich – daß sie zu dir kommt.«

Ich kroch zwischen die Laken und bemerkte, daß das Mondlicht in dieser Nacht auch sehr hell auf meine Decke fiel. Aber ich sah es mir nicht lange an. Ich schloß die Augen und überlegte, wie wahrscheinlich es wäre. Die Chance schien mir nur winzig klein zu sein.

Meine Schwester war tot. Ich hatte sie nicht sterben sehen, aber war der erste gewesen, den man nach dem Unfall gerufen hatte, sobald die Polizei auf der Szene erschienen war. Ich sah, wie sie sie aus dem zerquetschten Auto holten, und es gab keinen Zweifel an der Tatsache, daß sie tot war. Ich dachte nicht gerne daran, wie sie ausgesehen hatte. Ich dachte auch nicht gerne daran, wie Joe Elliot ausgesehen hatte, als er vom Schock geschüttelt wurde; er wußte nichts von meiner Anwesenheit, nichts von der klaffenden Wunde in seiner Stirn, nicht einmal etwas davon, daß Donna tot war. Er sprach noch mit ihr, als sie sie in den Krankenwagen brachten, versuchte ihr klarzumachen, daß es ein Unfall war, der Wagen war auf einer Ölspur auf der Straße geschleudert. Aber Donna hörte ihn nicht mehr, weil sie schon tot war. Sie war gestorben, als ihr Kopf durch die Windschutzscheibe krachte.

Das war auch das Ergebnis der gerichtlichen Untersuchung. Der Spruch lautete auf Tod als Unfallfolge. Und sicher hatten die Leichenbestatter, die sie einbalsamierten, keine Zweifel, ebensowenig der Priester, der seinen Sermon über ihrem Sarg sprach, und die Männer, die ihre Leiche in das Grab draußen in Forest Hills hinuntersenkten. Nein, Donna war tot.

Und jetzt, drei Wochen später, kam Joe Elliot zu mir und sagte: »Ich habe deine Schwester gesehen. Oder zumindest ihr Gespenst.« Der nüchterne Joe, Presseredakteur und so zynisch, wie es dieser Beruf mit sich bringt, küßte ein Gespenst. Er sagte, sie habe dort gestanden mit ausgestreckten Armen und er habe sie erkannt.

Nun, ich hatte im Gespräch mit ihm nichts sagen wollen, aber ich kannte diese spezielle Geste, die er beschrieben hatte. Ich hatte sie selbst schon gesehen, lange bevor Joe Elliot die Szene betrat. Damals, als Donna mit Frankie Hankins verlobt gewesen war, hatte sie denselben Trick bei ihm verwendet. Ich fragte mich, ob Frankie schon von ihrem Unfall gehört hatte, drüben in Japan. Er hatte sich als Freiwilliger gemeldet, das hatte ihre Affäre beendet.

Dann fiel mir ein, daß Donna diese Offene-Arme-Technik noch öfters verwendet hatte. Bei Gil Turner. Das war nicht lange gut gegangen, wie man sich von Anfang an hatte denken können: Turner war ein alberner Knilch. Jedermann war überrascht zu sehen, daß ein Wischi-waschi-Charakter wie er in solchem Tempo Leine zog und die Stadt verließ.

Es mußte auch Donna überrascht haben, aber nicht für lange Zeit. Denn genau damals stellte ich ihr Joe Elliot vor und da ging es richtig los.

Fraglos war es für beide die ganz große Sache. Sie verlobten sich nach einem Monat und planten die Heirat noch vor Sommerende. Donna zog das alles schnurgerade durch. Natürlich hatte ich schon immer gewußt, daß meine Schwester eine sehr bestimmte Frau war (genaugenommen ging sie grundsätzlich ihre eigenen Wege und wurde zur Furie, wenn man ihr dazwischenkam), aber es war doch interessant zu sehen, wie sie an Joe Elliot arbeitete. Wenn man von Pygmalion spricht – hier war der Fall, in dem Galathea den Spieß umdrehte. Bevor jemand zweimal hinsah, war Joe Elliot von seinen saloppen Sportjakken auf grauen Tweed umgestiegen, rauchte eine Bruyère-Pfeife statt seiner stinkenden Zigarren und erschien in Donnas gemütlichem kleinen Apartment zu regelmäßigen Abendessen, während er sich zuvor von Hamburgers und Kaffee ernährt hatte.

Oh, sie verwandelte diesen Burschen wirklich! Sie brachte ihn soweit, daß er sich zweimal täglich rasierte, und mit seinem Gehaltsscheck trottete er um die Ecke zur Bank statt wie bisher in Smitty's Kneipe.

Ich muß es Donna lassen: sie wußte, was sie wollte, und sie wußte, wie sie es kriegte. Vielleicht war sie unbarmherzig, aber auf eine feminine Art. Sie baute Joe Elliot um, aber sie brachte ihn auch dazu, daß es ihm gefiel. Er widerstand offensichtlich nicht. Ich gewöhnte mich so sehr an den neuen Elliot, daß ich den alten praktisch vergaß – den alten, der gewöhnlich bei Smitty hockte und Schwüre verzapfte, daß die Frau noch nicht geboren sei, die ihn umgarnen könne.

Als die Hochzeit näherrückte, sprach Donna offen über ihre Pläne, ein Haus zu bauen – »Man kann eine Familie nicht in einem Apartment aufziehen« – und Elliot hörte zu und grinste tatsächlich.

(»Und noch etwas« – sagte er und hob warnend den Zeigefinger gegen Smitty – »ich mag ein armer unterdrückter Lohnsklave sein, aber du wirst mich nie als Haussklaven ertappen. Oder daß ich zu der typischen Witzfigur werde – dem amerikanischen Pappi. Lieber alter Pappie, der Arsch in jeder Familienserie in Radio oder Glotze im ganzen Land! Mit mir nicht. Ich glaube an das alte Sprichwort: Kinder soll man sehen, aber nicht haben.«)

Aber das war vor Donnas Zeit. Bevor er – nehme ich an – herausfand, wie fein es ist, wenn man eine Frau hat, die einem die Pfeife anzündet und die Krawatte geradestreicht und die Bratkartoffeln genau dann fertig hat, daß sie nicht aufgeweicht sind, bis das Steak serviert wird. Bevor er herausfand, wie es ist, jemanden zu haben, der die Arme ausbreitet und nichts sagt, außer mit den Augen.

Diesmal war ich mir sicher: Donna trickste nicht. Sie liebte diesen Burschen. Sie liebte ihn, als sie starb, in der Nacht, als sie von meiner Party nach Hause fuhren. Dieser Teil der Geschichte war wirklich.

Alles bis dahin war wirklich. Und jetzt kam Elliot mit seiner Gespenstergeschichte.

Ich schaute zu der beleuchteten Zimmerdecke hinauf. Wenn ich mir so im Dunkeln das Wabern des Mondlichts ansah, konnte ich die Story fast glauben.

Vielleicht sind wir nicht ganz so gewitzt, wie wir zu sein glauben; Gespenster sind außer Mode gekommen, und das Konzept der Liebe übers Grab hinaus gibt's auch nicht mehr. Aber setzt mal einen Aufgeklärten in die pechschwarzen Eingeweide eines Spukhauses, verrammelt den Ausgang und laßt ihn eine Nacht dort. Vielleicht wird sein Haar am Morgen nicht weiß geworden sein, aber irgendeine Reaktion wird er zeigen. Intellektuell lehnen wir das ab. Gefühlsmäßig sind wir uns nicht so sicher. Nicht, wenn es drauf ankommt und das Licht düster glimmt.

Nun, es war düster und ich wartete, daß Donna käme. Ich wartete und wartete und schließlich bin ich wohl eingeschlafen. Ich sagte das Joe Elliot zwei Tage später beim Mittagessen.

»Sie hat sich nicht sehen lassen.«

Er stieß mit dem Kopf nach vorn. »Natürlich nicht. Das konnte sie nicht. Sie war bei mir.«

Schließlich brachte ich eine Antwort zusammen. »Wieder?«

»Vorletzte Nacht und letzte.«

»Derselbe Auftritt?«

»Derselbe.« Er zögerte. »Nur – sie blieb länger.«

»Wieviel länger?«

Jetzt war es mehr als ein Zögern; eine lastende Stille. Bis er versehentlich die Serviette vom Schoß streifte, sich danach bückte und wisperte: »Die ganze Nacht.«

Die nächste Frage stellte ich gar nicht, mußte es auch nicht. Ein Blick auf sein Gesicht genügte.

»Sie ist real«, sagte Elliot. »Donna. Das Gespenst. Erinnerst du dich daran, was ich zuerst sagte? Über den gewässerten Whisky?« Er beugte sich vor. »Jetzt ist es nicht mehr so. Vielleicht werden sie irgendwie stärker, wenn sie durchbrechen. Glaubst du, es gibt sowas? Sie lernen es immer besser, und dann werden sie stärker.«

Er war mir nahe genug, daß ich seinen Atem riechen konnte, und er hatte nichts getrunken – ebensowenig wie in der Unfallnacht und seither. Ich hatte das als Zeuge angegeben, und es hatte geholfen, das Urteil zu bekräftigen.

Nein, Elliot war nicht betrunken. Ich hätte mir das

gewünscht, dann hätte ich nicht sagen müssen, was ich so sagen mußte:

»Warum schaust du nicht mal bei Doktor Foster vorbei?«

Joe Elliot spreizte seine Handflächen auf der Tischplatte.

»Ich wußte, daß du das sagen würdest«, grinste er. »Deswegen habe ich ihn schon heute morgen angerufen und eine Verabredung getroffen.«

Ich hielt meinen Seufzer der Erleichterung zurück, aber ich fühlte, daß ich erleichtert war. Eine Minute lang hatte ich einen Streit erwartet – nicht, daß ich ihn gefürchtet hätte, aber ich fürchtete, was es für Elliots Zustand bedeutet hätte, und jetzt war ich froh, daß er nicht völlig übergeschnappt war.

»Du mußt dir keine Sorgen machen« versicherte er mir. »Ich weiß, was der Doktor mir sagen wird. Sedativa, Entspannung, und wenn das nichts hilft, ein Psychiater. Wenn er das sagt, werde ich es tun.«

»Versprochen?«

»Versprochen.« Er grinste wieder, aber diesmal ein bißchen verzerrt. »Soll ich dir etwas Komisches erzählen? Ich beginne, mich allmählich ein bißchen vor deiner Schwester zu fürchten – auch wenn sie nur ein Gespenst ist.«

Ich zog ein Kein-Kommentar-Gesicht, und wir gingen schweigend hinaus. Auf der Straße trennten wir uns, ich ging zurück in mein Büro, und Elliot ging hinüber zu Doktor Foster.

Ich erfuhr einige Tage nichts über das Ergebnis seines Besuches. Sie hatten nämlich eine Überraschung für mich, als ich ins Büro zurückkam.

Dieselbe Zeitung, die Joe Elliot als Redakteur beschäftigte, nahm meine Dienste als Auslandskorrespondent in Anspruch. Und der Herausgeber erwartete mich mit dem Vorschlag, ich solle in Richtung Indochina abreisen. In zwei Tagen.

Ich hatte eine Menge zu tun. So viel, daß ich nie dazu kam, Joe Elliot anzurufen. So viel, daß ich nicht da war, als er mich anrief.

Schließlich erwischte er mich noch am Flughafen, bevor ich an die Westküste zur ersten Etappe meines Fluges startete.

»Tut mir leid, daß ich dich nicht früher ereichen konnte. Bon voyage undsoweiter.«

»Du klingst recht fröhlich?«

»Warum nicht?«

»Bringen's die Sedativa des guten Doktors?«

Er kicherte. »Eigentlich nicht. Als ich mit ihm sprach, verzichtete er auf den ersten Teil seiner Routinebehandlung. Er schickte mich gleich zu Du-weißt-schon-wem. Einem gewissen Partridge. Kennst du ihn?«

Ich kannte ihn. »Ein guter Mann«, sagte ich.

»Der beste.« Eine Pause. »Nun, ich darf dich nicht länger –«

»Du bist in Ordnung?« insistierte ich.

»Sicher. Ich bin o.k. Ich habe mich bemüht. Ein paar Sachen, die der Bursche sagt, geben Sinn. Ich glaube, ich war verwirrter, als ich dachte – nein, nicht wegen dem, was ich dir erzählt habe, sondern sonst. Jedenfalls gehe ich zweimal wöchentlich zu ihm – für wie lange, weiß ich nicht. Es ist nicht so dämlich, wie ich gedacht hatte. Nix mit Couch und so. Er erzielt wirklich Resultate.« Wieder eine Pause. »Ich meine, nachdem ich zweimal dort war, verschwand sie.«

»Meinst du das Gespenst?«

»Die Schuldphantasie.« Er kicherte wieder. »Schau, ich verwende schon seinen Jargon. Wenn du zurückkommst, kann ich sicher eine eigene Praxis eröffnen. Nun, ich wünsche dir jedenfalls Glück. Und laß von dir hören.«

»Werd ich tun«, sagte ich. Hängte ein und hörte, wie sie meinen Flug ansagten. Nahm den Flug und stieg in Frisco um und weiter ging's nach Manila und von dort nach Singapur, und von dort in die Hölle.

In der Hölle war es heiß wie in der Hölle, und obwohl ich genügend Berichte heimschickte, um den Herausgeber zufriedenzustellen, reichte es nie dazu, Kontakt mit Joe aufzunehmen.

Man weiß, was in Indochina geschehen ist, und als sie eine Filialhölle in Formosa eröffneten, schickte mich der Zeitungsherausgeber dorthin, und als die Hölle auch für einen Kriegsberichterstatter zu heiß wurde, wurde ich in Manila stationiert und dann in Japan. Ich versuche nicht, ein großes Theater darum zu machen; ich will nur erklären, wie es dazu kam, daß ich acht Monate weg war statt acht Wochen.

Als ich zurückkam, gaben sie mir Urlaub und ein paar Informationen. Nicht viele, gerade genug, daß ich bei der erstbesten Gelegenheit zu Joes Wohnung rannte.

Ich verschwendete keine Zeit mit Hallo-wie-geht's. »Was höre ich da von deiner Kündigung bei der Zeitung?«

Er zuckte die Achseln. »Ich habe nicht gekündigt. Ich wurde geschaßt.«

»Warum?«

»Ich hab mit der flachen Hand in die Sauce geschlagen.«

So sah er auch aus. Das Sportjackett war wieder da und dreckig war es auch. Er bemühte sich nicht um eine tägliche Rasur, von zweien ganz zu schweigen. Er war mager und fahrig.

»Sag's mir schon. Was ist los mir dir?«

»Nichts.«

»Hör auf mit den Märchen. Was sagt Partridge?«

Er zeigte mir ein Grinsen, und es wäre stark untertrieben, wenn ich es verzerrt nenne. Man hätte eine Form zum Brezelausstechen daraus machen können.

»Partridge«, echote er. »Setz dich. Nimm einen Drink.«

»Meinetwegen, aber erzähl jetzt. Ich habe dich etwas gefragt. Was sagt Partridge?«

Er schenkte mir ein. Ich war ein Gast, ich bekam ein Glas. Er trank aus der Flasche. Dann stellte er sie hin.

»Partridge sagt gar nichts mehr«, erklärte er, »Partridge ist tot.«

»Nein!«

»Doch.«

»Wann ist das passiert?«

»Vor einem Monat oder so.«

»Warum bist du nicht zu einem anderen Kopfschr- äh, Psychiater gegangen?«

»Wozu? Damit er auch aus dem Fenster springt?«

»Was soll das mit dem Aus-dem-Fenster-Springen?«

Er griff wieder zur Flasche. »Das ist es, was ich auch gerne wüßte.« Schluck. »Persönlich bin ich nicht sicher, daß er gesprungen ist. Vielleicht wurde er gestoßen.«

»Willst du mir erzählen, daß –«

»Nein. Ich will dir gar nichts erzählen. Nicht mehr, als ich Doc Foster oder den Jungs im Büro zu erzählen versuchte. Man kann niemandem so eine Geschichte erzählen. Man kann sie nur bei sich selbst behalten. Bei sich selbst und einem Fläschchen.«

Schluck.

»Aber du sagtest doch – ich meine, du hast so geklungen, als ginge alles bestens voran.«

»Stimmt. Und es ging voran. Bis zu einem gewissen Moment.«

»Was für einem Moment?«

»Dem Moment, als ich herausfand, warum sie nicht mehr zurückkam.« Er stierte aus dem Fenster, dabei entfernte er sich eine Million Meilen und ließ nur seine Stimme zurück. Ich konnte hören, was er sagte, deutlich genug. Zu deutlich. »Sie kam nicht mehr zu mir, weil sie zu ihm ging. Nacht um Nacht um Nacht. Nicht mit ausgestreckten Armen – nicht in der Art, wie sie zu mir kam, in Liebe. Sie kam zu ihm aus Haß. Sie wußte nämlich, daß er sie aus dem Weg zu schaffen versuchte. Verstehst du es nicht – wenn er an mir arbeitete, war es so etwas wie ein – Exorzismus. Du weißt, was ein Exorzismus ist, oder? Eine Dämonenaustreibung. Geister. Einen Sukkubus.«

»Joe, du mußt mit all dem aufhören. Reiß dich zusammen.«

Er lachte. »Alles, was ich reißen kann, ist diese Flasche an mich.« Er griff nach ihr, während er sprach. »Du sagst mir, ich solle mit alldem aufhören? Aber ich habe nicht damit angefangen. Partridge selbst hat es mir erzählt. Zuletzt brach er zusammen und mußte es mir sagen. Kriegst du es mit – er kam zu mir um Hilfe! Und ich konnte ihm nicht helfen. Mir ging's immer besser, da hast du jetzt was zum Lachen, meine Sinnestäuschungen verschwanden. Ich sprach mit ihm in der Art, wie du es mit mir tust, im Tone ernstlicher Ermahnung.

Dann ging ich weg aus seinem Büro, und am nächsten

Morgen las ich, daß er gesprungen war. Nur ist er nicht gesprungen – sie muß ihn gestoßen haben – er fürchtete sich vor ihr, sie wurde immer stärker und stärker, wie ich es mir gedacht hatte. Sie fanden ihn zerschmettert auf dem Gehsteig –«

Diesesmal griff ich nach der Flasche. »Also hast du deinen Job hingeworfen und zu trinken angefangen, weil ein Psychiater durchdrehte und sich umbrachte«, sagte ich. »Weil ein armer überarbeiteter Kerl sich kaputtgemacht hat, willst du jetzt dasselbe tun. Ich hätte dich für klüger gehalten, Joe.«

»Ich auch.« Er nahm mir die Flasche weg. »Du hast gehört, was ich dir erzählt habe. Ich dachte, ich sei völlig in Ordnung. Selbst als er starb, war ich mir nicht ganz sicher bezüglich einiger Entwicklungen. Bis zu der Nacht, als sie zurückkam.«

Ich sah ihm beim Trinken zu und wartete.

»Klar. Sie kam zurück. Und seither ist sie jede Nacht wiedergekommen. Ich kann nichts dagegen tun, ich kann nichts gegen sie tun, sie klammert sich an mich. Aber warum sollte ich das zu erklären versuchen? Du glaubst mir sowieso nicht. Ich habe deinen Blick gesehen, als ich etwas von einem Sukkubus sagte.«

»Bitte, ich möchte auch den Rest noch hören. Ich habe über solche Dinge gelesen, wie du weißt. Ein Sukkubus nimmt die Gestalt einer Frau an und kommt nachts zu Männern –«

Er nickte und unterbrach mich. »Das erklärt es, nicht wahr? Was sie mir zuflüstert. Ich glaube, ich habe es dir noch nicht gesagt, aber sie spricht jetzt. Sie spricht mit mir, erzählt mir Sachen. Sie sagt, sie sei froh, und jetzt ginge es nicht mehr lange, dann hätte sie alles, was sie wollte –« Seine Stimme erstarb, und ich kam gerade noch rechtzeitig hoch, um ihn aufzufangen, als er zusammenbrach. Er war bewußtlos; sein Körper lag schlaff und leicht in meinen Armen. Zu leicht. Er mußte eine Menge Gewicht verloren haben. Ich denke, Joe Elliot hatte überhaupt eine Menge Dinge verloren.

Ich glaube, ich hätte ihn wieder zu Bewußtsein bringen können, aber ich machte mir die Mühe nicht. Es schien einfacher, ihn zum Bett zu tragen, auszuziehen und ausschlafen zu lassen. Ich fand einen Pyjama in einer Schublade, zog ihn ihm an – es war, als bekleide man eine Puppe, nicht einen Menschen – und deckte ihn zu. Dann verließ ich ihn. Er schlief jetzt, schlief wohl ohne Besuche von Gespenstern. Und während er schlief, dachte ich nach. Es mußte eine Antwort geben. Schließlich war Donna meine Schwester gewesen und ich hatte sie geliebt, und Joe Elliot war mein Freund, also mußte es eine Lösung geben.

Wenn nur Partridge noch lebte. Wenn ich nur mit ihm hätte sprechen und herausfinden können, was er wirklich über diese Sinnestäuschung herausgefunden hatte! Er mußte in acht Monaten einfach etwas erfahren haben. Selbst wenn Elliot sich absichtlich zurückgehalten hatte, mußte ein Mann wie Partridge in acht Monaten auf etwas stoßen –

Dann traf mich ein Gedanke wie ein schmerzhafter Schlag. Ich versuchte auszuweichen. Aber er schlug härter zu, und diesmal gab es eine benommene Reaktion.

»Nein«, sagte ich zu mir selbst, »nein.«

Ich sagte weiterhin nein zu mir selbst, aber den Taxifahrer wies ich an, mich zur Zeitung zu fahren. Ich sagte nein zu mir, aber zum Archivar sagte ich, ich wollte alles, was er über Partridges Selbstmord im Haus hatte.

Dann hatte ich es gelesen und ging zum Büro des Leichenbeschauers und studierte den dortigen Bericht. Ich stellte keine ausgefallenen Fragen und leistete keine absonderliche Detektivarbeit. Das liegt nicht auf meiner Linie. Ich möchte nicht vorgeben, ich hätte mehr getan, als mich auf eine wilde Theorie zu werfen. Alle Berichte zeigten, daß Partridge gesprungen war.

Aber mit meinem Wissen glaubte ich eher Joe Elliot. Partridge war nicht gesprungen, er war gestoßen worden. Es gab nicht ein einziges winziges Detail, das als brauchbarer Beweis hätte dienen können; nichts, worum man einen Fall hätte konstruieren können. Aber ich prüfte und prüfte nochmals, ich setzte die Teile des Puzzles zusammen, und dann explodierte alles, als ich das Bild erkannte.

Ich ging vom Büro des Leichenbeschauers hinüber in Smitty's Kneipe und nahm ein flüssiges Abendessen ein, ohne mit irgend jemandem ein Wort zu wechseln. Ich hätte nicht gewußt, mit wem ich sprechen sollte – sicher nicht mit dem Leichenbeschauer, dem Staatsanwalt oder den Bullen. Sie konnten mir nicht helfen, denn ich hatte keinen Beweis. Außerdem schuldete ich Joe Elliot eine Chance.

Noch gab es den Schatten eines Zweifels. Einen Schatten namens Donna, die zurückgekommen war. Vielleicht würde sie heute nacht kommen, aber ich wartete nicht darauf.

Dann war es schon ziemlich spät, aber ich machte mich auf den Weg zu Elliots Apartment. Vielleicht schlief er schon, und das hoffte ich eigentlich. Aber ich wußte, daß ich ihn jetzt gleich aufsuchen mußte.

Ich stieg langsam die Treppe hinauf, eine Stimme in mir

sagte: Laß ihn schlafen, und die andere sagte: Klopf, und sie kämpften gegeneinander, laß ihn schlafen – klopf – laß ihn schlafen – klopf –

Ich bekam nie heraus, welche Stimme gewann, denn als ich zur Tür kam, öffnete Joe Elliot und schaute heraus.

Er war also wach, und vielleicht hatte er wieder mit der Flasche die Zeit verbracht, vielleicht aber auch nicht: er sah wie ein Mann mit einer brennenden Kehle aus.

»Komm herein«, sagte er. »Ich wollte gerade gehen.«

»Im Pyjama?«

»Ich muß eine Besorgung machen –«

»Das kann warten.«

»Ja, es kann warten.« Er ließ mich herein und schloß die Tür. »Setz dich«, murmelte er, »ich bin froh, daß du da bist.«

Ich setzte mich, umklammerte aber die Armlehnen, um schnell aufspringen zu können, falls das nötig war. Und ich wartete sehr sorgfältig, bis auch er saß, bevor ich zu sprechen begann.

»Vielleicht bist du nicht mehr so froh, wenn ich meine Sache gesagt habe.«

»Mach weiter. Es kommt nicht mehr darauf an, was du sagst.«

»Doch, es kommt darauf an, Joe. Ich möchte, daß du genau zuhörst. Es ist wichtig.«

»Nichts ist wichtig.«

»Wir werden sehen. Nachdem ich dich heute nachmittag verließ, startete ich eine kleine Untersuchung. Unter anderem ging ich zum Leichenbeschauer. Jetzt bin ich deiner Ansicht. Partridge *wurde* aus dem Fenster gestoßen.«

Zum erstenmal zeigte er Interesse. »Dann hatte ich also recht, oder?« fing er an. »Sie stieß ihn, du hast einen Beweis dafür gefunden –«

Ich schüttelte den Kopf. »Ich fand überhaupt keinen Beweis. Keinen neuen Beweis. Ich habe nur die Fakten zusammengezählt und geschaut, ob ich sie zu einer eigenen Theorie zusammensetzen könnte. Sie paßten zusammen.« Ich sprach sehr langsam und überlegt. »Ich habe mir besonders einen bestimmten Teil des Berichts angesehen, Joe. Den Bericht, den du über deine eigenen Wege abgabst, nachdem du Partridges Praxis an dem Tag verlassen hattest, an dem er sprach. Die ganze Geschichte, wie du den Lift hinunter nicht nehmen konntest, weil er überfüllt war und du es eilig hattest, ins Büro zu kommen. Und daß du dann doch nicht ins Büro gegangen seist, weil dir einfiel, daß du deinen Hut vergessen hattest und die Stiegen wieder hinaufgelaufen bist. Und wie du hineinkamst, als sie gerade aus dem Fenster sahen, aus dem Partridge gesprungen war.

Ich habe das alles gelesen, Joe. Ich habe deinen Bericht über das letzte Zusammentreffen mit Partridge gelesen, wie aufgeregt er dabei schien. Aber ich war ein besonderer Leser.«

Er war jetzt mehr als interessiert, er wirkte hellwach. »Sie haben sich sehr bemüht, deine Story kaputtzumachen, nicht wahr, Joe? Aber sie schafften es nicht, denn es gab keinen Beweis fürs Gegenteil, und was du sagtest, klang sinnvoll. Wie zappelig und nervös Partridge gewesen sei und wie er ständig zum Fenster sah. Wie sprunghaft er in den letzten Wochen gewesen sei. Ein gutes Wort, dieses ›sprunghaft‹. Gut genug für die Jury des Leichenbeschauers vielleicht, aber nicht für mich.

Denn du hast kein Wort über das Gespenst in deinem Bericht für die Jury verloren. Du hast etwas völlig anderes erzählt.«

Er schlug hart auf die Armlehne seines Stuhls. »Natürlich nicht, Mann! Ich konnte denen nicht erzählen, was ich dir erzählt habe, die hätten gedacht, ich sei verrückt.«

»Aber du warst verrückt, Joe. Verrückt genug, daß ich Sinn in deiner Geschichte finde. Partridge sprang nicht, er wurde gestoßen – von dir nämlich.«

Ein Geräusch drang aus Joe Elliots Brust. Aus seinem Mund kam etwas, das klang nach »Warum?«

»Ich wünschte, ich wüßte die Antwort darauf. Die richtige Antwort. Ich kann nur raten. Ich tippe so: es war nichts dran an deiner Geschichte, Partridge habe sich vor dem Gespenst gefürchtet. Ich glaube, du warst der, der sich fürchtete – denn in jeder einzelnen Sitzung kam Partridge näher und näher an etwas heran, das du ihn nicht finden lassen wolltest. Etwas, das du zu verstecken suchtest, aber nicht konntest. Als trainierter Psychoanalytiker fand er es. Oder war auf dem besten Weg, es herauszufinden. Als du das mitkriegtest, drehtest du durch – und hast ihn umgebracht.«

»Phantasier nur weiter«, sagte er.

»Na gut, das tu ich. Joe, du bist nicht verrückt. Du warst es nie. Ich glaube, das ist alles nur ein Schauspiel. Du würdest niemanden ohne wichtigen Grund töten. Es war etwas überaus Wichtiges, das du verbergen mußtest, was Partridge herausgefunden hatte oder wo er knapp dran war.«

»Was zum Beispiel?«

»Daß du meine Schwester getötet hast.«

Die Worte schlugen an die Wände und prallten ab. Sie

trafen ihn ins Gesicht und lösten ein Grinsen aus wie das eines gotischen Wasserspeiers und ein nervöses Zucken.

»Also gut. Dann weißt du es eben.«

»Es ist also wahr«, sagte ich.

»Natürlich ist es wahr. Aber was du nicht weißt, ist das Warum. Du weißt es nicht und bist ihr Bruder. Wie könnte ich Verständnis von jemandem anderen erwarten, wenn du es nie gesehen hast? Ich meine, gesehen, was Donna wirklich war. Die Art, wie sie ihre Klauen in mich zu schlagen versuchte, mich zu Boden zerrte, mich besitzen wollte, mich nie auch nur für einen Augenblick verließ. Sicher, ich liebte sie, sie wußte, wie man einen Mann dazu bringt, sie zu lieben, sie hatte tausend Tricks, einen auf sie scharf zu machen, die Arme auszustrecken war nur der Anfang davon. Aber es genügte ihr nicht, mich auf diese Weise zu besitzen. Sie mußte alles haben, sie wollte jede Minute, jede Bewegung, jeden Gedanken. Sie machte mich fertig und trieb mich zu all dem, was ich schon immer gehaßt habe. Ich konnte sehen, was vor mir lag, ein Leben in Sklaverei für ihr Haus und ihre Kinder und ihre Zukunft.«

Er hielt inne, weil er nicht mehr konnte, und ich sagte: »Warum bist du nicht ausgestiegen? Hast die Verlobung gelöst?«

»Ich hab's versucht. Glaubst du, ich hätte das nicht versucht? Aber sie ließ mich nicht gehen. Nicht Donna. Schon damals war sie ein Sukkubus. Sie hatte ihre Krallen in mir und wollte mich aussaugen. Ich kann mir nicht helfen: es war etwas an ihr – wenn sie in meinen Armen lag, konnte ich nicht mehr davon, denn ich wollte es nicht mehr.

Aber wenn ich wieder allein war, wollte ich schon. Du

hast nie davon erfahren, aber ich wollte aus der Stadt abhauen, kurz vor deiner Party. Sie erwischte mich. Es gab eine Szene – oder es hätte eine geben können, abgesehen davon, daß Donna niemals Szenen machte. Sie machte Liebe. Verstehst du?«

Ich nickte.

»Danach war ich krank. Nicht physisch krank, viel schlimmer. Ich wußte, daß es immer so bleiben würde, ich würde versuchen, mich zu befreien, und sie würde mich zurückholen. Der Sukkubus würde immer da sein. Es sei denn, ich befreite mich von ihr.«

Eine Pause, ein Atemholen, dann fuhr er fort.

»Es war nicht schwierig. Ich kannte das Straßenstück, wo die Leitplanke über die Kante der Schlucht hing. Im Auto war ein Schraubenschlüssel. Du erinnerst dich: wir gingen spät, und die Straße war verlassen. Als wir zu der Schlucht kamen, schlug ich vor, anzuhalten und uns den Mond anzusehen. Donna liebte solche Ideen. Dann, äh, schlug ich sie nieder. Und schickte den Wagen über die Kante. Und stieg selbst hinunter, zertrümmerte die Windschutzscheibe und verpaßte mir selbst eins auf die Stirn und kroch ins Auto. Ich mußte nicht viel schauspielern, was den Schock betraf. Aber es war ein Schock der Erleichterung, denn jetzt wußte ich, daß sie wirklich tot war.«

Ich legte meine Hände in den Schoß. »Und das ist es, was Partridge beinahe herausgefunden hätte, nicht wahr? All dieses Gerede über das Gespenst war genau das, als was er es bezeichnet hat – eine Schuldphantasie. Du mußtest es mir aus Schuldgefühl erzählen, und du wolltest Partridge nichts über den Grund für diese Sinnestäuschung berichten. Aber er blieb auf der Spur, bis er für deine Sicherheit gefährlich wurde. Für deine und seine Sicherheit. Da hast du wieder getötet.«

»Nein.«

»Warum gibst du es nicht zu? Du hast schon einen Mord gestanden, dann –«

»Es war kein Mord, Donna zu töten«, sagte er. »Es war Selbstverteidigung. Und das war's dann. Ich habe Partridge nicht umgebracht, ganz gleich, was du denkst. Sie war es. Ich habe dir erzählt, wie sie ihn Nacht um Nacht aufsuchte, quälte, fertigmachte und ihn an den Punkt zu bringen versuchte, daß er bereit war, zu springen.

Und als er mir das an jenem Tag in seiner Praxis erzählte, hielt ich es nicht aus. Ich wollte alles erklären, ich wollte ihm die Wahrheit über das Gespenst und meine Tat berichten.

Ich erinnere mich, daß er sich über mich beugte und mich nach dem Unfall fragte, aber dann richtete er sich auf und sah überrascht aus, und ich sah, daß sie da war. Ein Schatten, aber kein Schatten an der Wand. Ein Schatten im Raum, genau hinter uns, zerrte an seinem Arm. Er wollte schreien, aber da legte sich Schwärze über seinen Mund, ihre Hand, und sie zerrte ihn hinüber zum Fenster, seine Füße machten scharrende Geräusche auf dem Teppich, und er versuchte, sich am Fensterrahmen festzuhalten, aber der Schatten ist stark, und der Schatten lachte so laut, daß man es über seinen Schrei hinweghörte, als er hinunterstürzte, tiefer und tiefer –«

Er wechselte plötzlich das Thema. »Zu schade, daß du heute abend nicht früher gekommen bist. Du hättest mir dann geglaubt, weil du sie nämlich gesehen hättest. Sie kam eine Weile vor deiner Ankunft und weckte mich. Sie sagte, sie wollte, daß ich ausginge, denn es gäbe eine

Überraschung. Sie wolle mir etwas zeigen. Zuerst wußte ich nicht, wovon sie redete, aber jetzt weiß ich es. Siehst du, ich habe zurückgerechnet, aber du würdest nur darüber lachen. Ich könnte dich ja auch mitnehmen, aber du würdest nur lachen, und –«

»Ich lache nicht, Joe«, sagte ich.

»Das ist auch besser so. Sie würde es nicht mögen. Sie möchte niemanden in ihrem Weg haben. Sie ist jetzt so stark, stärker als sonst jemand. Sie hat das schon bewiesen. Ich werde tun, was sie sagt. Jetzt kann sie niemand mehr stoppen, seit sie wirklich ein Anrecht auf mich hat.«

Ich stand auf. »Aber man kann sie stoppen. Du weißt, daß es einen Weg gibt.«

»Willst du damit sagen, daß du jetzt auch an Exorzismus glaubst?«

»Joe«, sagte ich, »du bist schon teilweise exorziert. Durch dein Geständnis mir gegenüber hast du dir einen Teil ihrer Macht vom Hals geschafft. Du hättest sie für immer bannen können, wenn es dir gelungen wäre, Partridge die volle Wahrheit zu sagen, denn er war eine Autorität für dich. Das ist die Antwort, Joe. Du mußt alles einer Autorität erzählen. Dann gibt es keine Schuldgefühle oder Schuldphantasien mehr. Du wirst dich daran erinnern, was wirklich mit Partridge geschah, und wenn sie die Situation begreifen, kannst du einen Prozeß durchstehen. Ich werde dir helfen, so gut ich kann. Es gibt einen sehr gerissenen Anwalt in der Stadt, der –«

Jetzt stand Elliot auf. »Ich kapiere jetzt«, murmelte er, »du läßt mir meinen Willen, weil du glaubst, ich sei ein Irrer, und du willst, daß das auch die anderen denken sollen. Vielleicht fürchtest du, daß sie auch zu dir kommt. Nun, mach dir keine Sorgen. Sie wird nicht kommen, außer du stehst ihr im Weg. Ich bin derjenige, den sie wirklich will, und ich gehe zu ihr. Ich will sehen –«

»Hör mal, Joe«, fing ich an, aber er hörte nicht zu.

Er holte plötzlich aus, seine Hand fuhr über den Tisch, schnappte sich die halbleere Flasche, erhob sie und knallte sie gegen die Tischkante, daß sie zerbrach. Dann machte er einen schnellen Schritt vorwärts und schwenkte die glitzernde Waffe.

Die ganze Bewegung geschah in einem Augenblick und brachte mich zum Schweigen.

Er stand da und hielt den zackigen Scherben, der von dem abgebrochenen Flaschenhals wegstand.

»Ich würde dich nur ungern aufschneiden«, sagte er. »Du gehst jetzt besser. Bevor ich es wirklich tue.«

Ich machte einen Schritt nach vorn. Das Wasserspeiergrinsen breitete sich wieder auf seinem Gesicht aus, und ich machte zwei Schritte zurück.

»Ich bin es, den sie will. Du kannst mich nicht aufhalten. Und es ist sinnlos, zu den Bullen zu gehen. Auch die können mich nicht aufhalten. Sie läßt das nicht zu.«

Ich hätte ihn anspringen sollen, obwohl er ein Verrückter war mit einem abgebrochenen Flaschenhals in der Hand. Ich frage mich oft, was passiert wäre, wenn ich ihn angesprungen hätte.

Aber ich tat es nicht.

Ich drehte mich um und rannte, rannte aus dem Apartment, die Stiege hinunter, durch den Gang und auf die Straße, und ich sagte mir selbst ständig, es sei nicht deshalb, weil ich mich fürchtete. Ich brauchte Hilfe, das hier war eine Aufgabe für die Polizei.

Zwei Blöcke weiter unten und um die Ecke war eine Telefonzelle, die ich benützte. Ich glaube, es vergingen keine fünf Minuten zwischen der Zeit, da ich die Wohnung verlassen hatte und nun zurückkam und auf den Streifenwagen stieß, der gerade vorfuhr.

Trotzdem hatte die Zeitspanne genügt. Joe Elliot war verschwunden. Sie schickten die Streife los und brachten es im Radio, und man sollte denken, ein Mann im Pyjama wäre leicht zu finden in den verlassenen Straßen der Stadt. Aber man fand ihn nicht, bis ich aufgab und ihnen erzählte, wo ich dachte, daß Joe Elliot hingegangen sei, so daß wir etwas unternehmen konnten – wir quetschten uns alle in den Streifenwagen und fuhren den ganzen Weg nach Forest Hills hinaus.

Er konnte den Weg hinaus in dieser Zeit nicht zu Fuß geschafft haben. Er mußte ein Auto gestohlen haben, obwohl man nie eines fand oder eine Anzeige wegen eines fehlenden auftauchte.

Aber er war natürlich dort, lag über ihrem Grab. Er hatte lang genug gegraben, um gute zwanzig Zentimeter durch dicken Rasen und soliden Boden zu kommen.

Dann mußte ihn der Schlag getroffen haben. Man einigte sich nie auf den exakten Grund. Jedenfalls war er tot.

Deshalb sollte ich die offenen Fragen beantworten.

Ich versuchte es.

Ich versuchte, die Fragen zu beantworten und zur selben Zeit all das verrückte Zeug wegzulassen, das altmodische Gerede über Geister und Schatten und einen Sukkubus, der stärker und stärker wurde. Sie kamen daher mit der Idee einer übers Grab hinaus dauernden Liebe; es war ihre eigene Idee, nur dachten sie natürlich, er habe versucht, sie zu erreichen. Ich versuchte auch, die Mordgeschichte herauszuhalten – es hatte ja keinen Sinn mehr, damit anzufangen.

Aber sie waren es, die zuletzt irgendwie auf solche Gedanken kamen, und sie öffneten alles. Zuerst von neuem die Akte. Dann das Grab.

Wenn es bei der Akte geblieben wäre, hätte ich bei meiner Story bleiben können, glaube ich. Bei meiner Story und bei meiner eigenen Auffassung der Sache.

Aber als sie das Grab öffneten, wurde es zuviel.

Sie gruben sich durch den Rest an dickem Rasen und schwerem Boden, gruben sich durch zu dem, was zehn lange Monate nicht gestört worden war.

Und sie fanden sie, klar, und es gab keine Spuren oder sonstwas, das auf Mord hingewiesen hätte. Überhaupt keinen einzigen Beweis.

Aber es gab auch keine Erklärung für das, was sie sonst fanden. Der winzige Körper eines neugeborenen Kindes lag in Donnas völlig intaktem Sarg – lag dort genau so tot wie Donna selbst.

Oder so lebendig.

Ich kann mich nicht entscheiden, was von beiden zutreffender ist. Natürlich stellte mir die Polizei Fragen, auf die es keine Antwort gab. Jedenfalls keine, die sie geglaubt hätten.

Ich konnte ihnen nicht erzählen, daß Donna Joe so sehr wollte, daß nicht einmal der Tod sie abhalten konnte. Ich konnte ihnen nicht sagen, daß sie zu ihm kam und ihm stolz sagte, er solle nach Forest Hills kommen, um sich ihr gemeinsames Kind anzusehen.

Denn schließlich gibt es so etwas wie einen Sukkubus nicht. Und ein Schatten spricht nicht, bewegt sich nicht, breitet nicht die Arme aus.

Oder doch?

Ich weiß es nicht. Ich liege jetzt nachts im Bett, wenn die Flasche leer ist, und schaue zur Decke. Ich warte.

Vielleicht werde ich einen Schatten sehen. Oder mehrere.

Katzenkraut

Ronnie Shires stand vor dem Spiegel und kämmte sein Haar zurück. Er strich seinen neuen Pullover gerade und reckte die Brust nach vorn. Scharf! Er mußte auf sein Aussehen achten, jetzt, ein paar Wochen vor dem Grundschulabschluß und knapp vor der Klassensprecherwahl. Wenn er da gewählt wurde, würde er nächstes Jahr in der High School ordentlich was hermachen. Er könnte vielleicht sogar im zweiten Team spielen oder sowas. Aber er mußte aufpassen bis dahin –

»Ronnie! Mach vorwärts oder du kommst zu spät!«

Mutter kam mit seinem Essen aus der Küche. Ronnie ließ das Grinsen von seinem Gesicht verschwinden. Sie trat hinter ihn und legte die Arme um ihn.

»Lieber, ich wünschte, dein Vater könnte dich so sehen – «

Ronnie entschlüpfte ihr. »Ja, sicher, Ma. Sag mal –«

»Was denn?«

»Wie wär's mit ein bißchen Geld, hm? Ich brauch heut ein paar Sachen.«

»Naja, ich glaub's schon. Aber hoffentlich ist das das letztemal, mein Sohn. Dieser Schulabschluß kostet eine Menge Geld, kommt mir vor.«

»Eines Tages werde ich es dir zurückgeben.« Er sah zu, wie sie in ihrer Schürzentasche herumwühlte und schließlich eine zerknitterte Dollarnote herauszog.

»Danke. Bis später.« Er nahm sein Essen und lief hinaus. Er schlenderte die Straße entlang, pfeifend und mit einem Lächeln, wobei er wußte, daß Mutter ihm durchs Fenster nachsah. Sie schaute ihm immer nach, das war wirklich lästig.

Nachdem er um die Ecke gebogen war, verlangsamte er unter einem Baum seinen Schritt, zog eine Zigarette heraus und zündete sie an. Er bummelte langsam über die Straße und inhalierte tiefe Züge. Aus dem Augenwinkel beobachtete er das Haus der Ogdens gerade vor ihm.

Tatsächlich kam auch gerade Marvin Ogden durch die Fliegengittertür die Stufen herunter. Marvin war fünfzehn, ein Jahr älter als Ronnie, aber kleiner und dünner. Er trug eine Brille und stotterte, wenn er sich aufregte, und trotzdem war er der Schüler, der die Abschlußrede in Ronnies Klasse halten würde.

Ronnie beschleunigte seinen Schritt und holte Marvin ein.

»He, du Rotzlöffel!«

Marvin drehte sich um. Er wich Ronnies Blick aus und lächelte schwächlich den Gehsteig an.

»Ich sagte, hallo, du Rotzlöffel! Was ist los, kennst du deinen eigenen Namen nicht, du Trottel?«

»Hallo – Ronnie.«

»Wie geht's dem alten Rotzlöffel heute?«

»Ach, komm, Ronnie. Warum mußt du solche Sachen sagen? Ich hab dir nie etwas getan, oder?«

Ronnie spuckte in die Richtung von Marvins Schuhen. »Das möchte ich auch einmal sehen, daß du mir was tust, du vieräugiges kleines –«

Marvin ging weiter, aber Ronnie hielt Schritt mit ihm.

»Langsam, du Arsch. Ich habe mit dir zu reden.«

»W-was gibt's? Ich möchte nicht zu spät kommen.«

»Schnauze!«

»Aber –«

»Hör gut zu. Was war das gestern bei der Geschichtsarbeit für eine tolle Idee, deine Arbeit wegzudrehen?«

»Du weißt doch, Ronnie. Du darfst nicht die Antworten von jemand anderem einfach abschreiben.«

»Sagst du mir, was ich darf, Quadratschädel?«

»N-nein. Ich meine, ich wollte nur, daß du keinen Ärger kriegst. Was, wenn Miss Sanders das herausgefunden hätte – du willst doch Klassensprecher werden? Na, und wenn jemand wüßte –«

Ronnie legte seine Hand auf Marvins Schulter. Er lächelte. »Du würdest ihr so etwas aber niemals erzählen, nicht wahr, Rotzlöffel?« murmelte er.

»Natürlich nicht! Ich schwör's!«

Ronnie lächelte noch immer. Er grub seine Finger in Marvins Schulter. Mit der anderen Hand schlug er ihm die Bücher zu Boden. Als Marvin sich vorbeugte, um sie aufzuheben, riß er das Knie hoch und trat ihn, so hart er nur konnte. Marvin fiel auf den Gehsteig. Er begann zu weinen. Ronnie sah ihm zu, wie er wieder aufstehen wollte.

»Das ist nur eine Probe von dem, was auf dich zukommt, wenn du quatschst«, sagte er und trat auf Marvins linke Hand.

»Krüppel!«

Marvins Schnüffeln blieb hinter ihm zurück, als er am Ende des Blocks um die Ecke bog. Mary June wartete auf ihn unter den Bäumen. Er trat hinter sie und schlug sie hart auf den Hintern.

»He du!« sagte er.

Mary June sprang fast einen Meter hoch, daß ihre Lokken um die Schultern flogen. Dann drehte sie sich um und sah, wer es war.

»Oh, Ronnie! Du solltest nicht so –«

»Halt die Klappe! Ich hab's eilig. Ich kann nicht am Tag vor der Wahl zu spät kommen. Hast du die Hühner vergattert?«

»Sicher, Ronnie. Du weißt ja, daß ich das versprochen habe. Ellen und Vicky waren gestern abend bei mir und sagten, daß sie für dich stimmen würden. Alle Mädchen werden für dich stimmen.«

»Das möcht ich ihnen auch geraten haben.« Ronnie warf seinen Zigarettenstummel in einen Rosenstrauch in Elsners Garten. »Ronnie – sei vorsichtig – willst du alles anzünden?« Er runzelte die Stirn. »Hör auf, mich zu bevormunden!«

»Ich versuche nicht, dich zu bevormunden, Ronnie. Nur –«

»Ach, du machst mich krank!« Er ging schneller, und das Mädchen biß sich auf die Lippen, während sie mit ihm Schritt zu halten versuchte. »Ronnie, warte doch!«

»Warte doch!« verspottete er sie. »Was ist los, hast du Angst, daß du verlorengehst, oder was?«

»Nein. Du weißt schon. Ich gehe nicht gern allein am Haus der alten Frau Mingle vorüber. Sie starrt mich immer an und schneidet Gesichter.«

»Sie ist meschugge!«

»Ich fürchte mich vor ihr, Ronnie. Du nicht?«

»Ich mich fürchten vor der alten Fledermaus? Die sollte man in den Wind schießen!«

»Sprich nicht so laut, sie wird dich hören.«

»Na und wenn schon?«

Ronnie schritt dreist auf das Haus im Schatten der

Bäume hinter dem rostigen Eisenzaun zu. Er starrte frech das Mädchen an, das sich neben ihm klein machte und wegsah von dem baufälligen Häuschen. Er verlangsamte absichtlich seinen Schritt, als sie vorbeigingen an dem alten Haus mit seinen geschlossenen Fenstern, der mit einem Fliegennetz überzogenen Veranda und seiner ganzen Atmosphäre eines Rückzugs von der Welt.

Mrs. Mingle selbst war heute nicht zu sehen. Normalerweise war sie in dem verkrauteten Garten neben dem Haus; eine winzige vertrocknete alte Frau, die sich über ihre Pflanzen beugte und dabei unablässig in murmelndem Tonfall mit sich selbst redete oder mit dem schwarzen Kater, der sie ständig begleitete.

»Das alte Zwetschgengesicht ist nicht da«, bemerkte Ronnie sehr laut. »Sie muß auf ihrem Besen unterwegs sein.«

»Ronnie – bitte!«

»Was ist los?« Ronnie zog an Mary Junes Locken. »Ihr Weiber fürchtet euch vor allem, oder?«

»Mädchen, Ronnie – nicht Weiber.«

»Bring mir nicht bei, wie man spricht!« Ronnies Blick glitt wieder über das schweigsame Haus, wie es da im Schatten lauerte. Auf der Seite schien sich ein Schatten zu bewegen. Ein schwarzer Fleck löste sich aus dem Dunkel der Veranda. Ronnie erkannte Mrs. Mingles Katze. Sie stolzierte den Weg zum Gartentürchen herunter.

Ronnie bückte sich schnell und suchte einen Stein. Er ergriff ihn, hob ihn, zielte und warf ihn in einer einzigen Bewegung.

Die Katze fauchte und jaulte dann auf, als der Stein sie in die Rippen traf.

»Oh, Ronnie!«

»Komm, hauen wir ab, bevor sie uns sieht!«

Sie rannten die Straße hinunter. Die Schulglocke übertönte das Katzengejaule.

»Jetzt geht's los«, sagte Ronnie, »hast du meine Hausaufgaben gemacht? Gut. Gib sie mir!«

Er riß Mary June die Hefte aus der Hand und rannte davon. Das Mädchen sah ihm mit einem bewundernden Lächeln nach. Hinter dem Zaun schaute ihm auch die Katze hinterher und leckte sich die Lefzen.

Es passierte am Nachmittag, nach der Schule. Ronnie und Joe Gordan und Seymour Higgins spielten mit einem Baseball herum, und er erzählte ihnen von der Ausrüstung, die ihm Mutter für diesen Sommer versprochen hatte, wenn es mit der Schneiderei ein bißchen besser voranginge. Er tat allerdings so, als bekäme er die Sachen auf jeden Fall, und alle würden Maske und Handschuh benützen können. Angesichts der Wahl morgen konnte es nichts schaden, ein bißchen zu übertreiben. Er mußte die ganze Bande bei Laune halten.

Er wußte, wenn sie noch länger auf dem Schulhof herumgingen, würde Mary June herauskommen und von ihm verlangen, daß er sie heimbegleitete. Sie wurde ihm lästig. Oh, sie war schon in Ordnung zum Hausaufgabenmachen und solchem Zeug, aber diese Burschen würden ihn auslachen, wenn er mit einem so gut erzogenen Mädchen wegginge.

Also fragte er, wie es damit wäre, die Straße hinunterzugehen zum Billardsalon und dort ein bißchen herumzuschauen, ob nicht jemand ein Spielchen machen wollte? Er würde zahlen. Nebenbei, dort könnte man auch rauchen. Ronnie wußte, daß die anderen nicht rauchten, aber es klang cool, und das war es, was er wollte. Sie trotteten alle hinter ihm die Straße entlang und schlugen ihre Schuhnägel gegen das Pflaster. Das machte eine Menge Lärm, vor allem, weil sonst alles so still war.

Das einzige, was Ronnie sonst noch hören konnte, war die Katze. Sie kamen an Mrs. Mingles Haus vorbei, und da war diese Katze, rollte im Garten mal auf dem Rücken, mal auf dem Bauch herum und spielte mit einer Art Ball. Sie schnurrte und miaute und winselte.

»Schaut mal!« rief Joe Gordan. »Die dämliche Katze hat da irgendwas, häh?«

»Läuse«, sagte Ronnie. »Das dreckige alte Vieh ist voller Läuse und Flöhe und solchem Mist. Hab ihr heut morgen eins verpaßt.«

»Wirklich?«

»Klar. Mit einem Stein. Ungefähr so groß.« Er zeigte den Umfang einer Wassermelone.

»Keine Angst vor Mrs. Mingle?«

»Angst? Vor dieser vertrockneten alten –«

»Katzenkraut«, sagte Seymour Higgins. »Das ist es, was der Kater da hat. Einen Ball aus Katzenminze. Die alte Mingle kauft sie für ihn. Mein Alter sagte, die kauft überhaupt alles für die Katz, ganz besonderes Futter und Sardinen. Behandelt sie wie ein Kleinkind. Habt ihr sie schon einmal zusammen ausgehen sehen?«

»Katzenkraut, so«, Joe spähte durch den Zaun. »Frage mich, warum die so scharf darauf sind. Es macht sie wild, nicht wahr? Katzen tun alles für Katzenkraut.«

Der Kater stöhnte, während er an dem Ball roch und seine Krallen hineinschlug. Ronnie runzelte die Stirn. »Ich hasse Katzen. Jemand sollte das verdammte Biest ersäufen.«

»Laß das besser Mrs. Mingle nicht hören«, sagte Seymour ängstlich. »Sie wirft den bösen Blick auf dich.«

»Quatsch!«

»Na, sie zieht diese Kräuter, und meine alte Dame sagt –«

»Also gut. Aber ich würde trotzdem lieber nicht mit ihr oder ihrer Katze spielen.«

»Ich zeig euch was.«

Bevor er selbst wußte, was er tat, hatte Ronnie schon die Tür geöffnet. Während die Jungs glotzten, schritt er auf den schwarzen Kater zu.

Die Katze kroch mit geweiteten Augen in ihrem samtenen Kopf über den Katzenkrautball. Angesichts der blitzenden Krallen und des Starrens der achatenen Augen zögerte Ronnie einen Moment abschätzend. Aber die Bande sah zu –

»Hau ab!« schrie er. Er machte einen Schritt nach vorn und wedelte mit den Armen. Die Katze verzog sich seitwärts kriechend. Ronnie täuschte mit der Linken und schnappte mit der Rechten die Katzenminze.

»Geschafft! Ich hab ihn, Jungs. Ich hab –«

»Leg das hin!«

Er hatte nicht gesehen, daß sich die Tür geöffnet hatte. Er hatte sie auch nicht die Stufen herunterkommen sehen. Wie sie so auf ihrem Stock lehnte in ihrem schwarzen Kleid über ihrem winzigen Körper, schien sie nicht viel größer zu sein als ihre Katze, die sich jetzt an ihre Seite drückte. Ihr Haar war grau und verfilzt und tot, ihr Gesicht war grau und runzlig und tot, aber ihre Augen –

Sie waren achaten wie die der Katze. Sie glühten. Und als sie sprach, klang es wie das Fauchen der Katze.

»Leg das hin, junger Mann!«

Ronnie begann zu schaudern. Es war nur ein Frösteln, jeder hat so etwas das eine oder andere Mal, was konnte er machen, wenn es ihn so schauderte, daß ihm das Katzenkraut geradezu aus der Hand fiel?

Er fürchtete sich nicht. Er mußte der Bande zeigen, daß er sich nicht vor dieser vertrockneten, dünnen, kleinen Alten fürchtete. Er konnte zwar kaum atmen, so sehr zitterte er, aber er riß sich zusammen. Er füllte die Lungen mit Luft und öffnete seinen Mund.

»Du – du alte Hexe!« schrie er.

Die achatenen Augen weiteten sich. Sie wurden größer als die Alte selbst. Alles, was er noch sehen konnte, waren die Augen. Hexenaugen. Jetzt, wo er sie sah, wußte er, daß alles wahr war. Eine Hexe. Sie war eine Hexe.

»Du ungezogener Bengel. Ich hätte große Lust, dir die Zunge herauszuschneiden!«

Lieber Gott, sie machten keine Scherze!

Jetzt kam sie näher, und die Katze ebenfalls, und dann hob sie den Stock hoch, sie würde ihn schlagen, die Hexe war hinter ihm her, Mama, nein, nicht, oh –

Ronnie rannte davon.

Was konnte er machen? Na, die Jungs rannten ebenfalls. Sie waren schon vor ihm losgerannt. Er mußte auch rennen, die alte Fledermaus war meschugge, jeder konnte das sehen. Außerdem, wenn er geblieben wäre, hätte sie vielleicht versucht, ihn zu schlagen, und wer weiß, was er dann mit ihr gemacht hätte. Er versuchte nur, Ärger aus dem Weg zu gehen. Das war alles.

Ronnie sagte sich das immer wieder während der Abendessenszeit. Aber es nützte nichts, wenn er sich selbst das sagte. Den Jungs mußte er es erzählen, und das gleich. Er mußte es ihnen vor der morgigen Wahl erklären –

»Ronnie. Was ist los? Bist du krank?«

»Nein, Mutter.«

»Warum antwortest du dann nicht? Ich glaube, du hast noch keine zehn Worte gesagt, seit du zuhause bist. Und du ißt auch nicht.«

»Bin nicht hungrig.«

»Quält dich irgendetwas, mein Sohn?«

»Nein. Laß mich in Ruhe.«

»Es ist diese Wahl morgen, nicht wahr?«

»Laß mich.« Ronnie stand auf. »Ich gehe nochmal weg.«

»Ronnie!«

»Ich muß Joe treffen. Es ist wichtig.«

»Aber um neun bist du zurück.«

»Ja. Sicher.«

Er ging aus dem Haus. Die Nacht war kühl. Ziemlich windig für diese Jahreszeit. Ronnie schauderte ein bißchen, als er um die Ecke ging. Vielleicht eine Zigarette –

Er entzündete ein Streichholz, und ein Funkenregen stieg auf. Ronnie ging weiter, nervös an der Zigarette ziehend. Er mußte Joe und die anderen treffen und es ihnen erklären. Und zwar schnell. Wenn sie es jemand anderem erzählten –

Es war dunkel. Die Straßenlaterne an der Ecke brannte nicht, und die Ogdens waren nicht zuhause. Mrs. Mingle hatte ohnehin nie Licht in ihrem Häuschen.

Mrs. Mingle. Als nächstes kam ihr Haus. Vielleicht sollte er besser die Straßenseite wechseln.

Was war los mit ihm? Hatte er Schiß? Angst vor der blöden alten Frau, der alten Hexe? Er zog tief, schluckte, dehnte seinen Brustkasten. Die sollte mal irgendwas versuchen! Sie sollte sich nur unter den Bäumen verstecken, um ihre großen Klauen nach ihm auszustrecken und zu fauchen – was dachte er sich da eigentlich? Das war doch die Katze. Verdammt sei ihre Katze und sie selber! Er würde es ihnen zeigen! Ronnie ging durch den tiefen Schatten, in dem Mrs. Mingle wohnte. Er pfiff trotzig und warf auch noch seinen Zigarettenstummel über den Zaun. Funken flogen und wurden vom Mund der Nacht verschluckt.

Ronnie hielt inne und spähte über den Zaun. Alles war still und dunkel. Nichts, wovor man sich fürchten müßte. Alles war schwarz –

Alles außer diesem Flackern. Es kam unter der Veranda heraus. Er konnte die Veranda jetzt erkennen, weil es da irgendwie Licht gab. Kein ruhiges Licht, ein flackerndes. Wie von einem Feuer. Ein Feuer – wo seine Zigarette gelandet war! Das Haus begann zu brennen!

Ronnie schluckte und klammerte sich an den Zaun. Ja, es brannte wirklich. Mrs. Mingle würde herauskommen und Feuerwehrmänner würden auftauchen und sie würden den Stummel finden und ihn sehen und dann –

Er rannte die Straße hinunter. Der Wind heulte hinter ihm, der Wind, der die Flammen anblies, die an dem Haus leckten – Mama war im Bett. Er zwang sich, ruhig und leise das Haus zu betreten und die Stiege hinaufzuschleichen. Er zog sich im Dunkeln aus und verkroch sich in den weißen Mutterleib zwischen den Laken. Als er sich die Decke über den Kopf zog, schauderte es ihn wieder. Ronnies Zähne klapperten, als er zitternd dalag. Er wagte es nicht, aus dem Fenster zu sehen, um den Schein von der anderen Seite des Blocks zu beobachten. Er wußte, daß er gleich das Bewußtsein verlieren würde.

Dann hörte er das ferne Geräusch. Die Feuerwehr. Jemand hatte sie gerufen. Jetzt mußte er sich keine Sorgen mehr machen. Warum sollte ihn dieser Ton ängstigen? Es war nur eine Sirene, es war nicht Mrs. Mingles Kreischen, das konnte es nicht sein. Sie war in Ordnung. Er war in Ordnung. Niemand wußte etwas...

Ronnie schlief ein, den Wind und das Heulen der Sirenen im Ohr. Sein tiefer Schlaf wurde nur einmal unterbrochen. Es war gegen Morgen, als ihm vorkam, er hätte ein Geräusch am Fenster gehört. Ein kratzendes Geräusch. Der Wind natürlich. Es mußte auch der Wind sein, was da in der Morgendämmerung seufzte und winselte und schluchzte unter der Fensterbank. Es war nur Ronnies Einbildung, Ronnies Bewußtsein, das diesen Ton umformte in den des Jaulens einer Katze...

»Ronnie!«

Es war weder der Wind noch eine Katze. Mutter rief ihn.

»Ronnie! Oh, Ronnie!«

Er öffnete die Augen und schützte sie mit der Hand gegen die Sonnenstrahlen.

»Ich finde, du könntest antworten!« Er hörte sie auf der Stiege mit sich selbst reden. Dann rief sie nochmals.

»Ronnie!«

»Ich komme, Mutter!«

Er stand auf, ging ins Bad und zog sich an. Sie erwartete ihn in der Küche.

»Meine Güte, du mußt gut geschlafen haben heute nacht. Hast du die Feuerwehr nicht gehört?«

Ronnie nahm sich eine Scheibe Toast. »Was für eine Feuerwehr?«

Mutter sprach lauter. »Weißt du nichts? Junge, es war schrecklich – Mrs. Mingles Haus brannte nieder.«

»Ja?« Er hatte Schwierigkeiten mit seinem Toast.

»Die arme alte Frau – stell dir vor – da drin gefangen –«

Er mußte sie zum Schweigen bringen. Er konnte nicht ertragen, was als nächstes kommen würde. Aber was sollte er sagen, um sie zu stoppen?

»Bei lebendigem Leib verbrannt. Das ganze Haus stand in Flammen, als sie hinkamen. Die Ogdens sahen es, als sie heimkamen, und Mr. Ogden rief die Feuerwehr, aber es war schon zu spät. Wenn ich an die alte Frau denke, wird mir ganz –«

Ohne ein Wort stand Ronnie vom Tisch auf und verließ das Zimmer. Er wartete nicht auf sein Essen. Er sah sich auch nicht prüfend im Spiegel an. Er mußte hinausgehen, bevor er zu weinen oder zu schreien begänne oder Mutter eins in die Fresse gäbe.

Die Katze –

Sie erwartete ihn auf dem Gehsteig. Ein schwarzes Bündel mit Achataugen. Der Kater.

Mrs. Mingles Kater wartete auf ihn!

Ronnie atmete tief durch, bevor er die Tür öffnete. Die Katze gab keinen Laut von sich und bewegte sich nicht. Sie machte einen Buckel und starrte ihn an.

Er betrachtete sie einen Moment und suchte dann nach einem Stock. Ein Stück Dachlatte lag beim Zaun. Er nahm es auf und schwang es. Dann öffnete er die Gartentür.

»Hau ab!« sagte er.

Die Katze kroch zurück. Ronnie ging weg. Die Katze hinter ihm her. Ronnie beschleunigte seinen Schritt und schwang die Latte.

»Verzieh dich oder du kriegst was!«

Die Katze blieb stehen.

Ronnie starrte sie an. Warum war das Biest nicht im Feuer gestorben? Und was tat es hier?

Er umklammerte die Latte. Sie fühlte sich gut an zwischen den Fingern, mit Splittern und allem. Der räudige Kater sollte nur etwas unternehmen –

Er ging weiter und vermied es, zurückzusehen. Was war mit ihm los? Angenommen, die Katze folgte ihm. Das konnte ihm nichts anhaben. Ebensowenig die alte Mingle. Sie war tot. Die dreckige Hexe. Hatte davon gesprochen, ihm die Zunge herauszuschneiden. Nun, sie hatte ihr Teil bekommen, gut so. Schade nur, daß ihre verdammte Katze immer noch herumschlich. Wenn sie nicht sehr aufpaßte, würde er sie auch erledigen. Er sollte es jetzt besorgen.

Niemand würde die Sache mit der Zigarette jemals herausfinden. Mrs. Mingle war tot. Er sollte eigentlich froh sein, alles war in Ordnung, klar, er fühlte sich großartig. Der Schatten folgte ihm die Straße hinab.

»Verschwinde endlich!«

Ronnie drehte sich um und hob die Latte hoch. Die Katze fauchte. Ronnie hörte den Wind fauchen, seinen Zigarettenstummel fauchen, Mrs. Mingle fauchen. Er begann zu rennen. Die Katze rannte hinter ihm her.

»Hey, Ronnie!«

Marvin Ogden rief ihn. Er konnte jetzt nicht stehenbleiben, nicht einmal, um dem Trottel eins auszuwischen. Er rannte weiter. Die Katze hielt Schritt.

Als er außer Atem kam, verlangsamte er seinen Lauf. Gerade noch rechtzeitig: vor ihm stand eine Schar Kinder auf dem Gehsteig vor einem Haufen schwarzer, rauchender Trümmer. Sie besahen sich Mrs. Mingles Haus –

Ronnie schloß die Augen und lief wieder die Straße hinauf. Die Katze folgte ihm.

Er mußte sie loswerden, bevor er zur Schule kam. Wie sah es aus, wenn die Leute ihn damit sahen? Möglicherweise würden sie zu reden beginnen. Er mußte sie loswerden –

Ronnie rannte zur Sinclair Street, die Katze dicht hinter ihm. An der Ecke warf er einen Stein nach ihr. Der Kater wich aus. Dann setzte er sich hin und sah ihn an. Sah ihn nur an.

Ronnie konnte kaum seine Augen abwenden. Die Katze starrte unverwandt. Mrs. Mingle hatte ihn auch so angestarrt. Aber sie war tot. Und das hier war nur eine Katze. Eine Katze, die er schnell loswerden mußte.

Die Straßenbahn kam die Sinclair Street herunter. Ronnie fand ein 10-Cent-Stück in seiner Tasche und stieg in den Wagen. Die Katze rührte sich nicht. Er stand auf der Plattform, als die Tram weiterfuhr, und sah zu der Katze zurück. Sie saß einfach nur dort.

Ronnie fuhr den ganzen Bogen, dann nahm er den Hollis-Avenue-Bus. Der brachte ihn hinüber zur Schule, zehn Minuten nach Unterrichtsbeginn.

Er stieg aus und wollte schnell über die Straße.

Ein Schatten erschien im Eingang zum Schulgebäude.

Ronnie sah die Katze. Sie hockte dort und wartete.

Er rannte.

Das war alles, woran sich Ronnie erinnerte, wenn er an den Rest dieses Vormittags dachte. Er rannte. Er rannte, und die Katze folgte ihm. Er konnte nicht in die Schule. Er konnte nicht dort sein zur Wahl, er konnte die Katze nicht loswerden. Er rannte und rannte.

Die Straßen hinauf und hinunter, vorwärts und zurück,

durch die ganze Nachbarschaft; manchmal hielt er an, warf einen Stein, und immer fluchte, schwitzte und keuchte er. Aber immer wieder rennen und immer die Katze hinter ihm. Einmal begann sie ihn zu jagen, und ehe er wußte, wie ihm geschah, stand er vor dem Ort, wo der Rauchgeruch die Luft füllte, genau vor der Ruine von Mrs. Mingles Haus. Die Katze wollte, daß er hierherkam und daß er sah –

Ronnie begann zu weinen. Er schluchzte und keuchte den ganzen Heimweg über. Die Katze gab keinen Ton von sich. Sie folgte ihm. Nun, sollte sie eben. Er würde sie erledigen. Er würde es Mutter sagen. Mutter würde sie für ihn wegschaffen. Mutter.

»Mutter!«

Er schrie, als er die Stufen hinaufrannte.

Keine Antwort. Sie war ausgegangen. Einkaufen.

Und die Katze kroch hinter ihm die Stufen herauf.

Ronnie schlug die Tür zu und versperrte sie. Mutter hatte einen Schlüssel. Jetzt war er in Sicherheit. Zuhause in Sicherheit. Im Bett – er wollte ins Bett gehen und sich die Decke über den Kopf ziehen, während er wartete, daß Mutter nach Hause käme und alles in Ordnung brachte.

Etwas kratzte an der Tür.

»Mutter!« Sein Schrei echote durch das leere Haus.

Er rannte die Stiegen hinauf. Das Kratzen erstarb. Dann hörte er Schritte auf der Veranda, langsame Schritte; er hörte Rütteln und Drehen am Türknopf. Es war die Hexe, die über ihn kommen würde. Es war –

»Mutter!«

»Ronnie, was ist denn los? Was tust du zuhause, statt in der Schule zu sein?«

Er hörte sie. Alles war in Ordnung. Ronnie hielt im

richtigen Moment den Mund. Er konnte ihr nicht von der Katze erzählen. Er durfte ihr nie davon erzählen. Dann würde alles herauskommen. Er mußte vorsichtig sein mit dem, was er sagte.

»Ich habe Magenschmerzen«, sagte er. »Miss Sanders sagte, ich solle heimgehen und mich hinlegen.«

Dann kam Mutter herauf, half ihm, sich auszuziehen, fragte, ob sie den Arzt holen solle, kümmerte sich um ihn und steckte ihn ins Bett. Und er konnte weinen, und sie wußte nicht, daß der Grund nicht Magenschmerzen waren. Was sie nicht wußte, würde sie nicht heiß machen. Das war in Ordnung.

Ja, jetzt war alles in Ordnung, und er war im Bett. Mutter brachte ihm Suppe zu Mittag. Er wollte sie nach der Katze fragen, aber das durfte er nicht. Übrigens, er konnte ihr Kratzen nicht hören. Sie mußte weggerannt sein, als Mutter heimkam.

Ronnie lag im Bett und döste, während die Abendschatten in langen Bändern über den Schlafzimmerfußboden liefen. Er mußte über sich selbst lächeln. Was war er doch für ein Dummkopf! Fürchtete sich vor einer Katze. Vielleicht gab es diese Katze nicht einmal – nur in seinem Kopf. Quatsch!

»Ronnie – alles in Ordnung?« Mutter fragte das vom Fuß der Stiege.

»Ja, Mutter. Ich fühl mich viel besser.«

Sicher fühlte er sich besser. Er könnte jetzt aufstehen und zu Abend essen, wenn er wollte. In einer Minute würde er angezogen sein und hinuntergehen. Er schlug die Laken zurück. Jetzt war es dunkel im Raum. Gerade Abendessenszeit –

Dann hörte Ronnie etwas. Ein Kratzen. Ein Getrippel.

Von der Stiege? Nein. Von dort konnte es nicht kommen. Von wo dann? Das Fenster. Es war offen. Und das Kratzen kam vom Sims draußen. Er mußte schnell das Fenster schließen. Ronnie sprang aus dem Bett und krachte mit dem Schienbein gegen einen Stuhl, als er durch das Dunkel tappte. Dann war er am Fenster und knallte es zu.

Er hörte das Kratzen wieder.

Es war im Zimmer!

Ronnie raste ins Bett und zog die Decke ans Kinn. Die Augen traten ihm aus dem Kopf, so angestrengt starrte er ins Dunkel.

Wo war sie?

Er sah nichts als Schatten. Welcher Schatten bewegte sich? Wo war sie?

Warum machte sie kein Geräusch, so daß er gewußt hätte, wo sie war? Und warum war sie hier? Warum folgte sie ihm? Was versuchte sie ihm anzutun?

Ronnie wußte es nicht. Alles, was er wußte, war, daß er im Bett lag, wartete, an Mrs. Mingle und ihre Katze dachte, daß sie eine Hexe war und daß sie gestorben war, weil er sie getötet hatte. Hatte er sie überhaupt getötet? Er war so durcheinander, daß er sich nicht erinnern konnte, er wußte nicht einmal mehr, was wirklich war und was nicht. Er konnte auch nicht sagen, welcher Schatten sich als nächster bewegen würde.

Dann konnte er das.

Der kugelige Schatten bewegte sich. Der schwarze Ball bewegte sich über den Fußboden unter dem Fenster. Es war die Katze, ja, denn Schatten haben keine Klauen, die am Boden kratzen. Schatten springen nicht durch die Luft und setzen sich aufs Fußende des Bettes und grinsen einen nicht mit gelben Augen an und mit gelben Zähnen – grinsen in derselben Weise, in der Mrs. Mingle gegrinst hatte.

Die Katze war groß. Ihre Augen waren groß. Ihre Zähne auch. Ronnie öffnete seinen Mund, um zu schreien.

Da segelte der Schatten durch die Luft, sprang ihm ins Gesicht, an seinen offenen Mund. Die Klauen gruben sich in seine Wangen, zwangen seine Kiefer auseinander, und der Kopf stieß nach vorne –

Weit weg, irgendwo hinter dem Schmerz, rief jemand.

»Ronnie! Oh, Ronnie! Was ist los mit dir?«

Alles war Feuer, und er schlug aus, und plötzlich verschwand der Schatten, und er saß aufrecht im Bett. Sein Mund arbeitete, aber kein Ton kam heraus. Nichts kam heraus außer einem Schwall roter Feuchtigkeit.

»Ronnie! Warum antwortest du nicht?«

Ein gutturales Stöhnen kam von irgendwo tief in Ronnies Kehle, aber keine Wörter. Da würden nie mehr Wörter kommen.

»Ronnie – was ist los? Hat die Katze deine Zunge abgebissen?«

Der rechte Geist

Mr. Ronald Cavendish rollte den beladenen Teewagen in das Speisezimmer. Nachdem er die Vorspeisen und Zwischengerichte auf dem Tisch arrangiert hatte, wandte er sich um und betrachtete sich prüfend im Spiegel.

Was er sah, mißfiel ihm nicht. Er war, wie der Spiegel zeigte, ein Gentleman der alten Schule. Ein Zyniker mochte ihn als Idealbesetzung für einen Butler betrachten, aber Mr. Cavendish interessierte sich wenig für Zyniker.

Die teure Adresse seines alten Sandsteinhauses, die Rolle, die Mahagoni und Silber bei der Einrichtung spielten, die Solidität seiner Bankkonten: das alles waren ausreichende Antworten auf zynische Bemerkungen. Das schloß auch zynische Verwandte ein.

Mr. Cavendish schnitt sich im Spiegel ein Gesicht. Es war keine hübsche Grimasse, und er wünschte, seine Verwandten könnten sie sehen. Nun, sie würden sie bald genug über dem Essenstisch erblicken.

Es war soweit, sechs Uhr, und alles arrangiert. Alles war vorbereitet für sie.

Vorbereitet! Mr. Cavendish lief hastig in das Empfangszimmer. Beinahe hätte er etwas vergessen. Der große Sarouk war zurückgerollt, und nun kniete Mr. Cavendish auf dem blanken Fußboden und wischte mit seinem Taschentuch die blauen Kreidestriche weg. Es wäre nicht gut, sie das Pentagramm sehen zu lassen. Und er sollte noch Räucherstäbchen anzünden, um diesen gerade noch wahrnehmbaren Geruch aus dem Raum zu vertreiben. Möglicherweise konnte ihn sonst jemand erkennen.

»So.« Mr. Cavendish stand auf, etwas mühsam in den Knien. Schließlich war er fast sechzig. Vielleicht wäre es eine gute Idee, die Geschichte dieses Burschen, wie-hieß-er-doch-gleich – Doktor Faust – nachzulesen. Vielleicht gab es einen ähnlichen Handel für ihn, natürlich ohne jedes Risiko. Möglicherweise konnte er noch heute nacht, nach dem gemeinsamen Abendessen, eine kleine Sitzung veranstalten und fragen, ob –

Ping!

Mr. Cavendish strich seine Hosenbeine zurecht und ging dann, die Tür zu öffnen. Er hatte gerade noch Zeit, seine Lieber-alter-Onkel-Ronald-Miene aufzusetzen, dann brachen sie ins Empfangszimmer herein.

Die dicke, ewig blöde lächelnde Clara, der vertrocknete kleine Edwin, Harry mit seinen Koteletten und Dell mit hennagefärbtem Haar. Den letzten beißen die Hunde – es war natürlich Jasper. Er keuchte und watschelte und gesellte sich doch noch zu dem hohlen Durcheinander von »Hallo, Onkel Ronald«, »Ach, du siehst ja so gut aus«, und »Wie in der alten Zeit, die ganze Familie unter einem Dach.«

Man setzte sich. Zigaretten. Winzige Gläser mit Brandy. Ronald Cavendish kümmerte sich um alle Annehmlichkeiten und brachte sogar ein Lächeln zustande, als Edward sein Glas hob und murmelte: »Auf deine Gesundheit.«

Dann schlug er vor: »Wollen wir uns zum Essen setzen? Ich habe alles vorbereitet.«

Bei der Erwähnung von Essen sprang Jasper gleich auf die Füße. Ein gieriger Typ. Aber gierig waren sie alle, sagte sich Mr. Cavendish nachdenklich.

Beispielsweise Clara: »Meine Güte, was für ein schönes Silberservice.« So war sie. Ihre stechenden Äuglein zwischen den Fettwülsten hätten nur noch eine Juwelierslupe benötigt, um den Eindruck zu bestätigen, daß sie das Inventar auf den Penny genau zu schätzen versuchte.

Edwin, ihr Ehemann, schnüffelte am Brandy. »Napoleon oder Armagnac, Onkel Ronald?« fragte er, als ob Mr. Cavendish ihnen Napoleon servieren würde, und auch noch vor dem Essen! Edwin wußte nichts, aber er war scharf darauf, sich Lebensart anzueignen. Er wollte nicht Geld, sondern Luxus. Und dann Harry. »Taubenbrust, du lieber Himmel! Du mußt auf die Sieger gesetzt haben, was, Onkie?« Soweit Harry, sobald er die Perlhuhnbrust sah. Harry mit seinen Rennbahnmanieren und seinem – bäh! – »Onkie«. Harry war gierig nach Glück. Und Dell. Mr. Cavendish betrachtete unauffällig den Lidstrich um ihre kalten Augen und ihre geschmeidige und gut proportionierte Figur. Er wußte, worauf sie scharf war. Das bekam sie jetzt vielleicht noch problemlos an all diesen Nachmittagen, die Harry bei den Rennen verbrachte, aber in zehn Jahren würde sie Geld für Gigolos brauchen, oder wie man diese Sorte Männer heutzutage nannte.

Heutzutage. Das war es, worüber Jasper gerade sprach. Mr. Cavendish zwang sich zur Aufmerksamkeit.

»Heutzutage sitzt man selten bei einem Mahl wie diesem.« Mampf-mampf. »Ich weiß nicht, wie du das machst, Ronald, sieben Jahre nach dem Verlust von Grace.« Mampf-mampf. »In dieser großen alten Scheune, ohne Personal oder sonst jemandem, der nach dir sieht. Mir wär's lieb, du –«, mampf-mampf, »gingst mit mir in den Club.«

So war Jasper. Geh mit in den Club und überlaß alles

ihm. Den ganzen Kram. Er würde den Verkauf des Hauses durchführen und das Geld anlegen wie ein großer, wohlwollender Rechtsanwalt. Mr. Cavendish, der immer darauf stolz gewesen war, jedem sein Recht zukommen zu lassen, mußte Jaspers vollkommene Unvoreingenommenheit bewundern – Jasper war gierig auf *alles*.

Während er darüber nachdachte, nahm er sich ein Glas warme Milch und einen Teil der Armen Ritter aus einer kleinen Kasserolle neben seinem Teller.

»Was ist denn los, Onkie, ist dieses Ham-Ham hier zu üppig für dich?« Das war natürlich Harry, dem seine Frau Dell daraufhin einen unbegründet bösen Blick zuwarf, den er ignorierte.

»Gefahr eines Magengeschwürs«, sagte Mr. Cavendish. »Anweisung des Arztes.«

»Arzt?« Clara strahlte. »Bist du wieder bei Dr. Barton gewesen? Was hat er gesagt? Nichts Ernsthaftes, hoffe ich. Du weißt, oft sagen sie, es seien Magengeschwüre, und dann stellt sich heraus, es ist Magenkre–«

»Ähemm!« Edwin wußte, wie er sie abstellen konnte, und dachte sich, er hätte es gerade noch rechtzeitig geschafft. »Ich bin sicher, Onkel Ronald kümmert sich gut um seine Gesundheit, Liebes. Jetzt ist er schon sieben Jahre Witwer, aber seiner Tafel merkt man das nicht an.«

»Danke«, sagte Mr. Cavendish. »Darf ich euch noch mehr Perlhuhn servieren? Es ist genug da für alle.«

»Gerne«, sagte Jasper. »Und noch von der Sauce. Schmeckt exzellent. Für einen alten Junggesellen machst du dich prächtig. Natürlich würde der Küchenchef im Club – «

»Wie kommt es, daß du dich nicht wieder verheiratet hast?« erkundigte sich Dell. »Die Frauen müssen doch in Scharen hinter einem Mann wie dir her sein. Ich meine, du bist ja noch irgendwie sehr gut erhalten, und mit all dem Kies –« Diesmal war es Harry, der ihr einen ungewaschenen Blick zuwarf. Aber Mr. Cavendish war nicht beleidigt.

»Ihr kennt den Grund«, sagte er, »ich habe immer noch Grace um mich, wann immer ich das will.«

Jetzt hatte er es ausgesprochen. Mr. Cavendish wappnete sich gegen den Angriff.

Jasper kam als erster über die Barrikade, in einer Rüstung aus verlogener Großzügigkeit. »Sicher, Ronald«, sagte er. »Aber das verwirrt uns alle ein bißchen. Diese morbide Phantasie von dir – daß Grace immer um dich sei – ist einfach nicht richtig.«

»Eure Vermutungen sind einfach nicht richtig«, erwiderte Mr. Cavendish, während er Jasper eine dritte Portion mit einem Extraschlag der Satureisauce vorlegte. »Meine Behauptung ist weder morbid noch phantastisch. Seit der Morgenröte der Geschichte wußten erleuchtete Geister, daß eine Rückkehr der Toten möglich ist, wenn sie auf die richtige Weise beschworen werden. Wenn ihr die Jahrbücher der Gesellschaft für Psychische Forschung gelesen hättet, würdet ihr begreifen, daß die Kommunikation mit Geistern etwas ganz Gewöhnliches ist.«

Clara warf ein dicklippiges Schmollmündchen auf. »Seht ihr?« wandte sie sich an die anderen. »Es ist, wie ich es gesagt habe: es ist überhaupt nicht Onkel Ronalds Fehler. Er sagt nur nach, was dieses verrückte Medium ihm eingeredet hat – jenes, zu dem er nach Graces Tod ging. Sie war es, die ihm all diesen Blödsinn eingetrichtert hat.«

Edwin räusperte sich sehr geräuschvoll.

Mr. Cavendish lächelte und servierte den Kaffee. »Es ist wahr, daß ich nach Graces Verscheiden zu einem Medium gegangen bin. Das wißt ihr alle, und ich möchte euch nicht in Verlegenheit bringen damit, auf das Theater anzuspielen, das ihr bei dieser Gelegenheit aufgeführt habt. Aber ihr hättet euch keine Sorgen machen müssen. Nach ein paar Besuchen machte ich eine sehr erfreuliche Entdekkung. Mir wurde klar, daß ein Medium unnötig war – ich war selbst eines. Seit damals habe ich meine eigenen Untersuchungen vorgenommen. Ich kann sagen, daß ich damit weitergekommen bin als die meisten heutzutage praktizierenden Medien.«

»Geister!« Dell schauderte. »Ich hasse es, von so etwas zu reden. Natürlich glaube ich überhaupt nicht daran, versteht mich recht.«

»Wenn du daran glaubtest, würdest du weder Angst noch Abscheu empfinden», versicherte ihr Mr. Cavendish.

»Tatsächlich sind sie – mit gewissen Einschränkungen – genauso wie einer von uns. Nimm beispielsweise Grace. Als ich sie das letztemal sah, wirkte sie so real wie einer von euch.«

»Ronald, sei vernünftig«, sagte Jasper. »Du willst uns doch nicht sagen, daß du deine ganze Zeit damit verbringst, dich mit dem eingebildeten Geist deiner toten Frau zu unterhalten?«

Ronald Cavendish verzehrte seinen letzten Armen Ritter, nahm einen Schluck Milch und entzündete dann die Kerzen auf dem Tisch.

Die Flammen warfen flackerndes Licht an die Wände.

»Ich habe euch nichts derartiges gesagt«, erklärte er. »Sicher, am Anfang verbrachte ich eine Menge Zeit mit

Grace. Aber – ich erröte bei dem Geständnis – ich bekam es über. Ich bekam *sie* über. Ich fragte mich, warum ich Graces Gesellschaft wählen sollte, wenn so viele andere faszinierende Persönlichkeiten verfügbar waren? Schließlich endete unsere Ehe mit ihrem Ableben, wo sie jetzt ist, gibt es weder Heirat noch Ehestand. Nur zu eurer Information: ich habe Grace seit mehr als vier Jahren nicht mehr beschworen.«

»Du meinst, du hast diesen ganzen Medialquatsch aufgegeben?« fragte Harry.

»Ganz im Gegenteil. Es ist viel mehr so, daß ich über eine unbegrenzte Anzahl von Kontaktmöglichkeiten verfüge.« Mr. Cavendish lächelte im Halbdunkel. »Ich wünschte, ich könnte es euch klarmachen. Es ist, als hätte man alle Bibliotheken der Welt zum uneingeschränkten Gebrauch. Es ist, als besäße man das größte aller Museen, die umfangreichste Schallplattensammlung. Beispielsweise habt ihr mein Pianoforte im Empfangszimmer gesehen. Während des Essens vergnüge ich mich oft mit der Musik von Händel oder Haydn – von den Komponisten selbst gespielt.«

»Total meschugge!« murmelte Dell, aber Mr. Cavendish hörte sie nicht.

»Stellt euch vor, daß man die größten Geister der Geschichte versammeln kann«, fuhr er fort, »man kann Konversationen führen mit Shakespeare, Julius Caesar und Napoleon, während man Chopin am Piano zuhört.«

»Du meinst, diese toten Langhaarigen erscheinen hier und klimpern drauflos?« Wider Willen war Harry fasziniert. »Sag einmal, wegen dieser Geister – ist es wahr, daß sie die Zukunft kennen? Ich meine, könnten sie zum Beispiel sagen, welches Pferd morgen im sechsten Rennen in

Belmont gewinnt, glaubst du, dieser Michael Angelo oder sonst einer könnte dir einen Tip geben?«

Mr. Cavendish lächelte. »Vielleicht. Allerdings habe ich mich nie um Rennen gekümmert.«

»Genug davon!« Selbst im Halbdunkel leuchtete Jaspers Gesicht rotgefleckt. »Ich werde allmählich selbst verrückt, und das ist kein Wunder. Ronald, du redest wie ein Irrer. In diesem Fall haben wir keine andere Möglichkeit, als dich auch als einen solchen zu behandeln.«

»Den Geist von Napoleon aufzurufen!« spottete Clara. »Ich finde auch, daß er spinnt. Graces Geist ist ihm nicht mehr gut genug, wie er sagt. Ich nehme an, er will uns erzählen, daß er seine Abende mit Cleopatra verbringt.«

»Eine sehr überschätzte Frau, kann ich euch sagen«, bemerkte Mr. Cavendish milde, »wobei ich ihr natürlich vielleicht Unrecht tue, angesichts der sprachlichen Barriere. Aber meine Einschätzung beruht nicht nur auf sprachlichen Aktivitäten.«

»Du machst mit diesen berühmten Ladies der Geschichte herum?« zeigte sich Dell plötzlich angeregt. »Das klingt ja nicht uninteressant. Ich meine, ich habe mir immer über ein paar von ihnen Gedanken gemacht. Denk nur an diese Madame Pompadour und an Anne Boleyn.«

Mr. Cavendish überlief es kurz. »Über sie würde ich nicht gerne sprechen«, sagte er, »als ich diese junge Frau beschwor, hatte ich vergessen, daß sie geköpft worden ist, und sie erschien mit ihrem Kopf unter dem Arm.«

Jasper stieß laut auf, um den Beginn seiner Rede anzukündigen, und wandte sich dann an Ronald Cavendish mit jenem begütigenden Lächeln, das man für jene in der ersten oder zweiten Kindheit benützt.

»Ronald, du mußt uns jetzt einmal zuhören. Schließlich

sind wir deine Familie. Wir haben es mit Geduld versucht. Mit viel Geduld.« Er illustrierte dabei unabsichtlich seine Vorstellung von Geduld, indem er mit dem Kopf mehrmals nach vorne stieß wie ein fetter Geier, der auf einem Ast über seinem Opfer abwartet.

»Wir haben deine Marotten toleriert«, fuhr Jasper fort. »Aber Außenstehende werden das nicht so freundlich sehen. Was werden andere Leute sagen, wenn sie so etwas hören?«

»Nichts«, erwiderte Mr. Cavendish. »Außer ihr sagt es ihnen.«

»Ich fürchte, es ist an der Zeit, daß man es jemandem sagen muß«, erwiderte Jasper. »Schließlich bist du (rülps) verantwortlich für ein beachtliches Vermögen. Wenn die Banken und dein Vermögensberater von deinen Ideen Wind bekommen, werden sie durchdrehen.«

Jasper war noch nie ein brillanter Redner gewesen, dachte sich Mr. Cavendish, aber dieses Mal übertraf er offensichtlich seine größten bisherigen Langweilerrekorde. Offensichtlich hatte er Edwin und Clara schon zum Dösen gebracht, und Harry lümmelte teilnahmslos in seinem Stuhl. Aber aus irgendeinem Grund schien Mr. Cavendish fasziniert von dem, was er da zu hören bekam.

»Worauf willst du hinaus?« erkundigte er sich plötzlich.

»Nun, es geht nicht um mich, verstehst du – es geht um uns alle. Wir sind vorher zusammengekommen und haben uns besprochen. Wir stimmten darin überein, daß es die beste Lösung für dich wäre, wenn du von aktiven Geschäften Abstand nähmst. Du wirst nicht jünger, und vielleicht überfordern dich seelisch deine (rülps) Exzentrizitäten. Zeit, dich zurückzulehnen und die Dinge leicht zu nehmen! Was ich vorschlage, ist, daß du jemandem Generalvollmacht erteilst. Mir zum Beispiel. Ich kann dein Vermögen problemlos für dich verwalten. Du lehnst dich zurück und genießt das Leben. Ich meine es ernst, Ronald. Ich mache dir ein faires Angebot. Übergib mir alle Vollmachten und leb, wie du willst. Ruf alle Gespenster, die du magst, das ist uns gleichgültig. Wenn nicht –«

Jasper rülpste wieder ominös. »Wenn nicht, bleibt uns keine Wahl. Wir sind dann gezwungen, einen Psychiater zuzuziehen. Du weißt, was das bedeutet. Allein auf Grund dessen, was wir heute abend von dir gehört haben, bist du in Nullkommanix entmündigt. Stimmt's, Leute?«

Er blickte in die Runde und sah, daß eine Schlummerparty im Gange war. »Zu heiß hier drin«, beschwerte er sich, »kann man nicht ein Fenster aufmachen oder was?«

»Gleich«, sagte Mr. Cavendish.

Jasper fummelte an seiner Weste. »Diese Sauce war zu üppig für mein Blut«, murmelte er. »Ich muß aufpassen – der Doktor hat mir gesagt –« Er rutschte eindösend nach vorn. Bevor er endgültig abtrieb, brachte er noch mit dünner Stimme eine Frage zustande: »Wie ist deine Antwort?«

Mr. Cavendish stand auf. Er lehnte sich vor und sprach recht laut, als wolle er seine Gäste wecken und sicher sein, daß sie jedes Wort mitbekamen.

»Meine Antwort«, sagte er, »ist Nein. Keine Vollmachten, kein Psychiater, keine Klapsmühle. Habt ihr das gehört, meine liebe Familie? Dies ist ein Abschiedsessen. Denn heute nacht fliege ich nach Liquidation all meiner Bankkonten nach Tibet, um meine Studien der okkulten Wissenschaften fortzusetzen.

Ja, dies ist ein Abschied. Ein langer Abschied. Aber mir scheint, ihr seid schon abgereist.«

Das waren sie tatsächlich. Wie sie da im Halbdunkel in ihren Stühlen hingen, sahen sie nicht mehr schlafend aus. Die Familienmitglieder waren mausetot und starrten blicklos auf die Knochenreste der Perlhühner.

Mr. Cavendish betrachtete sie prüfend, schauderte ein bißchen und sprach ein Gebet dafür, daß kein Medium jemals so unglücklich wäre, ausgerechnet diese Leute zu beschwören. Dann ging er um den Tisch, sah auf seine Uhr und stellte fest, daß er in einer knappen Stunde am Flughafen sein mußte. Er öffnete eine Seitentür und nahm einen zum Bersten vollgestopften Koffer heraus.

So. Er war reisefertig. Er ging zum Tisch zurück und löschte die Kerzen. »Aus und vorbei«, sagte er.

Mr. Cavendish stand im Dunkeln, aber er fürchtete sich nicht. Einige seiner besten Freunde waren im Dunkeln zuhause. Er hatte mehrere sehr nette Leute unter solchen Umständen kennengelernt. Madame Pompadour, hatte Dell gesagt. Ha! Er hätte ihr von Guinevra erzählen können, oder von der Montespan oder Helena von Troja. Es war noch Leben in seinem alten Körper, und er konnte es gut mit den Damen. Das erinnerte ihn an etwas. Er konnte nicht abreisen, ohne vorher noch den rechten Geist demonstriert zu haben. Mr. Cavendish kicherte. Der »rechte Geist«, tatsächlich! Ja, er verdankte den ganzen Erfolg dieser Abendgesellschaft dem rechten Geist.

Es war Zeit, Dank für die Perlhühner abzustatten, vor allem auch für die ganz unübliche Satureisauce. Falls die Küche noch besetzt war, war eine Geste notwendig. Genial, eine kulinarische Expertin für dieses letzte Essen zu rufen. Mr. Cavendish schlich auf Zehenspitzen zur Küchentür, öffnete sie einen Spalt und flüsterte in das Dunkel. »Danke, Lucrezia«, sagte er.

Die Brille

1. Joe Henshaw

Ich geriet an diese Brille, als ich mit dem Rathaus einen Ramschverkauf um zwanzig Dollars tätigte.

Als ich es Maggie erzählte, brüllte sie so laut, daß sie damit die Toten hätte aufwecken können.

»Wozu willst du noch mehr Mist kaufen? Der Laden ist jetzt schon überfüllt davon. Kaufst dir wieder eine Ladung zerrissener Lumpen und kaputter Möbel, das ist es nämlich, was du wieder anschleppen wirst. Diese Bruchbude ist schließlich über zweihundert Jahre alt! Seit der Prohibition ist niemand mehr drin gewesen, weil ein großes Vorhängschloß dran ist. Und du wirfst zwanzig Dollars dafür weg, dort alles ausschlachten zu können.«

Undsoweiter undsoweiter, was für ein Trottel ich sei und warum sie mich je geheiratet habe und wer sein Leben lang im Dreck und im Altwarenhandel stecken möchte.

Nun, ich ging einfach weg und ließ sie Jake anquasseln. Er würde ihr zuhören – stundenlang zuhören, wobei er hinten im Laden herumsaß und Kaffee trank, statt etwas zu arbeiten. Dabei hatte ich gewußt, was ich tat. Delehanty vom Rathaus gab mir einen Tip bezüglich dieses alten Hauses und sagte mir, wenn ich ein Angebot machte, würde er sich darum kümmern.

Die Bruchbude war in der Nähe der Werft und mußte einmal ein erstklassiges Haus gewesen sein, bis man dann während der Prohibition ein Speakeasy daraus machte und später alles mit Vorhängeschlössern versperrte. Delehanty sagte mir, daß in den oberen Stockwerken, die nicht mehr betreten worden waren, seit die Säufer dort herumgehangen hatten, eine Menge alter Möbel stünden. Also konnte Maggie mit ihrer Meinung über alten Plunder recht haben, oder auch nicht. Man weiß das nie im voraus. Ich dachte mir, es könnten einige wirklich schöne antike Stücke dort sein. Hin und wieder muß man etwas riskieren, also gab ich mein Gebot ab und erhielt den Zuschlag. Die Stadt gab mir drei Tage, das Zeug abzutransportieren, bevor mit dem Abbruch begonnen wurde, und Delehanty überreichte mir einen Schlüssel.

Ich verließ Maggie und fuhr mit dem Laster zu dem Haus. Normalerweise wäre Jake gefahren und hätte mir beim Aufladen geholfen, aber diesesmal wollte ich die Sache allein machen. Wenn wirklich etwas Wertvolles drinnen war, dann würde er einen Anteil haben wollen. Also ließ ich ihn zurück, um Maggie zuzuhören. Vielleicht bin ich ein vertrockneter alter Narr, wie sie behauptet. Aber vielleicht bin ich auch ein ganz schön heller Junge. Denn Jake zog sich samstags gern gut an und ging hinunter zum »Bright Spot« –

Wie auch immer, davon rede ich jetzt nicht, sondern davon, wie ich diese Brille fand.

Sie war alles, was ich fand. Alles, was ich brauchen konnte. Im Erdgeschoß waren nur Abfälle und zerbrochene Latten; die mußten sie aus der Bar gerissen haben, als die Bullen zuschlugen. Ich hatte auf Barstühle gehofft und vielleicht brauchbares Altmetall, aber keine Rede davon.

Oben sah es noch schlimmer aus. Acht große Räume voll Staub und zerbrochenen Möbelstücken. Zertrümmerte Betten, Stühle, aus denen die Sprungfedern hingen, nichts, was ich hätte verwenden können. Alte Fetzen und verrottete Schuhe in manchen Schränken; es sah aus, als seien die Leute, die einmal hier wohnten, schon vor sehr langer Zeit in großer Eile ausgezogen. Delehanty hatte mir gesagt, die Bruchbude gelte als Spukhaus, aber ich hielt das nur für einen Witz. Ich habe im Laufe meines Lebens vielleicht zweihundert Spukhäuser ausgeschlachtet – jeder alte Schuppen gilt als das. Aber ich bin an diesen Orten niemals irgend etwas anderem begegnet als vielleicht ein paar Küchenschaben.

Dann kam ich zu diesem Hinterzimmer mit der verschlossenen Tür. Das sah schon besser aus; alle anderen Türen waren offen, aber diese war gut verschlossen. Ich mußte eine Brechstange benützen. Das regte mich auf, denn man weiß nie, was einen hinter einer verschlossenen Tür erwartet. Ich arbeitete und schwitzte und brachte die Tür schließlich auf. Staub und ein schrecklicher Gestank schlugen mir entgegen. Ich schaltete die Taschenlampe an und sah einen großen Raum mit Dreckhaufen überall auf dem Boden und Bücherregalen an den Wänden. Es mußten mehr als tausend Bücher in dem Raum sein, im Ernst, wie in einer richtigen Bibliothek. Ich watete durch den Schmutz und zog ein paar der nächstbesten Bücher heraus. Die Einbände waren aus Leder – zumindest früher einmal. Jetzt zerfielen sie mir in der Hand, und die Blätter genauso. Alles gelb und modrig, deshalb stank es hier drin auch so.

Ich begann zu fluchen. Ich bin nicht ungebildet, ich weiß, daß man aus alten Büchern Geld machen kann. Aber nur, wenn sie in gutem Zustand sind. Und die hier waren verrottet. Dann sah ich den Schreibtisch in der Ecke und, meine Güte, darauf stand ein menschlicher Schädel. Ein gelber Schädel, der mich im Strahl der Lampe angrinste, und einen Moment lang glaubte ich beinahe an dieses Zeug vom Spukhaus.

Dann sah ich, daß der Schädel oben ein Loch für einen dieser altmodischen Gänsefederkiele hatte. Der Bursche, der all die Bücher zusammengetragen hatte, benützte ihn als Tintenfaß. Komisch, nicht?

Aber was mich wirklich interessierte, war der Schreibtisch, denn der war nun wirklich antik. Solides Mahagoni mit allerlei merkwürdigen Schnitzereien, kleine verzerrte Gesichter überall im Holz. Es gab auch eine Schublade, und sie war nicht versperrt. Ich geriet in Erregung, denn man weiß nie, was man an so einem Ort findet, und ich verlor keine Zeit und öffnete sie.

Nur – sie war leer. Das ärgerte mich so, daß ich ein paar Flüche ausstieß und der Seite des Schreibtisches einen Tritt versetzte.

Dadurch fand ich sie. Die Brille. Denn ich traf eines der verzerrten Gesichter, und ein Paneel schwang auf an der linken Seite, und da war noch eine Schublade.

Ich griff hinein und zog die Brille heraus.

Nur eine Brille, aber eine wirklich seltsame. Kleine quadratische Gläser mit großen Bügeln. In der Mitte ein silberner Steg. Ich verstand das nicht. Sicher, es war Silber an der Fassung, aber das war nicht mehr als ein paar Dollar wert. Warum dann die Brille in einer Geheimschublade verstecken? Ich hielt die Gläser hoch und wischte den Staub von den Linsen, die aus gelbem Glas statt aus gewöhnlichem und nicht sehr dick waren. In den Bügeln waren kleine Muster, die wie eingeätzt aussahen. Und genau über dem Steg war auch ein Wort in das Silber graviert. Ich erinnere mich an dieses Wort, weil ich es nie zuvor gesehen hatte.

»Veritas« stand da, in merkwürdig rechteckigen Buchstaben. Konnte das Griechisch sein? Vielleicht war der alte Bursche Grieche gewesen – ich meine den Alten, dem alles gehört hatte, die verschlossene Bibliothek, der Tintenfaßschädel und die Brille in dem Geheimfach.

Ich mußte die Augen zusammenkneifen, um die Inschrift in dem Halbdunkel zu sehen, denn meine Augen sind nicht mehr so gut – und deshalb kam ich auf eine Idee.

In meinem Alter wird man meistens kurzsichtig. Ich wollte immer zum Augenarzt gehen, kam aber nie dazu. Und nun hatte ich diese Brille da. Also sagte ich mir: warum nicht? Ich setzte sie auf.

Zuerst taten mir die Augen ein bißchen weh. Eigentlich waren es nicht die Augen, es schien in mir drin zu sein. Als würde ich auseinandergezogen und verdreht. Der ganze Raum entfernte sich für eine Minute und kam dann ganz nahe, und ich mußte stark blinzeln.

Danach war alles in Ordnung, und ich sah wirklich gut. Alles war scharf und klar. Also ließ ich die Brille auf und ging hinunter, wobei ich mir dachte, ich käme am nächsten Tag mit Jake und dem Laster zurück. Wenigstens konnten wir den Schreibtisch mitnehmen und vielleicht sogar die Bettrahmen als Brennholz verkaufen. Wozu sollte ich mich bemühen, wenn ich Jake für die harte Arbeit hatte?

Ich fuhr heim.

Als ich in den Laden kam, saßen Maggie und Jake natürlich beim Kaffee.

Maggie grinste mich an und sagte: »Was hast du gefunden, Joe, du lausiger, alter Pavian? Ich bin froh, daß wir dich jetzt bald abmurksen.«

Nein, sie sagte das nicht alles. Sie sagte nur: »Was hast du gefunden, Joe?«

Aber den Rest *dachte* sie sich.

Ich wußte das, weil ich es *sehen* konnte.

Fragen Sie mich nicht, wie. Ich sah es einfach. Keine Worte oder sowas. Und ich konnte es nicht *hören*. Ich sah es. Wenn ich sie ansah, wußte ich, was sie dachte und plante.

»Eine Menge Zeug gefunden?« fragte Jake und ich sah: »Ich hoffe, das hast du, denn es wird alles mir gehören, wenn wir dich kaltmachen, und das tun wir heute nacht.«

»Warum schaust du so komisch drein, Joe, bist du krank oder was?« fragte Maggie. Und zu sich selbst sagte sie: »Wen juckt's, er wird bald noch viel kranker sein; hat er einen Verdacht, ach wo, natürlich nicht, der alte Bock hat das ganze Jahr über nichts mitgekriegt, wart nur, bis Jake und ich dies alles übernehmen und seine Versicherung dazu, es ist alles vorbereitet.«

»Weißt du, was du brauchst, du brauchst einen kleinen Drink«, sagte Jake zu mir und zu sich selbst: »So geht das, erst machen wir ihn besoffen, und wenn er die Stiege hinaufgeht, stoße ich ihn, und wenn das nicht reicht, zieh ich ihm eins mit einem Brett über, das gibt dieselben Verletzungen wie ein Sturz. Jeder weiß, daß er säuft, es wird wie ein Unfall aussehen.«

Ich brachte mich zu einem Lächeln.

»Wo hast du die Brille her?« fragte Maggie (»Mein Gott, was für eine unansehnliche Fresse er hat, mir wird schlecht, wenn ich ihn ansehe, aber das geht ja nicht mehr lang«).

»In dem alten Haus mitgenommen«, sagte ich.

Joe holte ein Fläschchen und ein paar Wassergläser. »Nimm einen«, sagte er.

Ich saß da und versuchte klarzukommen. Wieso konnte ich ihre Gedanken lesen? Ich weiß es nicht, aber ich wußte, was sie vorhatten. Ich konnte es sehen. Konnte es – an der Brille liegen?

Diese Schufte warteten nun, bis ich so betrunken war, daß sie mich töten konnten. Ich gab vor, eine Menge zu trinken, und sie schenkten mir fleißig nach.

Aber ich konnte nicht betrunken werden, nicht, solange ich ihnen zusah. Die Gedanken in ihren Köpfen ließen alles in mir zu Eis erstarren und ich war stocknüchtern. Ich wußte genau, was ich tun mußte. Ich brachte sie dazu, mit mir zu trinken.

Ihre Gedanken wurden dadurch nur noch gemeiner. Ich hörte zu, was sie sprachen, sah dabei aber immer ihre Gedanken.

»Wir werden ihn umbringen, bald, warum beeilt er sich nicht und kippt um, er wird doch keinen Verdacht haben? Mein Gott, wie ich seine Visage hasse. Ich will sie zertrümmert sehen, wart nur, bis er aus dem Weg ist und ich Maggie ganz für mich habe, er muß sterben, sterben, sterben –«

Ich hörte zu und wußte genau, was tun. Als es dunkel wurde, sagte ich, daß ich den Laster in die Garage stellen wollte, und sie blieben zurück und überlegten, wie sie mich dazu bringen konnten, hinaufzugehen und wie sie den Verdacht von sich ablenken konnten.

Ich machte mir um den Verdacht der Leute keine Sorgen. Ich stellte den Wagen weg und kam mit der Brechstange in der Hand in die Küche zurück. Ich verschloß die Tür und die beiden sahen mich mit der Brechstange dastehen.

»Hey, Joe –«, sagte Jake.

»Joe, ist was nicht in Ordnung?« sagte Maggie.

Ich sagte gar nichts.

Es war nicht Zeit zum Sprechen, denn ich zertrümmerte Jakes Gesicht mit der Brechstange, zermanschte seine Nase und seine Augen und seine Kiefer, und dann schlug ich sie Maggie über den Schädel, und die Gedanken kamen jetzt nicht mehr in Wörtern, sondern in Schreien, und dann gab es nicht einmal mehr Schreie.

Also setzte ich mich hin und nahm die Augengläser ab, um sie ein bißchen zu polieren. Ich rieb noch an den roten Flecken, als der Streifenwagen kam und die Bullen mich mitnahmen. Sie nahmen mir die Brille weg, und ich sah sie nie wieder. Ich hätte sie beim Prozeß tragen können, aber wen interessiert, was die Geschworenen denken? Und am Ende würde ich sie sowieso abnehmen müssen. Wenn sie mir nämlich die schwarze Kapuze aufsetzten...

2. Miriam Spencer Olcott

Ich erinnere mich mit Bestimmtheit: es war an einem Donnerstagnachmittag, denn da hat Olive ihren Bridgeclub zu Besuch, und dann muß ihr Miss Tooker beim Servieren helfen. Olive ist viel zu diplomatisch, um mich in meinem Zimmer einzusperren, selbst wenn Miss Tooker nicht da ist, und ich habe mich oft gewundert, warum ich gerade am Donnerstag immer so schläfrig bin, gerade dann, wenn ich mal abhauen könnte, ohne daß es bemerkt wird. Schließlich wurde mir klar, daß sie mir irgend etwas in meinen Tee tat – zweifellos eine weitere Idee von Dr. Cramer.

Nun, ich bin keine komplette Idiotin, ganz gleich, was

sie glauben, und diesen Donnerstag goß ich den Tee ins Ihr-wißt-schon-was. Olive bemerkte nichts davon, und als ich mich aufs Bett legte und die Augen schloß, ging sie zufrieden weg. Ich wartete, bis ihre Gäste gekommen waren, und schlich dann auf Zehenspitzen die Treppe hinunter. Olive und ihre Freundinnen waren im Salon, bei geschlossenen Türen. Ich mußte wegen meines Herzens am Fuße der Stiege einen Moment ausruhen, und einen Augenblick lang fühlte ich den eigenartigen Wunsch, die Türe zu öffnen und den Gästen die Zunge herauszustrecken.

Aber das wäre nicht sehr ladylike gewesen. Schließlich waren Olive und ihr Mann hergezogen, um bei mir zu wohnen, als Herbert starb, und sie nahmen Miss Tooker als Pflegerin auf, als ich meine erste Herzattacke hatte. Ich durfte nicht gemein zu ihnen sein.

Nebenbei – ich wußte, daß Olive mir nie mehr erlauben würde, allein auszugehen. Es war also gescheiter, sie nicht zu stören.

Ich schaffte es, das Haus zu verlassen, ohne gesehen zu werden und nahm an der Ecke den Bus. Es waren verschiedene Leute im Bus, und sie glotzten mich ständig an – die Menschen sind heutzutage sowas von roh! Ich weiß, daß meine Kleidung nicht der neusten Mode entspricht, aber das ist kein Grund für vulgäre Neugier. Ich trage hochgeknöpfte Schuhe, weil sie meine Fesseln stützen, und wenn ich gegen Luftzug sehr empfindlich bin, ist das auch mein Problem. Mein Pelzmantel war sehr teuer; er müßte neu gefüttert und vielleicht auch ein bißchen geflickt werden, das stimmt, aber Fremde könnten ja annehmen, daß ich verarmt sei. Jedenfalls müßten sie nicht so ungehobelt sein. Sogar meine Tasche erregte ihre Aufmerksamkeit; mein feines Handtäschchen, das Herbert mir 1937 aus dem Ausland mitgebracht hat!

Ich mochte die Art, in der sie die Tasche anstarrten, nicht. Es war, als wüßten sie etwas. Aber wie konnten sie etwas wissen oder auch nur vermuten?

Ich zog die Nase hoch und lehnte mich zurück und versuchte zu entscheiden, ob ich nach Norden oder nach Süden gehen sollte, wenn ich aus dem Bus gestiegen war.

Wenn ich nach Norden ging, würde ich meine Tasche brauchen. Wenn ich nach Süden ging, so wie letztesmal – nein, das konnte ich nicht tun. Letztesmal war es schrecklich. Ich erinnere mich, wie ich an diesem gräßlichen Ort war, die Männer lachten, und ich sang, glaube ich, und sang noch, als Percy und Olive mich mit dem Taxi holen kamen. Ich werde nie wissen, wie sie mich gefunden haben; vielleicht rief der Besitzer des Lokals sie an. Sie brachten mich nach Hause, und ich hatte einen meiner Anfälle, und Dr. Cramer sagte ihnen, sie sollten die Sache mir gegenüber nicht mehr erwähnen. Also gab es keine Diskussionen. Ich hasse Diskussionen.

Aber ich wußte, daß ich diesesmal nach Norden mußte. Als ich den Bus verließ, spürte ich dieses prickelnde Gefühl im ganzen Körper. Es erschreckte mich ein wenig, aber es fühlte sich auch gut an.

Es wurde noch besser, als ich zu Warram's ging und mir die Kameen ansah. Ich sagte dem Verkäufer, was ich wollte, und er ging es holen. Er kam mit einer großen Auswahl zurück. Ich erzählte ihm von meiner Reise nach Baden-Baden mit Herbert und was wir dort bei den Juwelieren gesehen hatten. Er war sehr geduldig und verständnisvoll. Ich dankte ihm höflich für seine Bemühungen und ging mit verstärkt prickelndem Gefühl hinaus. Eine Brosche, ein wirklich hübsches Ding, lag in meiner Handtasche.

Bei Slade's nahm ich einen Schal. Die Verkäuferin war ein impertinentes junges Ding, und ich merkte, daß ich tatsächlich ein Ansteckstäußchen kaufen mußte, um ihre Aufmerksamkeit abzulenken. Es war ein vulgäres Sträußchen und kostete neunundsechzig Cents, was es nicht einmal annähernd wert war. Aber der Schal in meiner Tasche war aus importierter Seide.

Das war alles sehr aufregend. Ich ging in die Geschäfte und wieder heraus, und die Tasche begann sich zu füllen. Dann kam ich zu diesen Second-Hand-Läden nahe dem Rathaus. Man weiß ja nie. Meine Tasche war fast voll, aber ich konnte immer noch ein Schnäppchen machen.

Bei Henshaw's sah ich einen reizenden Schreibtisch, offensichtlich aus solidem Mahagoni und wunderschön geschnitzt. Ich lächelte den Ladenbesitzer an. »Ich bemerkte diesen Sekretär in Ihrer Auslage, Mr. Henshaw«, begann ich, aber er schüttelte den Kopf. »Er ist verkauft, Madame. Nebenbei, mein Name ist Burgin. Henshaw ist tot – haben Sie nichts davon in den Zeitungen gelesen? Man hat ihn gehängt. Ich kaufte das Geschäft, weil –«

Ich hob die Hand und zog die Nase hoch. »Bitte, ersparen Sie mir die Details. Aber ich würde mich gerne ein bißchen umsehen, wenn ich darf.«

»Aber gerne, Madame.«

Ich hatte den Tisch mit den Keramiken gesehen und näherte mich ihm, aber er ließ mich nicht aus den Augen. Ich spürte das Prickeln stärker denn je und war sehr nervös. Da war ein Stück, das mir ungeheuer gefiel. Ich hatte die Tasche schon offen und brauchte nur noch einen Augenblick –

Er war genau hinter mir und beobachtete meine Handbewegung. »Wieviel kostet das?« fragte ich sehr schnell und nahm irgendein Objekt von einem der Tabletts auf dem Tisch.

»Zwanzig Cents!« schnappte er.

Ich fummelte in meiner Tasche herum und gab ihm einen Vierteldollar, marschierte aus dem Laden und schlug die Türe hinter mir zu. Erst als ich auf der Straße stand, blieb ich stehen, um das Objekt in meiner Hand genauer anzusehen. Es war eine Brille. Wie in aller Welt konnte ich ausgerechnet eine Brille von dem Tablett nehmen? Sie war außerdem auch noch recht ungewöhnlich – ziemlich schwer, mit trüb gewordener Silberfassung. Ich hielt sie ins Licht des Sonnenuntergangs und sah ein in den Steg geätztes Wort. »Veritas.« Lateinisch: die Wahrheit. Seltsam.

Im selben Moment sah ich die Rathausuhr. Es war schon nach fünf. Ich würde es nicht schaffen, alles käme heraus und es würde eine anstrengende Szene geben –

Ich rief ein Taxi, und mir fiel während der Fahrt ein, daß Olive und Percy heute auswärts essen wollten, und daß Dr. Cramer vorbeikommen und mich untersuchen würde. Mittlerweile mußten sie meine Abwesenheit schon bemerkt haben. Wie konnte ich das nur erklären?

Während ich in meiner Tasche nach dem Geld suchte, stießen meine Hände wieder auf die Brille. Das war natürlich die Lösung. Ich setzte sie mir fest auf die Nase und bog mir die Bügel zurecht, als wir gerade in unsere Auffahrt fuhren. Einen Moment lang nahm das Prickeln zu, und mir kam es vor, als würde ich gleich eine weitere Attacke erleiden, aber dann sah ich klar, und das Prickeln verschwand.

Ich bezahlte den Fahrer und ging schnell ins Haus, bevor er eine Bemerkung über das Fehlen eines Trinkgeldes machen konnte.

Olive und Percy erwarteten mich an der Tür. Ich konnte sie klar sehen, so klar: Olive so groß und dünn und Percy so klein und fett. Beide hatten blasse Haut, wie zwei Blutegel. Warum eigentlich nicht? Sie waren ja Blutegel. Zogen in mein Haus, als Herbert starb, rissen sich mein Eigentum unter den Nagel, lebten von meinem Einkommen. Riefen Miss Tooker her, um mich zu überwachen, und Mr. Cramer, um mich zur Invaliden zu machen. Seit Herbert tot war, warteten sie darauf, daß ich stürbe.

»Hier ist die alte…«

Ich möchte *dieses* Wort nicht wiederholen.

Einen Moment lang war ich wirklich schockiert bei der Vorstellung, daß Percy dort stand, lächelte und mir so etwas ins Gesicht sagte! Dann wurde mir klar, daß er es nicht gesagt hatte. Er hatte es gedacht. Und irgendwie hatte ich seine Gedanken gelesen.

Er sagte: »Mutter, Liebes, wo in aller Welt bist du gewesen?«

»Ja«, fiel Olive ein, »wir waren so in Sorge. Du hättest einen Unfall haben können.« Ihr Ton war voll töchterlicher Sorge. Dahinter kam ihr eigentlicher Gedanke: »Warum hatte sie keinen Unfall, die alte…«

Und wieder dieses Wort!

Ich begann zu zittern.

»Wo warst du?« murmelte Olive, wobei sie dachte: »Warst du wieder auf einer Sauferei, trottlige alte Kuh? Oder hast du uns neuen Ärger gemacht mit deinen Ladendiebstählen? Percy muß wieder hingehen und alles bezahlen –«

Ich kriegte das mit und zwinkerte hinter meiner Brille. Das hätte ich nicht gedacht. Wußten die Leute in den Läden denn, was ich tat? Und sie erlaubten es so lange, als Percy zahlte, was ich mitnahm? Aber dann hatte ich ja überhaupt keinen Profit davon! Alle waren sie gegen mich. Ich erkannte das zum erstenmal – konnte es an der Brille liegen?

Ich sagte sehr schnell: »Ihr müßt wissen, ich war in der Stadt, um mir eine Brille zu kaufen.«

Und bevor sie etwas antworten konnten, drängte ich mich zwischen ihnen durch und ging hinauf in mein Zimmer. Ich war wirklich aufgeregt. Nicht nur wegen ihrer Gedanken, sondern weil ich sehen konnte, was sie dachten. Das konnte nicht die Brille sein. Unmöglich. Solche Sachen gab es nicht. Es war nur, weil ich so müde und so alt war – Ich nahm die Brille ab, legte mich auf das Bett und begann plötzlich zu weinen. Vielleicht schlief ich dann ein, denn als ich erwachte, war es dunkel, und Miss Tooker kam ins Zimmer mit einem Tablett in der Hand. Darauf waren Tee und Kekse. Dr. Cramer hatte mich auf strikte Diät gesetzt; er wußte, daß ich gerne aß und erlaubte es nicht.

»Gehen Sie weg«, sagte ich.

Miss Tooker lächelte schwach. »Mr. und Mrs. Dean sind zum Essen ausgegangen. Aber ich dachte, Sie seien vielleicht hungrig –«

»Gehen Sie«, wiederholte ich, »wenn Dr. Cramer kommt, schicken Sie ihn herein. Aber Sie gehen hinaus.«

Ihr Lächeln verschwand, und sie ging zur Tür. Einen Moment lang hatte ich das dringende Bedürfnis, die Brille aufzusetzen und sie zu sehen, wie sie wirklich war. Aber das war ja alles eine Illusion, nicht wahr? Ich schaute ihr beim Hinausgehen nach, dann setzte ich mich auf und griff nach meiner Tasche. Ich ging meine Souvenirs vom Nachmittag durch und war sehr beschäftigt, als Dr. Cramer erschien. Er klopfte an, was mir Zeit ließ, die Tasche samt ihrem Inhalt verschwinden zu lassen, und kam dann ruhig herein. »Was höre ich alles über Sie, junge Frau?« sagte er mit einem Lachen. Er nannte mich immer »junge Frau«, das war ein Privatwitz zwischen uns beiden.

»Ich hörte, Sie unternahmen heute nachmittag einen kleinen Ausflug«, fuhr er fort, als er sich neben das Bett setzte.

»Mrs. Dean erwähnte etwas von einer Brille –«

Ich zuckte die Achseln. Er lehnte sich vor. »Und Sie haben Ihr Abendessen nicht genommen. Sie haben geweint.« Er klang so mitfühlend. Eine wundervolle Person, dieser Dr. Cramer. Man konnte einfach nicht anders, als ihm zu antworten.

»Ich war einfach nicht hungrig. Sehen Sie, Olive und Percy verstehen mich nicht. Ich gehe so gerne an die frische Luft, und ich möchte sie damit nicht behelligen. Das mit der Brille kann ich erklären.«

Er lächelte und machte eine abwehrende Handbewegung. »Zuerst mal ein bißchen Tee. Wird besser sein, wenn ich ihn aufwärme, ja?«

Dr. Cramer setzte den Teetopf auf die kleine elektrische Kochplatte auf dem Tischchen. Er arbeitete schnell, effizient und summte dabei. Es war ein Vergnügen, ihm zuzusehen, ein Vergnügen, ihn zur Visite dazuhaben. Wir würden uns nun hinsetzen und eine nette Tasse Tee miteinander trinken, und ich würde ihm alles erzählen. Er würde es verstehen. Alles würde in Ordnung sein. Ich setzte mich gerade. Die Brille machte an meiner Seite ein klickendes Geräusch. Ich setzte sie auf.

Dr. Cramer drehte sich um und zwinkerte mir zu. Als

er zwinkerte, fühlte ich, wie die Brille an meinen Augen zog, und schloß diese für einen Moment. Dann öffnete ich sie wieder und wußte Bescheid.

Ich wußte, daß Dr. Cramer hier war, um mich zu töten. Er lächelte mich an und goß Tee in zwei Tassen. Ich sah, wie er vor die Tasse auf der linken Seite des Tabletts trat und ein Pülverchen in den heißen Tee schüttete.

Er brachte das Tablett herüber und ich sagte: »Bitte eine Serviette.« Er ging zurück, holte die Serviette, setzte sich neben mich und gab mir die Tasse von der linken Seite des Tabletts.

Wir tranken. Meine Hand zitterte nicht, obwohl er mich beobachtete. Ich leerte meine Tasse, er die seine. Er blinzelte wieder. »Nun, junge Frau – fühlen Sie sich besser?«

Ich zwinkerte zurück. »Viel besser. Und Sie?«

»Erstklassig. Jetzt können wir reden, nicht wahr? Sie wollten mir doch etwas erzählen?«

»Ja«, sagte ich, »ich wollte Ihnen etwas erzählen. Ich wollte Ihnen erzählen, daß ich über alles Bescheid weiß. Percy und Olive hatten einen Plan und zogen Sie hinein. Sie wollen erben, und Ihnen geben sie ein Drittel. Die Zeit für die Ausführung war unbestimmt, aber als ich heute abend verwirrt heimkam, schien es ihnen eine gute Idee zu sein, wenn Sie gleich tätig würden. Miss Tooker wußte sowieso, daß ich vielleicht eine Herzattacke haben könnte, und wäre eine willkommene Zeugin gewesen. Nicht, daß man überhaupt eine Zeugin gebraucht hätte. Sie würden sowieso eine ganz klare Todesursache feststellen. Mein Herz, nicht wahr?«

Dr. Cramer schwitzte. Der Tee war sehr heiß gewesen. Er hob die Hand. »Mrs. Olcott, bitte –«

»Machen Sie sich nicht die Mühe zu sprechen. Sehen Sie, ich kann Ihre Gedanken lesen. Sie glauben das nicht, nicht wahr? Sie fragen sich, warum ich Ihnen erlaubte, mir Gift zu geben, wenn ich das alles wußte.«

Seine Augen traten aus dem Kopf, und er wurde so rot wie Rote Beete.

»Ja«, flüsterte ich. »Sie fragen sich, warum ich es zugelassen habe. Die Antwort ist – ich tat es nicht.«

Er griff nach seinem Kragen und stand halb aus dem Stuhl auf.

»Sie – haben gar nicht...«, krächzte er.

»Nein.« Ich lächelte milde. »Als Sie mir die Serviette holten, vertauschte ich die Tassen.«

Ich weiß nicht, was für ein Gift er verwendete, aber es war recht brauchbar. Natürlich beschleunigte seine Aufregung den Vorgang. Er versuchte aufzustehen, aber nur einen Augenblick lang, dann sank er in seinen Stuhl zurück. Seine Stimme erstarb fast sofort. Sein Kopf begann zu wackeln. Er schäumte und ächzte. Dann begann er, seine Lippen blutig zu beißen.

Ich wollte seine Gedanken lesen, aber es gab keine zusammenhängenden Gedanken mehr, nur noch Bilder. Gebete mischten sich mit Flüchen, und dann löschte eine Flut von Schmerzen alles aus. Mein ganzer Körper prikkelte. Zuletzt hatte er Krämpfe und versuchte, sich die eigene Kehle herauszureißen. Ich stand über ihm und lachte. Ich gebe zu, es war nicht sehr ladylike, das zu tun, aber es war gerecht. Außerdem verstärkte es das Prickeln.

Danach ging ich nach unten. Miss Tooker schlief, und sonst war keiner da, der mich hätte aufhalten können. Ich brauchte eine Feier. Also plünderte ich den Kühlschrank und nahm ein Tablett voll kaltem Truthahn und Sauce und

Trüffeln und Kumquats mit – oh, da unten lebten sie gut, meine geliebte Tochter und mein Schwiegersohn!

Die Brandy-Karaffe nahm ich auch mit.

Mit dieser ganzen Ladung die Stufen hinaufzuklettern, machte mich schwindlig, aber als ich erst zurück in meinem Zimmer war, fühlte ich mich gleich besser.

Ich füllte meine Teetasse mit Brandy und toastete der reglosen Gestalt zu, die ausgebreitet in dem Stuhl vor mir lag. Ich fragte ihn höflich, ob er einen Imbiß wolle, oder vielleicht ein bißchen Brandy, der köstlich sei, und wie es seinem Herz ginge?

Der Brandy war stark. Ich aß alles auf, jeden kleinsten Bissen und trank wieder. Das Prickeln mischte sich mit Wärme. Ich fühlte mich nach Singen und Schreien. Beides tat ich dann auch. Die Tasse zerbrach. Ich trank aus der Karaffe. Niemand sollte es sehen. Ich streckte meine Hand aus und schloß ihm die Augen. Glotzaugen. Meine eigenen Augen schmerzten, ich nahm die Brille ab. Ich hätte sie nicht tragen sollen. Aber wenn ich's nicht getan hätte, wäre ich jetzt tot. So war er tot. Ich lebte und fühlte meine Haut prickeln.

Mehr Brandy. Sodbrennen. Zu viel gegessen. Der Brandy brannte mich auch. Ich legte mich auf dem Bett zurück. Alles drehte und drehte sich, und dieses Brennen! Ich konnte ihn sehen, wie er mit ausgestreckten Armen und Beinen dort lag und mich anlachte.

Wieso lachte er? Er war tot. Ich war diejenige, die lachen sollte. Er hatte Gift. Ich hatte Brandy. »Schnaps ist Gift für Sie, Mrs. Olcott.«

Wer hatte das gesagt? Dr. Cramer bei seinem letzten Besuch. Aber ich war nicht vergiftet. Warum schmerzte es dann, wenn ich lachte?

Warum tat mir meine Brust so weh, und warum drehte sich der Raum, wenn ich mich aufzusetzen versuchte und dabei mit dem Gesicht auf den Fußboden fiel, warum zog ich an dem Teppich, bis sich meine Finger verbogen und krümmten wie Brezeln, aber ich spürte sie nicht, weil der Schmerz in meiner Brust so stark war, stärker als alles, stärker als das Leben selbst –

Weil es der Tod war.

Ich starb um 20.18 Uhr.

3. Percy Dean

Nachdem die ganze Affäre vertuscht worden war, verreisten Olive und ich für eine Weile. Wir konnten uns das ja jetzt leisten, und ich traf Vereinbarungen, daß das ganze Haus umgebaut werden sollte, während wir weg waren.

Als wir wieder zurückkamen, konnten wir unsere Köpfe in der Gemeinschaft wirklich hoch tragen. Keine Behandlung von oben herab mehr, keine versteckten Beleidigungen, kein Tratsch mehr über »Mrs. Olcotts Schwiegersohn ... ein Parvenu ... überhaupt nicht die Art Leute, die zählt«. Wir hatten jetzt die Mittel, den uns in der Gesellschaft zustehenden Platz einzunehmen. Einladungen auszusprechen. Das war der erste Schritt. Die Kostümparty war tatsächlich Olives Idee, aber ich war derjenige, der sie mit unserer Housewarming-Party zusammenfallen ließ.

Es war äußerst wichtig, die richtigen Leute einzuladen. Thorgeson, Harker, Pfluger, Hattie Rooker, die Schwestern Christie. Ich ging die Liste mit Olive sorgfältig durch, bevor wir die Einladungen verschickten.

»Wenn wir Hattie Rooker auf die Liste setzen, müssen wir auch Sebastian Grimm einladen«, rief sie mir ins Gedächtnis, »du weißt schon: den Schriftsteller. Er wohnt diesen Sommer bei ihr.«

Wir planten alles sorgfältig, tatsächlich so sorgfältig, daß wir beinahe vergaßen, unsere eigenen Kostüme auszusuchen. Im letzten Moment dachte Olive daran. Ich fragte sie, was sie tragen wolle.

»Etwas Spanisches, mit einer Mantilla. Dann kann ich auch die Ohrringe tragen.« Sie betrachtete mich spottlustig. »Aber du bist ein Problem.. Ehrlich gesagt, Percy, du bist zu faßförmig für die üblichen Kostüme. Außer du gehst als Clown.«

Ich wäre beinahe ausfallend geworden, aber im Grunde stimmte, was sie sagte. Ich betrachtete meine Korpulenz im Spiegel; meinen zurückweichenden Haaransatz, mein Doppelkinn. Sie spähte über meine Schulter.

»Genau!« rief sie dann aus. »Du gehst als Benjamin Franklin.«

Benjamin Franklin. Das war keine schlechte Idee, wie ich zugeben mußte. Schließlich war Franklin eine Symbolfigur für Würde, Sicherheit und Weisheit – diese absurden Gerüchte über seine Mätressen habe ich immer zurückgewiesen – und das war genau der Eindruck, den ich zu erwecken wünschte. Viel hing davon ab, wie ich an diesem Abend auf meine Gäste wirken würde. Es war ein wichtiger erster Schritt. Das Ergebnis dieser Unterredung war, daß ich den Kostümverleiher aufsuchte, ihm meine Wünsche klarmachte und in Kleidern des 18. Jahrhunderts und mit einer Perücke zurückkam.

Olive war begeistert. Ich zog mich nach dem Essen hastig um, und sie begutachtete mich ein letztes Mal.

»Eine verblüffende Ähnlichkeit. Aber trug Franklin nicht immer eine Brille?«

»Ja, tatsächlich. Aber unglücklicherweise kann ich jetzt keine mehr auftreiben. Ich nehme aber doch an, daß die Gäste über diese kleine Unstimmigkeit hinwegsehen werden.«

Das taten sie auch.

Ich verbrachte einen sehr erfreulichen Abend. Jeder, den ich eingeladen hatte, kam, die Getränke waren gut und reichlich vorhanden, der Partyservice ausgezeichnt, und die Kostüme fügten dem Ganzen die richtige Note an Frivolität hinzu. Während ich selbst völliger Abstinenzler bin, sah ich zu, wie der alte Harker, Richter Pfluger, Thorgeson und die anderen sich beim Trinken keinen Zwang antaten, und ihre Herzlichkeit stieg im Verlauf des Abends rapide an.

Besonders wichtig war es, Thorgesons Freundschaft zu erwerben. Durch ihn konnte ich die Mitgliedschaft im Gentry Club erreichen, und früher oder später würde ich dort den Weg in den Raum 1200 schaffen, den berühmten Pokerraum, wo die wirklich großen Geschäfte abgeschlossen werden; da ging es um Millionen Dollars, wenn die wirklich Mächtigen die Karten austeilten.

Der Schriftsteller, Sebastian Grimm, brachte mich auf die nächste Idee. »Die Party geht richtig gut voran«, bemerkte er. »Ich glaube fast, es wäre sicherer, die Damen jetzt für ein Stündchen zu verlassen, nachdem die Tanzerei angefangen hat. Sagen Sie, Dean, Sie haben nicht zufällig einen Pokertisch da, hm?«

»Oben ist ein Zimmer, weit weg von den Leuten und dem Lärm. Wenn die Herren möchten –«

Die Herren mochten. Wir gingen hinauf.

Ich hasse Poker. Ich mag überhaupt keine Glücksspiele. Aber diese Gelegenheit war zu günstig, um sie auszulassen. Würden meine Gäste nicht irgendwann ein weiteres Spielchen vorschlagen? Vielleicht würde Thorgeson die Spiele im Gentry Club erwähnen, und ich könnte ihn daran erinnern, daß ich nicht Mitglied war. »Das ist leicht zu ändern, Dean«, würde er sagen, »weißt du, was ich tun werde –«

Oh, es war eine Eingebung, kein Zweifel! Ich holte Karten und Chips, und wir setzten uns um den großen Tisch im Studierzimmer, Thorgeson, Dr. Cassit, Richter Pfluger, Harker, Grimm und ich. Grimm hätte ich gerne ausgeschlossen, wenn das möglich gewesen wäre; der große, schlanke, sardonische Schriftsteller war ein störendes Element in der Runde, und seine Anwesenheit war für mich wertlos. Aber er hatte das Spiel vorgeschlagen, da konnte ich ihn nicht gut ausladen.

Olive klopfte an die Tür, bevor wir anfingen.

»Oh, hier bist du«, sagte sie. »In guter Gesellschaft, wie ich sehe. Möchte jemand, daß ein paar Häppchen vom Buffet heraufgeschickt werden?«

Peinliches Schweigen. Ich ärgerte mich.

»Gut, dann will ich nicht mehr stören. Oh, Percy – ich habe gerade eben etwas für dich gefunden. In – in, äh, Mutters Zimmer.« Sie trat hinter mich und zog mir etwas über Nase und Ohren. »Eine Brille«, kicherte sie. »Erinnerst du dich, daß wir keine für dich finden konnten? Aber die war in Mutters Schublade.«

Sie trat einen Schritt zurück und betrachtete mich prüfend. »Na also! Er sieht wirklich wie Benjamin Franklin aus, finden Sie nicht?«

Ich wollte die Brille nicht. Meine Augen taten mir weh.

Aber ich war zu verlegen, um sie zurückzuweisen, und ausgesprochen dankbar, als Olive endlich aus dem Zimmer ging. Die Männer waren schon dabei, die Chips zu verteilen. Thorgeson hielt die Bank. Ich zog meine Brieftasche heraus und legte einen Hundert-Dollar-Schein auf den Tisch. Dafür bekam ich zehn weiße Chips.

Offensichtlich sollte aber richtig gezockt werden. Auch gut. Ich lächelte und wechselte nochmal fünfhundert Dollar.

»Diesmal rote.« Thorgeson gab mir zwanzig rote Chips.

»Das ist schon besser«, sagte ich. Soviel konnte ich heute nacht verlieren. Ungefähr tausend Dollar oder so, die ich hier richtig investierte, würde mir die Akzeptanz dieser Gruppe sichern, wenn ich wie ein Gentleman verlor. So sah meine Strategie für dieses Pokern aus.

Aber es lief nicht so.

Ich habe von Clairvoyance gehört, von Telepathie, ASW und all diesen Phänomenen, an die ich nie geglaubt habe. Aber irgend etwas davon funktionierte an diesem Abend. Wenn ich durch meine Brille auf die Karten sah, konnte ich die Blätter der anderen Spieler erkennen. Eigentlich nicht ihre Blätter, sondern was sie dazu dachten.

»Lausiges Paar Achten... erhöhen, ich nehme noch eine... zwei Damen... ich frage mich, ob er auf ein Straight spielt... besser im Spiel bleiben... nicht zeigen... nochmals erhöhen, ich bluffe sie raus...«

Es kam in einem stetigen Strom zu mir. Ich wußte, wann ich passen, halten, erhöhen, zeigen lassen mußte.

Natürlich wollte ich verlieren. Aber wenn ein Mann wirklich weiß, was er tun muß, wäre er ein Narr, seinen Vorteil aus der Hand zu geben. Das ist doch logisch, oder?

Beinhartes Geschäft. Diese Männer respektierten Schlauheit und gutes Urteil. Was hätte ich tun sollen?

Ich will mich über die Einzelheiten des Spiels nicht weiter äußern. Es genügt, wenn ich sage, daß ich fast jede Runde gewann. Dieser sechste Sinn verließ mich nicht, und ich hatte über neuntausend Dollar vor mir liegen, als Harker falschspielte.

Ich hatte nicht auf irgendwelche nicht zum Spiel gehörige Gedanken oder andere Umstände geachtet, sondern mich auf die Partie und die Ansagen konzentriert. Aber dann dachte sich Harker: »Ich werde dieses As bis zum nächsten Blatt behalten.« Ich konnte das fühlen, die Kraft und die verzweifelte Gier hinter dem Gedanken. Der alte Harker, mindestens eine Million Dollar schwer, beschiß beim Pokern! Das verblüffte mich. Bevor ich mich entscheiden konnte, wie ich reagieren sollte, waren schon die Karten neu gegeben, alle Ansagen gemacht, und ich saß mit einem Full House aus drei Damen und zwei Vierern da und wollte einen dreitausend-Dollar-Pot einstreichen.

Harkers Affengesicht verzog sich zu einem Grinsen. »Nicht so schnell, mein Freund. Ich habe« – er leckte sich gierig die dünnen Lippen – »vier Asse.«

Ich hustete. »Pardon, Mr. Harker. Ist Ihnen nicht aufgefallen, daß dies ein 7-Karten-Stud-Spiel ist und Sie acht Karten haben?«

Jedermann zog vernehmlich Luft ein. Dann waren alle ganz still.

»Ohne Zweifel ein Versehen. Wenn Sie aber so gut wären und Ihren rechten Arm vom Tisch heben würden – dort, unter Ihrem Ärmel –«

Das Schweigen wurde noch tiefer. Aber plötzlich füllte es sich mit Lärm; kein Lärm von Worten, sondern von

Gedanken. »Dieser Hund... bezichtigt Harker vor allen Leuten... vielleicht hat er die Karte selber irgendwie hingelegt... Beschiß... kein Gentleman... ekliges kleines Fettgesicht... hätte nie herkommen sollen... gehört nicht in gute Gesellschaft... vulgär... vielleicht hat er die alte Dame ins Grab gebracht...«

Mein Kopf begann zu schmerzen.

Ich dachte, wenn ich sprechen könnte, würde der Kopfschmerz verschwinden. Deshalb sagte ich ihnen, was ich wußte und was ich von ihnen hielt, und sie glotzten mich nur an. Da dachte ich, vielleicht verschwände der Druck in meinem Schädel, wenn ich zu schreien begänne, und ich schrie sie an und sagte ihnen, sie sollten aus meinem Haus verschwinden, und ich gab ihnen die Namen, die sie verdienten, aber sie stierten mich an, als wäre ich übergeschnappt. Und sie hörten nicht auf zu denken.

Harker war der Schlimmste. Er dachte Sachen über mich, die kein Mann ertragen konnte. Niemand konnte so etwas ertragen, auch wenn sein Kopf nicht geplatzt wäre und er nicht gewußt hätte, daß alles verloren war, daß ihn alle haßten, verspotteten und verachteten.

Deshalb griff ich über den Tisch und packte ihn am Kragen, und dann warfen sich alle auf mich, aber ich hatte diesen faltigen alten Hals zwischen meinen Händen und ließ ihn nicht los, bis ich allen Schmerz herausgepreßt hatte, wirklich allen Schmerz, und meine Brille fiel herunter, und alles wurde ein bißchen dunkler. Als ich aufschaute, sah ich gerade noch, wie Thorgeson mit der Wasserkaraffe auf meinen Kopf zielte.

Ich versuchte, mich noch abzuwenden, aber es war zu spät. Die Karaffe krachte herunter, und alles verschwand.

Für immer.

Ich mache es kurz.

Es war hauptsächlich Neugier das Motiv dafür, daß ich diese komische Brille mit den gelben Gläsern vom Boden aufhob und unbemerkt in meine Tasche steckte während der allgemeinen Konfusion des Wartens auf Arzt und Polizei.

Diese Neugier nahm zu, als Olive Dean beim Verhör von ihrer Mutter erzählte, und wie diese am Abend ihres tragischen Todes eine Brille heimgebracht habe.

Bestimmte Vorkommnisse beim Pokern hatten meine Phantasie angeregt, und einige Aussagen beim Verhör stachelten sie noch an.

Interessant war auch diese Inschrift »Veritas« auf dem Steg der Brille.

Ich möchte Sie nicht mit der Schilderung meiner Untersuchungen langweilen. Detektivarbeit von Amateuren ist eintönig, obgleich manchmal lohnend. Es genügt, wenn ich sage, daß meine private Nachforschung mich in einen Second-Hand-Laden führte und zu einem halbabgerissenen Haus nahe der Werft. Eine Nachfrage bei der lokalen Historischen Gesellschaft ermöglicht mir, mit Bestimmtheit zu sagen, daß die Brille einst Dirk Van Prinn gehört hatte; Geschichten über sein gut belegtes Interesse an Zauberei sind allein mit der Geschichte der Kommune vertrauten Antiquaren wohlvertraut. Ich muß das Offensichtliche nicht unterstreichen.

Jedenfalls trugen meine sorgfältigen Bemühungen Früchte. Ich konnte – mit einiger Freiheit bezüglich belangloser Begleitumstände – die Gedanken und Handlungen verschiedener Personen rekonstruieren, die unabsichtlich diese Brille getragen hatten, seit sie in der geheimen Schublade in Van Prinns Schreibtisch entdeckt worden war. Diese Gedanken und Handlungen bilden die Grundzüge dieser Erzählung, in der ich die Charaktere von Mr. Joseph Henshaw, Mrs. Miriam Spencer Olcott und Mr. Percy Dean (alle verstorben) geschildert habe.

Unseligerweise bleibt noch ein letztes Kapitel zu schreiben. Ich war mir über diese Notwendigkeit nicht im klaren, als ich anfing; ich hätte es bleiben lassen, wäre ich vorher auf einen solchen Gedanken gekommen. Aber wie ich jetzt weiß, muß Dirk Van Prinn gewußt haben, daß Gefahr im Wissen liegt, als er die Brille in jene Schublade wegschloß; er mußte gewußt haben, daß das Wissen um die Gedanken anderer Menschen nur zu Desillusion und Zerstörung führen kann. Ich habe über die Abgedroschenheit dieser Moral nachgedacht, und für nichts in der Welt hätte ich dem armen Joe Henshaw, Miss Olcott oder Percy Dean nachgeeifert und die Brille aufgesetzt, um andere Menschen oder andere Gedanken zu betrachten.

Aber Stolz kommt vor dem Fall. Als ich über das tragische Schicksal dieser armen Narren schrieb, deren Suche nach Weisheit mit einem Desaster endete, konnte ich es nicht vermeiden, darüber nachzudenken, zu welchem Zweck der längst verstorbene Seher und Wissende diese einzigartige Brille erfunden haben mochte.

Veritas. Die Wahrheit.

Die Erkenntnis der Wahrheit über die anderen hatte schlimme Konsequenzen. Aber einmal angenommen, diese Brille sei dazu gedacht, die Wahrheit über einen selbst zu entdecken? »Erkenne dich selbst.« Konnte das der geheime Zweck dieser Brille sein – dem Träger den Blick nach innen zu gestatten? Daran konnte sicher nichts Schlimmes sein. Nicht in den Händen eines intelligenten Mannes.

Ich hatte immer angenommen, daß ich mich selbst »kannte« im üblichen Sinn des Wortes; vielleicht war ich sogar durch die ständige Introspektion meiner Natur bewußter als andere. Das hatte ich angenommen, aber jetzt wollte ich es wissen. Deshalb setzte ich sie mir auf, gerade vorhin. Setzte sie auf und betrachtete mich im Spiegel. Schaute, sah und wußte Bescheid.

Es gibt Dinge unter der bewußten Intelligenz, im sogenannten Unbewußten, die Psychiatrie und Psychologie nicht in den Griff kriegen. Ich kenne diese Dinge jetzt, und noch einige mehr. Ich weiß jetzt, daß der Schrecken, den das Gedankenlesen bei den Opfern ausgelöst hatte, ein Nichts ist, verglichen mit dem, was man erfährt, wenn man seinen eigenen Geist erkennt.

Ich stand vor dem Spiegel und sah in mich hinein – sah dort die atavistischen Erinnerungen, Wünsche, Ängste; die Verzweiflung, den Beginn des Wahnsinns, die lauernde Verkommenheit und Grausamkeit; die schleimigen, kriechenden, geheimen formlosen Wesen, die nicht einmal in den Träumen ihren Kopf erheben. Ich sah die unbeschreibliche Fäulnis unter der dünnen Tünche von Bewußtsein und Intellekt, und wußte, daß sie meine wahre Natur ist. Jedermanns eigentliches Wesen. Vielleicht kann es unterdrückt und kontrolliert werden, solange es unbewußt bleibt. Aber allein zu erkennen, daß es da ist, das ist ein Schrecken, der unerträglich ist.

Wenn ich diese Erzählung beendet habe, werde ich die Brille nehmen und sie für immer zerstören. Dazu nehme ich einen Revolver; richte ihn ganz ruhig und überlegt auf dieses verfluchte Ding und zertrümmere es mit einem einzigen Schuß. Dazu werde ich sie aufsetzen …

Ungarische Rhapsodie

Gleich anfangs September schlug das Wetter um, es wurde kalt, und alle die Leute aus den Sommerhäusern fuhren heim. Als der Lost Lake zu gefrieren begann, war niemand mehr da außer Solly Vincent.

Vincent war ein großer kräftiger Mann, der sich in diesem Frühjahr ein ganzjährig bewohnbares Haus am See gekauft hatte. Er trug den ganzen Sommer über grellfarbene Sporthemden, und obwohl man ihn nie jagen oder fischen sah, hatte er doch eine ganze Menge Wochenendgäste aus der Stadt in seinem Haus. Das erste, was er getan hatte nach dem Kauf des Hauses, war die Anbringung eines großen Schildes *Sonova Beach* an der Vorderfront. Zufällig Vorbeikommende amüsierten sich blendend darüber.

Aber erst im Herbst kam er auch in die Stadt und machte sich dort bekannt. Schließlich kam er an ein oder zwei Abenden pro Woche in Doc's Bar und spielte Karten mit den Stammgästen im Hinterzimmer.

Selbst dann ging Vincent nicht wirklich aus sich heraus. Er pokerte recht gut und rauchte gute Zigarren, aber er erzählte nie etwas über sich. Als Specs Hennessey ihn einmal direkt fragte, erzählte er den Spielern, daß er aus Chicago komme und ein Geschäftsmann im Ruhestand sei. Er erwähnte aber nicht, aus was für einem Geschäft er sich zurückgezogen habe.

Meistens öffnete er seinen Mund nur, um eine Frage zu

stellen, und auch das tat er kaum bis zu dem Abend, als Specs Hennessey die Goldmünze herauszog und auf den Tisch legte.

»Jemand so was schon mal gesehen?« fragte er. Niemand sagte etwas, aber Vincent griff hinüber und nahm die Münze.

»Deutsches Geld, oder?« murmelte er. »Wer ist der Typ mit dem Bart – der Kaiser?«

Specs Hennessey gluckste. »Nahe dran«, sagte er. »Es ist der gute alte Franz Joseph. Er war der Chef der österreichisch-ungarischen Monarchie, vor fünfundvierzig Jahren. Zumindest haben sie mir das auf der Bank erzählt.« »Woher hast du's, aus einem Spielautomaten?« wollte Vincent wissen.

Specs schüttelte den Kopf. »Diese Münze kam in einem Sack hierher, zusammen mit tausend anderen.«

Da sah Vincent plötzlich interessiert aus. Er nahm die Münze nochmals und drehte sie in seinen klobigen Fingern.

»Erzählst du das mal genauer?« fragte er.

Specs brauchte nicht mehr Ermutigung. »Eine ganz komische Sache. Letzten Mittwoch sitz ich im Büro, da kommt diese Lady herein und fragt mich, ob ich der Grundstücksmakler sei und ob ich nicht ein Haus am See zu verkaufen hätte. Ich sage, klar, das Schultz-Haus drüben am Lost Lake. Ein wirkliches Superangebot, möbliert und alles, und praktisch nachgeworfen, was den Preis betrifft. Ich wollte ihr das Ding wirklich richtig anpreisen und so, aber sie sagte, die Details interessierten sie nicht, ob ich ihr das Haus zeigen könnte? Ich sage, ja natürlich, wie wär's mit morgen, und sie sagt, warum nicht jetzt gleich, heute abend?

Also fahre ich sie hinaus, und wir sehen uns das Haus an, da sagt sie, sie nimmt es, einfach so. Ich soll zum Anwalt gehen und den Vertrag fertigmachen, und sie würde Montagabend kommen und den Kauf abschließen. Sie kam auch tatsächlich und zog diesen Sack voll Münzen heraus. Ich mußte Hank Felch von der Bank herüberholen, um herauszufinden, was für Geld das war und ob es überhaupt einen Wert hatte. Es hatte einen, wie sich herausstellte. Es war so gut wie Gold.« Specs grinste. »Daher kommt es, daß ich über Franz Joseph Bescheid weiß.« Er nahm Vincent die Münze weg und steckte sie wieder in die Tasche. »Wie auch immer, es sieht so aus, als hättest du eine neue Nachbarin da draußen. Das Schultz-Haus ist nur ungefähr eine Meile von deinem entfernt. Wenn ich du wäre, würde ich hinüberrennen und mir eine Tasse Zucker ausborgen.«

Vincent zwinkerte. »Du meinst, weil sie so gestopft ist, he?«

Speks schüttelte den Kopf. »Vielleicht ist sie's, vielleicht auch nicht. Aber die Hauptsache ist, sie sieht blendend aus.« Er grinste wieder. »Sie heißt Helene Esterhazy. Helene, mit einem e am Ende. Ich hab es gesehen, als sie unterschrieb. Sie spricht wie eine von diesen Ungarnflüchtlingen – das wird sie ja wohl auch sein, glaube ich. Vielleicht eine Gräfin, jedenfalls eine Adelige. Vielleicht ist sie abgehauen durch den Eisernen Vorhang und will sich irgendwo niederlassen, wo die Commies sie nicht finden. Das nehme ich allerdings nur an, denn sie hat nicht gerade viel über sich erzählt.«

Vincent nickte. »Wie war sie angezogen?«

»Wie eine Million Dollar.« Specs grinste ihn an. »Worum geht's, denkst du an eine Geldheirat, oder was?

Ich sag dir, wirf einen Blick auf die Dame, und du denkst nicht mehr an den Zaster. Sie spricht wie Zsa Zsa Gabor. Sie sieht auch so ähnlich aus, allerdings hat sie rotes Haar. Junge, wenn ich nicht verheiratet wäre, würde ich –«

»Was sagte sie, wann sie einziehen würde?« unterbrach Vincent.

»Sie sagte gar nichts. Aber ich denke, morgen oder so.« Vincent gähnte und stand auf.

»He, du gehst doch noch nicht, oder? Das Spiel hat erst begonnen –«

»Bin müde«, sagte Vincent, »muß an der Matratze horchen.« Und er ging heim und horchte an der Matratze, aber schlief nicht dabei. Er dachte über seine neue Nachbarin nach.

Tatsächlich war Vincent nicht sehr begeistert von der Vorstellung irgendeines Nachbarn oder einer Nachbarin, auch wenn es sich um einen schönen rotschopfigen Flüchtling handelte. Vincent war nämlich selbst eine Art Flüchtling und nach Norden gezogen, um von den Leuten wegzukommen, von jedermann außer ein paar ganz besonderen Freunden, die er während der Sommerwochenenden eingeladen hatte. Diesen Leuten konnte er vertrauen, weil sie frühere Geschäftsfreunde waren. Aber es war jederzeit möglich, an frühere Konkurrenz zu geraten, und die wollte er nicht sehen. Nie wieder. Manche von ihnen waren vielleicht nachtragend, und das konnte bei Vincents früheren Geschäften zu einer Menge Ärger führen.

Deshalb schlief Vincent nachts nicht sehr gut und hatte immer ein kleines Erinnerungsstück an seine früheren Geschäfte unter seinem Kopfkissen. Man weiß ja nie. Allerdings klang diese Geschichte hier ziemlich sauber; die

Dame war vielleicht wirklich ein Ungarnflüchtling, wie Specs Hennessey meinte. Trotzdem konnte alles auch eine schlau gestellte Falle sein, ein Trick, den Vincent nicht erwartete.

Jedenfalls beschloß er, ein Auge auf das alte Schultz-Haus zu haben und zu beobachten, was da geschah. Also fuhr er am nächsten Morgen wieder in die Stadt und kaufte sich ein sehr gutes Fernglas, das er am nächsten Tag benützte, als der Laster der Spedition vor dem Schultz-Haus vorfuhr.

Die meisten Blätter waren schon von den Bäumen gefallen, so daß Vincent aus seinem Küchenfenster einen sehr guten Blick hatte. Der Laster war ziemlich klein, und nur der Fahrer und ein einziger Helfer trugen ein paar Koffer und Kisten ins Haus. Vincent sah keine Möbel und war deswegen verblüfft, bis ihm einfiel, daß das Schultz-Haus ja möbliert verkauft worden war. Dann wunderte er sich über die Koffer, die sehr schwer zu sein schienen. Vielleicht stimmte die ganze Story, und die Koffer waren wirklich voller Goldstücke? Vincent sah nicht klar. Er wartete darauf, daß die Frau sich sehen ließe, aber sie zeigte sich nicht, und nach einer Weile stiegen die Männer ins Auto und fuhren weg. Vincent blieb den größten Teil des Nachmittags auf dem Posten, aber nichts geschah. Dann briet er sich ein Steak und aß es, während er dem Sonnenuntergang am See zusah. Dann bemerkte er das Licht im Schultz-Haus. Die Frau mußte gekommen sein, während er am Herd gestanden hatte. Er holte den Feldstecher und stellte ihn ein. Vincent war ein großer Mann mit einem harten Griff, aber was er sah, ließ ihm beinahe das Fernglas aus den Fingern fallen. Die Vorhänge in ihrem Schlafzimmer waren nicht zugezogen, und die Frau lag auf dem Bett.

Sie war nackt, wenn man davon absah, daß sie sich mit Goldmünzen bedeckt hatte.

Vincent versuchte, sich zu beruhigen, und stützte sich mit den Ellbogen auf dem Fensterbrett ab, während er durch den Feldstecher spähte.

Er irrte sich nicht – er sah eine nackte Frau, die sich auf einem mit Goldmünzen bestreuten Bett wälzte. Das Licht wurde von den Münzen reflektiert, es schimmerte und glänzte auf ihrem nackte Körper und strahlte rötlich von ihrem langen kastanienfarbenen Haar. Sie war blaß, großäugig und über alle Maßen gutaussehend; ihr ovales Gesicht mit den hohen Backenknochen und vollen Lippen war in eine Maske ekstatischer Begierde verwandelt, während sie ihre Nacktheit mit vollen Händen schimmernden Goldes karessierte. Vincent wurde klar, daß es keine Falle war, keine Betrügerin. Sie war wirklich ein Flüchtling, aber das spielte auch keine Rolle. Wichtig war, wie das Blut in seinen Schläfen pochte, wie seine Kehle sich zusammenschnürte, bis er fast erstickte, während er sie anstarrte, all das anstarrte, diese weiche, anschmiegsame Lieblichkeit, und das Weiß, das Rot und das Gold. Er brachte sich dazu, das Fernglas sinken zu lassen, die Rollos herabzuziehen und bis zum nächsten Morgen zu warten, obwohl er die ganze Nacht keinen Schlaf mehr fand.

Aber er stand in aller Herrgottsfrühe auf, rasierte sich sorgfältig elektrisch, zog den Doppelreiher an, der seinen Bierbauch kaschierte, und benützte das Rasierwasser, das von seinen Sommergästen vergessen worden war. Er band seine neue Krawatte um und setzte sein breitestes Lächeln auf, dann ging er schnell hinüber zum Schultz-Haus und klopfte an die Tür.

Niemand öffnete.

Er klopfte ein dutzendmal, aber nichts geschah. Die Jalousien waren alle herabgelassen, und man hörte keinen Ton. Natürlich hätte er die Tür aufbrechen können. Wenn er alles für eine Falle gehalten hätte, wäre er sofort zur Tat geschritten, denn er hatte sein Souvenir entsichert in der Rocktasche. Und wenn er nichts anderes als das Geld im Kopf gehabt hätte, würde er das Schloß gleich aufgebrochen haben. Es wäre ja der ideale Zeitpunkt, jetzt, wo sie weg war. Aber er machte sich keine Sorgen um eine Falle, und er gab einen Dreck auf das Geld. Was er wollte, war die Frau. Helene Esterhazy. Ein Klassename. Wirklich Klasse. Vielleicht eine Gräfin. Eine Rothaarige, die sich auf einem Bett aus Goldstücken wand –

Nach einer Weile ging Vincent weg, aber er saß dann den ganzen Tag am Fenster und wartete. Schaute und wartete. Vielleicht war sie in die Stadt gegangen, um Vorräte einzukaufen. Vielleicht besuchte sie auch einen Schönheitssalon. Aber sie würde zurückkommen. Sie mußte zurückkommen. Und dann –

Dieses Mal versäumte er sie, weil er schließlich aufs Klo mußte, als es längst dämmerte. Als er auf seinen Posten zurückkehrte, sah er das Licht im vorderen Zimmer und zögerte nicht länger. Er schaffte die halbe Meile in fünf Minuten, und keuchte deshalb ein bißchen. Er zwang sich, auf der Schwelle eine Zeitlang zu warten, bevor er klopfte. Schließlich hämmerte er mit seiner schinkenartigen Faust gegen die Tür, und sie öffnete.

Da stand sie, starrte erstaunt in die Dunkelheit, und das Licht der Lampe hinter ihr schien durch ihren dünnen, durchsichtigen langen Morgenmantel und flammte durch das lange rote Haar, das ihr lose über die Schultern floß.

»Ja?« murmelte sie.

Vincent mußte schmerzhaft schlucken. Er konnte nichts dagegen tun. Sie sah wie ein Hundert-Dollar-Mädchen aus, Quatsch, tausend Dollar, eine Million. Eine Million in Gold, und ihr rotes Haar wie ein Schleier. Das war alles, woran er denken konnte, und er wußte die Worte nicht mehr, die er sich so sorgfältig zurechtgelegt und beim Herlaufen ständig wiederholt hatte.

»Ich bin Solly Vincent«, hörte er sich sagen. »Ich bin Ihr Nachbar, da drüben am Seeufer. Ich habe gehört, daß Sie hier eingezogen sind, und ich dachte, äh, ich stelle mich mal vor.«

»So.«

Sie betrachtete ihn ohne ein Lächeln oder eine Bewegung, und er hatte das unangenehme Gefühl, sie könne seine Gedanken erkennen.

»Sie heißen Esterhazy, nicht wahr? Man sagte mir, Sie seien Ungarin oder sowas. Nun, ich dachte mir, Sie sind fremd hier, kennen noch niemanden, und –«

»Es geht mir ganz gut hier.« Noch immer kein Lächeln und keine Geste. Sie stand da wie eine Statue, eine kalte, harte, gottverdammt schöne Statue.

»Das höre ich gerne. Aber ich meinte bloß, vielleicht würden Sie gerne zu mir rüberkommen, um sich ein bißchen einzugewöhnen. Ich habe so einen Tokayerwein und einen großen Plattenspieler, wissen Sie, mit klassischem Zeugs. Ich glaube, ich hab sogar dieses Stück, diese Ungarische Rhapsodie, und –«

Was hatte er denn gesagt?

Jetzt lachte sie nämlich. Und wie! Sie lachte mit ihren Lippen, der Kehle, mit dem ganzen Körper, sie lachte mit allem außer mit ihren eisgrünen Augen.

Dann hörte sie auf und sprach, mit einer Stimme, die

auch eisgrün war. »Nein, danke«, sagte sie, »wie ich schon sagte, ich fühle mich ganz wohl hier. Alles was ich brauche ist, nicht gestört zu werden.«

»Nun, vielleicht ein andermal –«

»Ich darf es wiederholen, ich möchte nicht gestört werden. Jetzt nicht und sonst auch nicht. Guten Abend, Mr. –« Die Tür schloß sich.

Sie erinnerte sich nicht einmal an seinen Namen. Diese arrogante Fotze erinnerte sich nicht einmal an seinen Namen! Oder sie tat absichtlich so, als hätte sie ihn vergessen. Schlug ihm die Tür vor der Nase zu, nur um ihn fertigzumachen.

Verdammt, niemand machte Solly Vincent fertig. Früher nicht und jetzt auch nicht.

Er ging zu seinem Haus zurück und war wieder ganz der alte, als er dort ankam. Nicht mehr der trottelige Einfaltspinsel, als der er vor ihrer Tür gestanden hatte wie ein Bürstenverkäufer mit dem Hut in der Hand. Nicht der Spanner, der sie durch den Feldstecher angeglotzt hatte wie ein Bubi mit 'ner heißen Hose.

Er war Solly Vincent, und sie mußte sich nicht an seinen Namen erinnern, wenn sie nicht wollte. Er würde ihr zeigen, wer er war. Und das verdammt bald.

In dieser Nacht dachte er sich im Bett alles genau aus. Vielleicht würde er sich eine Menge Ärger ersparen, wenn er sich da nicht hineinziehen ließ. Was auch immer sie sein mochte, sie war völlig meschugge. Eine verrückte Ausländerin, die in einem Haufen Gold herumrollte. Alle diese Ausländer waren plem-plem. Weiß Gott, was passieren würde, wenn er sich mit ihr einließe. Er brauchte sowieso keine Frau. Ein Mann konnte immer eine Frau haben, besonders, wenn er Geld hatte.

Geld. Das war das wichtigste. Sie hatte Geld. Er hatte es gesehen. Vielleicht waren diese Koffer vollgestopft mit Moneten. Kein Wunder, daß sie sich hier draußen versteckte: wenn die Commies von ihrer Beute wüßten, würden sie sofort auf der Bildfläche erscheinen. So sah er das, wie es auch Specs Hennessey, der Makler, gesehen hatte.

Warum also nicht?

Der ganze Plan fiel ihm auf einmal ein. Ein paar seiner Kontaktleute in der Stadt anrufen – vielleicht Carney und Fromkin, die konnten alles losbringen, einschließlich Goldmünzen. Die Voraussetzungen waren ideal. Sie war allein, im Umkreis von drei Meilen gab es niemanden, und wenn alles vorbei war, würde es keine Fragen geben. Es würde aussehen, als seien die Kommunisten gekommen und hätten alles mitgenommen. Nebenbei, er freute sich auf ihr Gesicht, wenn er die Tür eintrat –

Er stellte sich das gleich jetzt genüßlich vor.

Er dachte den ganzen nächsten Tag daran, als er Carney und Fromkin anrief und sie bat, um neun zu kommen. »Ich hab ein kleines Geschäft für euch. Ich erzähl's euch, wenn ihr kommt.«

Er hing immer noch seinen Vorstellungen nach, als sie eintrafen. So intensiv, daß sowohl Fromkin als auch Carney das Gefühl hatten, etwas sei nicht in Ordnung.

»Worum geht's?« wollte Carney wissen. »Wo ist es?«

Er lachte nur. »Hoffentlich habt ihr gute Stoßdämpfer in eurem Caddy«, sagte er. »Vielleicht müßt ihr eine ganz schöne Ladung mitnehmen zur Stadt.«

»Laß sehen«, drängte Fromkin.

»Stellt keine Fragen. Ich habe ein bißchen Zeug zu verkaufen.«

»Wo ist es?«

»Ich hole es jetzt.«

Das war alles, was er sagte. Er meinte, sie sollten ruhig hier sitzen bleiben und im Haus warten, bis er zurückkäme. Wenn sie wollten, könnten sie sich etwas zu trinken nehmen. Er würde etwa eine halbe Stunde brauchen.

Dann ging er. Er erzählte ihnen nicht, wohin er ging, und umkreiste absichtlich ein paarmal das Haus, falls sie ihm nachschauten. Dann schlug er einen Haken und machte sich auf den Weg zum Schultz-Haus. Im Schlafzimmerfenster war Licht zu sehen, es war also Zeit für den Verlorenen Sohn, heimzukommen.

Jetzt konnte er sich wirklich gehen lassen und sich vorstellen, was er wollte. Die Art, wie sie schauen würde, wenn sie die Tür öffnete, ihr Blick, wenn er ihren Morgenmantel packte und zerriß, ihre Augen, wenn er – Aber er vergaß schon wieder das Geld. Er mußte sich das eingestehen. Zum Teufel mit dem Geld. Er würde es natürlich nehmen, ja, aber die Hauptsache war das andere. Er würde ihr zeigen, wer er war. Sie würde es wissen, bevor sie starb. Vincent grinste. Sein Grinsen wurde breiter, als er das Licht im Schlafzimmer flackern und ausgehen sah. Sie ging also jetzt schlafen. Sie ging schlafen in ihr goldenes Bett. Umso besser. Jetzt würde er nicht einmal klopfen müssen. Er würde die Tür öffnen, gewaltsam, aber leise, und sie überraschen.

Wie sich herausstellte, mußte er nicht einmal das tun. Die Tür war nämlich unverschlossen. Er ging auf Zehenspitzen hinein, und das Mondlicht fiel durch das Fenster und wies ihm den Weg. Seine Kehle war wieder wie zugeschnürt, aber diesmal kam es nicht durch Verwirrung. Er wußte, was er tat, was er gleich tun würde. Seine Kehle war wie zugeschnürt, weil er so aufgeregt war, weil er sich vorstellte, wie sie dort lag auf dem Bett, nackt auf den Goldmünzen.

Er konnte sie richtig vor sich sehen.

Er öffnete die Schlafzimmertür, die Jalousie war oben, so daß das Mondlicht auf das weiße und das rote und das goldene Gleißen fiel, und jetzt war es noch besser als seine Vorstellung, denn es war real.

Dann öffneten sich die eisgrünen Augen und starrten einen Moment lang in der alten Weise. Plötzlich gab es einen Wandel. Die Augen waren nun wie grüne Flammen, und sie lächelte und streckte ihre Arme aus. Verrückt? Vielleicht. Vielleicht hatten sie die Zärtlichkeiten mit ihrem Geld aufgeheizt. Es spielte keine Rolle. Was zählte, waren ihre Arme, ihr Haar wie ein roter Schleier, und der warme offene lechzende Mund. Was zählte, war das Wissen, daß das Gold da war und sie auch, und daß er sie beide haben würde, zuerst sie, dann das Geld. Er zerrte an seinen Kleidern, und dann keuchte er und sank auf sie hin. Sie wand und wälzte sich, und seine Hände fuhren in die Münzen, und dann sanken seine Nägel in den Dreck darunter.

Den Dreck darunter –

Es war Erde in ihrem Bett. Er konnte sie fühlen und riechen, und plötzlich war sie über und hinter ihm und preßte ihn so nach unten, daß sein Gesicht in den Dreck gerieben wurde, und sie hatte ihm die Hände auf den Rücken gedreht. Er wehrte sich, aber sie war sehr stark, und ihre kalten Finger bewegten sich um seine Gelenke und verknoteten kraftvoll etwas. Zu spät versuchte er, sich aufzusetzen, da schlug sie ihn mit einem Gegenstand. Etwas Hartes und Kaltes, das sie aus seiner Tasche genommen hatte; meine eigene Kanone, dachte er.

Dann mußte er eine Minute lang bewußtlos gewesen sein, denn als er wieder zu sich kam, fühlte er seitlich an seinem Gesicht das Blut herunterrinnen, und er spürte, wie ihre Zunge es ableckte.

Sie hatte ihn jetzt in die Ecke gesetzt und seine Hände und Beine sehr eng an den Bettpfosten gefesselt. Er konnte sich nicht bewegen. Er wußte es, weil er es versuchte, so sehr er nur konnte. Im ganzen Zimmer roch es nach modriger Erde. Der Geruch kam vom Bett und von ihr selbst. Sie war nackt und leckte sein Gesicht. Und sie lachte.

»Du bist gekommen, hm?« wisperte sie. »Du mußtest kommen, nicht wahr? Nun gut, jetzt bist du da. Und hier wirst du auch bleiben. Ich werde dich als Haustier halten. Du bist groß und dick. Ich kann dich lang, lang verwenden.«

Vincent versuchte, seinen Kopf wegzudrehen. Sie lachte wieder.

»Das ist nicht das, was du vorhattest, oder? Ich weiß, warum du zurückgekommen bist. Wegen des Goldes. Das Gold und die Erde, die ich mir mitgebracht habe, um darauf zu schlafen, wie in meiner alten Heimat. Jeden Tag schlafe ich darauf, aber nachts erwache ich. Und du wirst dann immer hier sein. Niemand wird uns je finden oder stören. Es ist gut, daß du so stark bist. Es werden viele Nächte vergehen, bis ich mit dir fertig bin.«

Vincent fand seine Stimme wieder. »Nein«, krächzte er. »Ich habe nie geglaubt – du mußt Witze machen, du bist doch ein Flüchtling –«

Sie lachte. »Ja. Ich bin ein Flüchtling. Aber kein politischer Flüchtling.« Dann zog sie ihre Zunge zurück, und Vincent sah ihre Zähne. Ihre langen, weißen Zähne, die sich im Mondlicht auf seinen Hals zu bewegten …

Beim Haus stiegen Carney und Fromkin in ihren Cadillac. »Er kommt nicht mehr, das ist mal sicher«, sagte Carney. »Wir hauen ab, bevor es Ärger gibt. Was auch immer er aufgetan hat, es ist danebengegangen. Ich wußte es in dem Moment, als ich sein Gesicht sah. Er hatte einen komischen Blick, weißt du, als sei er nicht ganz dicht.«

»Yeah«, stimmte Fromkin zu, »irgendwas ist nicht in Ordnung mit dem alten Vincent, das stimmt. Ich frage mich, welcher Affe den gebissen hat.«

Der Leuchtturm

Vorbemerkung: Diese Story entstand auf Grund eines Vorschlages des berühmten Poe-Forschers Professor T. M. Mabbott, der mir auf die Veröffentlichung meines *The Man Who Collected Poe* hin einen Brief schrieb. Er hatte an der Publikation des Fragments von Poes letzter Geschichte *Der Leuchtturm* in ihrer definitiven Form mitgewirkt und war so freundlich vorzuschlagen, ich solle mich daran versuchen, diese Story fertigzuschreiben. Poes Manuskript umfaßt vier Seiten und endet mit der Eintragung vom »3. Januar«, von wo ab meine Fortsetzung beginnt. Hier ist also die letzte Erzählung aus der Feder Poes, mit der Bitte um Nachsicht von Ihrem

Robert Bloch.

1. JANUAR 1796. – Heute, an meinem ersten Tag im Leuchtturm, schreibe ich diese Eintragung in mein Tagebuch, wie ich es mit DeGrät ausgemacht habe. Ich werde das Journal so regelmäßig wie irgend möglich führen – aber man kann nicht sagen, was mit einem Menschen geschieht, der so allein ist, wie ich es sein werde – ich kann ja krank werden oder Schlimmeres ...

Lebt alle wohl! Der Kutter hatte eine schwierige Abfahrt – aber warum davon sprechen, wenn ich jetzt hier bin und vollkommen sicher? Meine Lebensgeister beginnen sich schon zu erholen, und allein der Gedanke, allein zu sein – vielleicht zum erstenmal in meinem Leben – wirklich allein! Natürlich, Neptun, so groß er auch ist, kann nicht als »Gesellschaft« bezeichnet werden. Hätte ich jemals unter den Menschen jemanden gefunden, der auch nur halb so viel Vertrauen verdient hätte wie dieser arme

Hund, dann hätte ich mich niemals von der »Gesellschaft« getrennt – nicht einmal für ein Jahr...

Was mich am meisten erstaunte, waren die Schwierigkeiten, denen DeGrät begegnete, als er mir diesen Posten verschaffte – und ich bin eine Koryphäe auf meinem Gebiet! Das Konsistorium kann keine Zweifel an meiner Fähigkeit gehabt haben, mit den technischen Einrichtungen des Leuchtturms umzugehen. Bis vor kurzem hat das ein Mann gemacht, und er ist damit ebenso gut fertiggeworden wie die drei, die man früher eingesetzt hatte. Es ist fast nichts zu tun, und die vorhandenen gedruckten Anweisungen sind so einfach wie nur möglich. Es wäre sinnlos gewesen, wenn mich Orndoff begleitet hätte. Ich wäre mit meinem Buch nicht weitergekommen, mit ihm in Reichweite, bei seinem unerträglichen Geschwätz – von seiner ewigen Meerschaumpfeife gar nicht zu reden. Außerdem wünschte ich einfach allein zu sein...

Merkwürdigerweise habe ich bis gerade eben noch nie bemerkt, was für einen düsteren Klang dieses Wort hat – »allein«! Es schien mir, als klänge das Echo davon eigentümlich von den zylindrischen Wänden wider, aber – nein, das ist alles Quatsch. Mir scheint, ich werde tatsächlich schon ein wenig nervös in meiner Isolation. Das darf nicht geschehen. Ich habe DeGräts Prophezeiung nicht vergessen. Ich werde jetzt zur Laterne hinaufklettern und einen Blick in die Runde werfen, um zu sehen, was ich sehen kann. ... Was ich sehen kann! – Tatsächlich nicht sehr viel. Die Flut ist zurückgegangen, scheint mir – aber der Kutter wird nichtsdestoweniger eine rauhe Überfahrt haben. Er wird Norland nicht vor morgen Mittag erreichen – obwohl es schwerlich mehr als 190 oder 200 Meilen sein können.

2. JAN. Ich habe diesen Tag in einer Art Ekstase verbracht, die ich nur schwer beschreiben kann. Meine Leidenschaft fürs Alleinsein könnte kaum gründlichere Bestätigung finden. Ich sage nicht »Befriedigung«, denn ich werde niemals befriedigt werden können von solcher Köstlichkeit, wie ich sie heute erfahren habe...

Der Wind legte sich nach Tagesanbruch und nachmittags sank die See beträchtlich... Selbst durchs Teleskop sieht man nichts als den Ozean und den Himmel und gelegentlich eine Möve.

3. JAN. Ganztägige Windstille. Gegen Abend sah das Meer wie Glas aus. Ein wenig Seetang war zu sehen, aber sonst den ganzen Tag absolut nichts – nicht einmal ein Wolkenflöckchen... Ich unterhielt mich damit, den Leuchtturm zu erforschen... Er ist sehr hoch, wie ich feststellen muß, wenn ich die endlosen Stiegen hochsteige – annähernd 160 Fuß von der Niederstwassermarke bis zur Laterne. Innerhalb des Turms sind es vom Boden bis zur Spitze mindestens 180 Fuß, denn der Boden liegt 20 Fuß unter der Wasserlinie, auch bei Ebbe...

Mir scheint, man hätte diesen Hohlraum an der Basis mit solidem Mauerwerk ausfüllen sollen. Unzweifelhaft wäre dann der ganze Bau sicherer gewesen – aber worüber denke ich eigentlich nach? Ein Bauwerk wie dieses ist unter allen Umständen sicher. Ich kann mich darin sicher fühlen, während der schlimmste Hurrican dagegen antobt – und doch habe ich Seeleute erzählen hören, daß die See hier durch einen Südwestwind höher aufgepeitscht wird als irgendwo anders auf der Welt mit Ausnahme des westlichen Zugangs zur Magellanstraße.

Aber keine See könnte irgend etwas gegen diese mit

Eisen verstärkten Wände ausrichten, die 50 Fuß über der Hochwassermarke immer noch vier Fuß dick sind ... der Grund, auf dem der Leuchtturm gebaut ist, scheint mir aus Kalk zu sein ...

4. JAN. Ich bin jetzt bereit, die Arbeit an meinem Buch wiederaufzunehmen, nachdem ich diesen Tag damit verbracht habe, mich mit der Alltagsroutine im Turm vertraut zu machen.

Meine täglichen Pflichten werden geradezu absurd einfach sein – das Leuchtfeuer braucht wenig Bedienung, wenn man vom periodischen Ölnachfüllen für den sechsdochtigen Brenner absieht. Was meine eigenen Bedürfnisse betrifft, so sind diese schnell zufriedengestellt, und das Schlimmste, was mir bevorsteht, ist die Anstrengung eines gelegentlichen Ganges die Stiege hinunter.

Unten ist der Eingangsraum; darunter zwanzig Fuß leerer Schaft. Über dem Eingangsraum liegt an der nächsten Drehung der Wendeltreppe mein Vorratsraum, der die Fässer mit Süßwasser und die Nahrungsvorräte enthält, außerdem Leintücher und andere Gebrauchsgegenstände. Darüber – wieder eine Drehung dieser endlosen Spirale! – liegt der Ölraum, der komplett angefüllt ist mit den Tanks, aus denen ich den Brenner speise. Glücklicherweise kann ich meine Abstiege zum Vorratsraum auf einmal die Woche beschränken, wenn ich überlegt vorgehe, denn ich kann bei einem Gang genügend Dinge mitnehmen, um Neptun und mich für einen solchen Zeitraum zu versorgen. Was den Ölnachschub betrifft, benötige ich alle drei Tage zwei Fäßchen, um die regelmäßige Beleuchtung zu sichern. Ich kann ein Dutzend oder mehr solcher Fäßchen auf der Plattform beim Leuchtfeuer lagern und somit für mehrere Wochen vorsorgen. Insgesamt kann ich also meine Bewegungen pro Tag auf die obere Hälfte des Leuchtturms beschränken, das sind praktisch die obersten drei Drehungen der Wendeltreppe. Bei der untersten ist mein »Wohnzimmer« – und hier hält sich natürlich auch Neptun den größten Teil des Tages auf; hier will ich mir auch einen Schreibtisch an einen der Wandschlitze stellen, die einen Blick aufs Meer hinaus gestatten. Auf der zweiten Drehung sind Schlafzimmer und Küche mit den wöchentlichen Rationen an Wasser und Essen auf Regalen, außerdem die ingeniös eingerichtete Heizung, die mit demselben Öl versorgt wird wie oben der Brenner. Ganz oben ist der Serviceraum mit dem Zugang zum Leuchtfeuer selbst und zu der Plattform, die es umgibt. Seit das Feuer brennt und die Reflektoren eingestellt sind, gibt es für mich keinen Grund mehr, die Plattform aufzusuchen, außer ich muß Öl nachfüllen oder eine Reparatur und Adjustierung ausführen, den vorgeschriebenen Instruktionen gemäß – ein Umstand, der vielleicht während meines ganzen Aufenthaltes hier nie eintreten wird. Ich habe schon genug Öl, Wasser und Proviant in die oberen Räume gebracht, daß es für einen ganzen Monat reicht – ich muß meine beiden Zimmer nur noch zum Nachfüllen der Dochte verlassen.

Im übrigen bin ich völlig frei! Vollkommen frei – meine Zeit gehört mir, und ich regiere mein luftiges Königreich als absoluter Monarch. Wenn auch Neptun mein einziger Untertan ist, so kann ich mir doch gut vorstellen, Herr über alles zu sein, was ich sehe – den Ozean unten und die Sterne oben. Ich bin Herr über die Sonne, die sich in der Morgendämmerung rötlich strahlend aus dem Meer erhebt, Kaiser der Winde und Fürst des Sturms, Sultan der

Wellen, die in donnerndem Schwall gegen die Basis meines turmförmigen Palastes brausen. Ich befehle dem Mond am Himmel, und Ebbe und Flut huldigen mir.

Aber genug phantasiert – DeGrät warnte mich, ich solle morbide oder größenwahnsinnige Gedanken unterdrükken –, ich werde mich nun mit aller gebotenen Ernsthaftigkeit den Aufgaben widmen, die vor mir liegen. Aber wenn ich heute nacht im Licht der Sterne am Fenster sitze, ruft das Geräusch der Wogen gegen meine massiven Mauern nur das Echo meines Triumphes hervor: ich bin frei – und endlich allein!

11. JAN. Seit meiner letzten Eintragung in dieses Tagebuch ist eine Woche vergangen, und wenn ich sie jetzt wieder durchlese, kann ich mir kaum vorstellen, daß ich derjenige war, der diese Worte niedergeschrieben hat.

Irgendetwas ist geschehen – irgendetwas, dessen Natur mir unbekannt ist. Ich habe gearbeitet, gegessen, geschlafen, zweimal Öl nachgefüllt. Äußerlich waren meine Tage gemütlich. Ich kann die Änderung in meinen Gefühlen nichts anderem zuschreiben als irgendeiner inneren Alchemie; es genügt, wenn ich sage, daß eine verstörende Veränderung eingetreten ist.

»Allein!« Ich, der dieses Wort zu sprechen pflegte, als sei es eine mystische Intonation, die Frieden spenden könnte, kann jetzt – wie ich gerade erkenne – nicht einmal mehr ohne Widerwillen die beiden Silben hören. Und ich weiß jetzt gut Bescheid um die Grausamkeit ihrer Bedeutung.

Es ist bestürzend und schrecklich, allein zu sein. Wirklich allein, wie ich es bin, nur mit Neptun, der neben mir existiert und mich mit seiner atmenden Gegenwart daran erinnert, daß ich nicht der einzige Bewohner eines blinden und fühllosen Universums bin. Sonne und Sterne kreisen über meinem Haupt in endlosen Bahnen und verschwinden wieder am Horizont, ohne mich zu beachten – und ich kann mich ihnen angesichts dieser Nichtbeachtung auch nicht mehr mit der nötigen Konzentration widmen. Die See, die zu meinen Füßen schäumt und wogt, ist nichts als ein zweckloses Chaos von äußerster Leere.

Ich hielt mich für einen Menschen von größter Selbstgenügsamkeit, der weit über den unbedeutenden Bedürfnissen einer langweiligen und banalen Gesellschaft steht. Wie sehr habe ich mich geirrt! – jetzt finde ich in mir die Sehnsucht nach einem anderen Gesicht, nach dem Klang einer fremden Stimme, der Berührung durch andere Hände, sei es in Zärtlichkeit, sei es selbst durch Schläge. Etwas, irgend etwas, das mir beweist, daß meine Träume falsch sind und ich nicht tatsächlich allein bin.

Und doch bin ich das. Ich bin es und werde es lange bleiben. Die Welt ist zweihundert Meilen entfernt, und ich werde sie ein ganzes Jahr lang nicht wiedersehen. Und dann wieder – aber nichts davon! Ich kann meine Gedanken nicht niederschreiben, so lange ich in dieser krankhaften Stimmung bin.

13. JAN. Zwei weitere Tage – zwei Jahrhunderte! – sind vergangen. Ist es möglich, daß ich erst zwei Wochen in diesem Gefängnisturm eingemauert bin? Ich stieg auf die Spitze meines Kerkers und starrte zum Horizont; mich hemmen keine Eisengitter, sondern Säulen und Pfeiler und Gewebe aus wilden und tobenden Wassern. Das Meer hat sich verändert; der graue Himmel hat sich magisch verwandelt, so daß ich im Zentrum eines Tumults stand,

der sich zu einem gewaltigen Sturm auszuwachsen verspricht.

Ich drehte mich weg, weil ich es nicht mehr ertragen konnte, und stieg hinab in mein Zimmer. Ich versuche zu schreiben – das Buch ist mutig begonnen, aber ich kann mich jetzt nicht mehr dazu bringen, etwas Konstruktives oder Kreatives zu tun –, und sofort werfe ich die Feder beiseite und stehe auf, um herumzulaufen. Endlos laufe ich in meinem engen, kreisförmigen Gelaß in diesem Turm der Folter herum. Das seien wilde Worte? Aber ich bin nicht allein in meiner Erregung: Neptun, der loyale Neptun, der ruhige, brave – er spürt es auch.

Vielleicht ist es nichts anderes als der nahende Sturm, was ihn so aufregt – denn das Tier steht der Natur näher als ich. Er bleibt beharrlich an meiner Seite, ständig winselnd, und das gedämpfte Donnern der Wogen gegen unser Gefängnis läßt ihn zittern. Es ist eine Kälte in der Luft, gegen die unsere Heizung nichts ausrichtet, aber es ist nicht diese Kälte, die ihn bedrückt...

Gerade bin ich auf die Plattform gestiegen und habe mit dem Fernrohr nach dem drohenden Sturm gesehen. Die Wellen sind von phantastischer Höhe; sie brechen sich am Leuchtturm in einem titanischen Tumult. Diese soliden Steinmauern erschauern rhythmisch bei jedem Anschlag. Die aufgewühlte See ist nicht mehr grau – das Wasser ist schwer und schwarz wie Basalt. Die Farbe des Himmels ist so verfinstert, daß man augenblicklich keinen Horizont erkennen kann. Ich bin umgeben von einer wogenden Schwärze, die von allen Seiten gegen mich herandonnert...

Jetzt bin ich wieder hier unten. Draußen blitzt es. Bald bricht der Orkan los, und Neptun heult erbärmlich. Ich streichle seine bebenden Flanken, aber das arme Tier weicht mir aus. Mir scheint, daß er meine Anwesenheit fürchtet; zeigen meine Züge möglicherweise eine gleichartige Erregung? Ich weiß es nicht – ich fühle nur, daß ich hilflos bin, in einer Falle sitze und der Gnade des Orkans ausgeliefert sein werde. Ich kann nicht weiterschreiben.

Und doch will ich noch einen weiteren Absatz anfügen. Ich muß, und sei es nur, um zu beweisen, daß die Vernunft wieder Oberhand gewinnt. Als ich meinen riskanten Gang auf die Plattform beschrieb, meinen Blick auf Himmel und See, habe ich etwas ausgelassen, einen einzigen Augenblick. Als ich dort in den schwarzen kochenden Wahnsinn des Wassers tief unten schaute, überfiel mich eine wilde und kraftvolle Sehnsucht, mit ihm eins zu werden. Warum sollte ich diese nackte Wahrheit nicht aussprechen? – Ich fühlte einen krankhaften Impuls, mich in das Wasser zu stürzen. Jetzt ist er vorüber, für immer, wie ich bete. Ich habe diesem perversen Gefühl nicht nachgegeben und bin hier in meinem Quartier wieder ruhig am Schreiben. Aber das Faktum bleibt – der verborgene Wunsch, mich selbst zu zerstören, kam plötzlich und mit der Kraft einer dieser monströsen Wellen.

Ich zwinge mich zum Nachdenken darüber – was war die Bedeutung dieses verrückten Wunsches? Daß ich eine Ausflucht suchte, einen Ausweg aus der Einsamkeit. Mir schien, als wäre ich nicht länger allein, wenn ich mich mit Meer und Sturm vermischte.

Aber ich trotze den Elementen. Ich trotze den Kräften von Himmel und Erde. Allein bin ich, allein muß ich sein – und komme, was da wolle, ich werde es überleben! Mein Gelächter erhebt sich über all diesen Donner!

Ihr Geister des Orkans, blast, heult, tobt, werft Tonnen

und Abertonnen von Wasser gegen meine Festung – ich bin größer als ihr in all eurer Macht. Aber wartet! Neptun… etwas ist mit dem Tier passiert… ich muß mich um ihn kümmern…

16. JAN. Der Sturm hat sich gelegt. Ich bin wieder an meinem Schreibtisch, allein – wirklich allein. Ich mußte den armen Neptun in den Vorratsraum unten einsperren; das unglückliche Tier scheint vom Sturm um seinen Verstand gebracht worden zu sein. Während meiner letzten Eintragungen geriet er in eine Art Irrsinn, jaulte und scharrte und rannte im Kreis. Er gehorchte meinen Befehlen nicht mehr, und es blieb mir nichts anderes übrig, als ihn die Stufen buchstäblich am Genick hinunterzuzerren und ihn in den Vorratsraum einzuschließen, wo er sich nicht verletzen konnte. Ich gebe zu, daß ich mir auch um meine eigene Sicherheit Gedanken machte – schließlich mußte ich vermeiden, in diesem Leuchtturm mit einem verrückten Hund zusammengesperrt zu sein.

Während des Sturms hörte ich sein jämmerliches Heulen trotzdem, aber jetzt ist er ruhig. Als ich vorhin einen Blick in den Raum riskierte, sah ich ihn schlafen, und ich hoffe, daß diese Erholung ihn wieder zu einem vollwertigen Gefährten machen wird.

Gefährte!

Wie soll ich den Schrecken beschreiben, diesem Orkan allein ausgeliefert zu sein?

Ich habe diese Eintragung mit dem 16. Januar datiert – aber das ist nur eine Annahme. Der Sturm hat jedes Zeitgefühl weggewischt. Hielt er einen Tag, zwei oder drei an – wie ich jetzt vermute –, eine Woche oder ein Jahrhundert? Ich weiß es einfach nicht.

Ich weiß nur von einem endlosen Toben des Wassers, das immer wieder drohte, den Leuchtturm hinwegzufegen. Ich weiß nur von einer Ewigkeit der Ebenholzschwärze, einem Äon schwarzen Gewoges, in dem sich See und Himmel ununterscheidbar mischten. Ich weiß nur, daß es Zeiten gab, wo meine eigene Stimme gegen den Orkan anbrüllte – aber wie kann ich das erklären? Es gab eine Zeit, vielleicht einen ganzen Tag, vielleicht viel länger, wo ich mich nicht von dem Bett erheben konnte, auf dem ich mit in die Kissen gedrücktem Kopf lag und wie ein Kind schluchzte. Aber es waren nicht unschuldige Kindertränen – man könnte eher sagen, es seien Tränen wie jene Luzifers gewesen, als er erkannte, daß er auf ewig aus der Gnade Gottes gefallen war. Mir schien, daß ich ein Opfer endloser Verdammung geworden war; für immer verdammt, der Gefangene einer Welt tumultuösen Chaos zu sein.

Ich brauche die Gedankenfetzen und Phantasien dieser unheiligen Stunden hier nicht aufzuschreiben. Manchmal fühlte ich, daß der Leuchtturm nachgeben und ich in die See hinausgespült würde. Gelegentlich wußte ich, daß ich das Opfer einer kolossalen Verschwörung geworden war – ich verfluchte DeGrät, der mich wissentlich in den Untergang geschickt hatte. Und manchmal (dies waren die schrecklichsten Augenblicke von allen) fühlte ich das volle Gewicht der Einsamkeit, die in höheren Wogen als das Wasser draußen über mir zusammenschlug.

Aber nun ist alles vorbei, die See – und ich selbst – sind wieder ruhig. Eine merkwürdige Ruhe; als ich vorhin auf das Meer hinaussah, bemerkte ich Phänomene, die mir zuvor nicht aufgefallen waren.

Ich möchte noch einmal versichern, daß ich ganz gelassen bin, bevor ich diese Beobachtungen niederschreibe; es ist von meinem früheren Zittern und meiner Erregung keine Spur zurückgeblieben. Die vorübergehende Verrücktheit, die der Sturm ausgelöst hatte, ist verschwunden und mein Gehirn völlig frei von allen Phantasmen – allerdings scheint meine Wahrnehmungsfähigkeit eine außergewöhnliche Schärfe erreicht zu haben.

Es ist beinahe, als befände ich mich im Besitz eines zusätzlichen Sinnes, einer Fähigkeit zur Analyse, die mich die von der Natur sonst gezogenen Grenzen weit überschreiten läßt.

Das Wasser, auf das ich schaue, ist ruhig. Der Himmel ist bleifarben. Aber tief am Horizont schwelt eine plötzliche Flamme! Das ist die Sonne, die arktische Sonne in düsterem Glanz, die sich eben von ihrem Leichentuch erhebt, um den Ozean zu beleben: Sonne und Himmel, Wasser und Luft färben sich blutig.

Bin ich derjenige, der noch vor einem Augenblick etwas über die zurückgekehrte, wiedererreichte geistige Gesundheit geschrieben hat? Ich, der gerade entsetzt aufgekreischt hat: »Allein!« und dann, im Stuhl halbaufgerichtet, auf das gedämpfte mehrfache Echo im einsamen Leuchtturm lauschte, das mit Grabesstimme »Allein!« antwortete? Möglicherweise verliere ich trotz allem den Verstand. Wenn das so ist, dann bete ich, daß das Ende schnell kommen möge.

18. JAN. Von Ende kann keine Rede sein. Ich habe mir etwas ausgedacht, eine Theorie, die meine erweiterten Fähigkeiten bald überprüfen wird. Ich werde mich an ein Experiment machen ...

26. JAN. Eine Woche ist in meiner Einsiedelei vergangen. Einsiedelei – vielleicht, aber nicht mehr lange. Das Experiment schreitet fort. Ich muß niederschreiben, was geschehen ist.

Auf die Idee kam ich durch das Echo. Man sendet seine Stimme aus, und sie kommt zurück. Man sendet seine Gedanken aus und – gibt es da möglicherweise auch eine Antwort? Soviel wir wissen, pflanzt sich Schall in Wellen und Schwingungen fort. Vielleicht wandern die Ausstrahlungen des Gehirns auf ähnliche Art. Sie sind aber nicht von den physikalischen Gesetzen von Zeit, Raum oder Dauer beschränkt.

Kann man durch seine Gedanken eine Antwort erzielen, die sich materialisiert, genauso wie eine Stimme ein Echo hervorruft? Das Echo ist das Ergebnis eines bestimmten Vakuums. Ein Gedanke...

Konzentration ist der Schlüssel. Ich habe mich konzentriert. Meine Vorräte sind aufgefüllt, und Neptun, den ich unten öfters aufgesucht habe, scheint wieder recht vernünftig, wenn er auch nach wie vor meiner Annäherung ausweicht. Ich habe ihn unten gelassen und die letzte Woche hier oben verbracht. Ich wiederhole: Konzentration ist der Schlüssel zu meinem Experiment.

Auf Grund ihrer Natur ist Konzentration eine schwierige Aufgabe: ich habe mich ihr nicht ohne große Angst verschrieben. Man bemühe sich einmal, ruhig zu sitzen, mit einem »leeren« Geist ohne jeden Gedanken, dann findet man binnen weniger Minuten heraus, daß der Körper sich ziellos zu bewegen beginnt für alle möglichen Arten der Zerstreuung – Fußwippen, Fingerkneten, Gesichterschneiden.

Nach vielen Stunden wurde ich dessen Herr – meine

ersten Tage waren damit ausgefüllt, mich selbst von nervöser Erregung zu befreien und mich in den Zustand innerer und äußerer Ruhe zu versetzen wie ein indischer Fakir. Dann mußte ich das leere Bewußtsein »füllen« – mit einer einzigen intensiven und konzentrierten Willensanstrengung füllen. Welches Echo würde ich aus dem Nichts erzielen? Was für ein Zeichen oder Symbol ersehnte ich? Was symbolisierte mir die völlige Abwesenheit von Leben und Licht?

DeGrät würde spöttisch über mich lachen, wenn er wüßte, was ich auswählte. Ich, der Znyiker, der Blasierte, der Dekadente, durchsuchte meine Seele, erforschte meine Sehnsucht und fand, wonach ich mich am meisten sehnte – nach einem einfachen Zeichen für die wiedergefundene Erde: einer frischen, lebenden Blume, einer Rose!

Ja, eine gewöhnliche Rose ist, was ich suchte – eine Rose, vom lebenden Strauch gepflückt, mit dem süßen Geruch von Leben an sich. Hier vor dem Fenster saß ich und träumte und dachte nach. Dann konzentrierte ich mich mit jeder Fiber meines Wesens auf eine Rose.

Mein Geist wurde von der Farbe Rot erfüllt – nicht der Röte der Sonne über der See oder dem Rot von Blut, sondern von der reichen und strahlenden Röte der Rose. Meine Seele war durchtränkt vom Duft der Rose: als ich alle meine Gedanken ausschließlich auf dieses Bild versammelt hatte, fielen die Mauern beiseite, die Mauern meines Fleisches brachen nieder, und ich schien zu verschmelzen mit der Textur, dem Geruch, der Farbe und der wirklichen Essenz einer Rose.

Soll ich davon schreiben, am siebenten Tag, als mir am Fenster warm wurde in der aufgehenden Sonne, wie ich den Befehl meines Bewußtseins spürte? Soll ich beschreiben, wie ich aufstand, die Stufen hinunterging, die eiserne Tür an der Basis des Leuchtturms öffnete und auf die Wellen sah, die sich zu meinen Füßen kräuselten? Soll ich schreiben, wie ich strauchelte, den Atem anhielt, mich festhalten mußte? Soll ich schreiben, wie ich diese eisernen Stufen hinuntergeschritten bin und wie ich hierher zurückkehrte mit meiner aus den Wassern geborenen Trophäe – daß ich heute tatsächlich hinuntergelangt und eine frische Rose gepflückt habe, die von der zweihundert Meilen entfernten Küste ins Wasser und hierher gelangt sein muß?

28. JAN. Sie ist nicht verwelkt! Ich habe sie ständig vor mir, in einer Vase auf dem Tisch, diesen unbezahlbaren Rubin, im Traum gepflückt. Sie ist real – so real wie das Winseln des armen Neptun, der etwas Befremdliches um sich fühlt. Sein verrücktes Gebell stört mich nicht; nichts stört mich, denn ich bin Meister einer Kraft, die hinausgeht über Zeit, Raum und die Erde. Und ich werde diese Kraft gebrauchen, um mir eine Wohltat zu erweisen. Hier in meinem Turm bin ich ganz philosophisch geworden: ich habe meine Lektion gut gelernt und begriffen, daß ich nicht Reichtum, Ruhm oder die billigen Vergnügungen der Gesellschaft brauche. Mein Bedürfnis ist schlicht – Kameradschaft. Und jetzt werde ich sie bekommen, mittels der Kraft, die ich kontrolliere.

Bald, sehr bald werde ich nicht mehr allein sein!

30. JAN. Der Sturm ist zurückgekehrt, aber ich schenke ihm keine Beachtung; ebensowenig kümmere ich mich um Neptuns Heulen, obwohl sich das Tier mittlerweile buchstäblich gegen die Wand des Vorratsraums wirft. Man

könnte sich vorstellen, daß seine Bemühungen an den Erschütterungen des ganzen Leuchtturms schuld sind; aber nein, natürlich ist es die Gewalt des Nordwindes. Wie ich schon sagte, kümmere ich mich nicht darum, aber es ist mir klar, daß dieser Sturm in Dauer und Intensität alles übertrifft, was ich mir als Augenzeuge seines Vorgängers vorstellen konnte.

Und doch ist das unwichtig; selbst wenn das Leuchtfeuer über mir flackert und auszugehen droht, einfach wegen der Gewalt des Windes, der durch die Luken in diesen dicken Mauern pfeift; selbst wenn der Ozean gegen den Fuß des Turms donnert mit einer Kraft, daß man das Gefühl hat, der solide Stein sei schwach wie Stroh; selbst wenn der Himmel ein einziger schwarzer brüllender Mund ist, aufgerissen bis zum Horizont, um mich zu verschlingen.

Ich spüre all das, aber nur beiläufig, denn ich widme mich völlig meiner Aufgabe. Ich halte darin nur kurz inne für eine kleine Mahlzeit oder ein kurzes Rasten – und kritzle diese Worte nieder, um die Fortschritte des Prozesses in Richtung auf sein unvermeidliches Ziel aufzuzeichnen.

In den letzten paar Tagen habe ich meine Fähigkeiten meinem Willen unterworfen und habe mich aufs äußerste darauf konzentriert, mir einen Gefährten herbeizurufen.

Dieser Gefährte wird allerdings – ich gestehe es – eine Frau sein; eine Frau, die die Grenzen gewöhnlicher Sterblichkeit freilich weit überschreiten wird. Denn sie ist – und muß das sein – geschaffen aus den Träumen und der Sehnsucht, aus dem Begehren und der Verzückung weit über die Schranken des Fleisches hinaus.

Sie ist die Frau, von der ich immer geträumt habe, die

Eine, die ich immer vergeblich suchte in dem, was ich in meinem Unwissen für die Realität hielt. Jetzt scheint mir, daß ich sie schon immer gekannt habe, daß meine Seele ihre Gegenwart immer enthalten hat. Ich kann sie vollkommen visualisieren – ich kenne ihr Haar, jede einzelne Strähne kostbarer als das Gold eines Geizhalses; die Reichtümer ihrer elfenbeinernen und alabasternen Stirn, die Perfektion ihres Gesichtschnitts und ihres Körpers sind mir für immer ins Bewußtsein geätzt. DeGrät würde spotten, daß sie nichts als ein Traum sei – aber DeGrät hat die Rose nicht gesehen. Die Rose – ich zögere, davon zu berichten – ist dahin. Es war die Rose, die ich vor mich hinstellte, als ich mich zu dieser neuen Willensanstrengung entschloß. Ich starrte sie absichtlich an, bis die Vision verschwand, die Sinne mir vergingen und ich mich selbst in der Bemühung verlor, meine Vision einer Gefährtin zu beschwören.

Stunden später drang das Geräusch steigenden Wassers in mein Bewußtsein. Ich schaute auf, meine Augen suchten eine Rückversicherung im Anblick der Rose und stießen nur auf Fäulnis. Wo die Rose stolz in ihrer Vase geglüht hatte, ein üppiger roter Helmbusch auf ihrem Stiel, sah ich nun nur mehr einen scheußlichen, völlig verrotteten Strang glitschigen Unrats. Das war keine Rose, sondern bloß Seetang, verfault, widerlich und nahe der Verwesung. Ich fegte ihn beiseite und konnte einige Augenblicke lang ein böses Vorgefühl nicht unterdrücken – hatte ich mich tatsächlich selbst betrogen? War es Seetang, hatte ich nur widerlichen Tang von der Brust des Ozeans gepflückt? Gab ihm die Kraft meiner Gedanken vorübergehend die Eigenschaften einer Rose? Würde überhaupt irgend etwas, das ich aus den Tiefen – denen der See oder des Bewußtseins – heraufrief, tatsächlich real sein?

Das besänftigende Bild einer Gefährtin verdrängte diese fieberhaften Spekulationen, und ich wußte mich gerettet. Da war eine Rose gewesen; vielleicht hatten meine Gedanken sie geschaffen und genährt – erst als meine ganze Konzentration sich etwas anderem zuwandte, verging sie, beziehungsweise wechselte ihre Form.

Aber mit meiner Gefährtin werde ich meine Fähigkeiten niemals mehr auf etwas anderes fokussieren müssen. Sie, und sie allein, wird die einzige Empfängerin von allem sein, was mein Geist, mein Herz, meine Seele besitzen. Wenn Gefühl oder Liebe notwendig sind zu ihrer Bewahrung, wird sie das alles zur Gänze bekommen. Also gibt es nichts zu befürchten. Nichts zu fürchten...

Nun werde ich meine Feder wieder beiseite legen und an das große Werk zurückkehren – das Werk der »Schöpfung«, wenn man so will –, und ich werde dabei nicht versagen. Ich gebe es zu, es ist die Angst vor der Einsamkeit, die mich an diesen Rand des Vorstellbaren treibt. Sie und nur sie kann mich retten, wird mich retten, muß mich retten! Ich kann sie jetzt sehen – ihren goldenen Glanz –, und mein Bewußtsein ruft sie zur Auferstehung, sie soll vor mir in ihrer strahlenden Wirklichkeit erscheinen. Irgendwo in dieser sturmdurchtosten See existiert sie, ich weiß das – und wo immer sie sein mag, mein Ruf wird sie erreichen, und sie wird antworten.

31. JAN. Der Ruf kam um Mitternacht. Von einem Donnerschlag aus den Tiefen meiner innersten Versenkung gerissen, erhob ich mich wie ein Schlafwandler und schritt die Wendeltreppe hinunter.

Die Laterne in meiner Hand zitterte; ihr Licht flackerte im Wind, und die eisernen Stufen unter meinen Füßen vibrierten durch die wütende Kraft des Sturms. Die ungeheuren Wellen, die gegen den Leuchtturm krachten, schienen mich in das Zentrum eines Mahlstroms von ohrenbetäubendem Lärm zu versetzen, aber über dieses dämonische Tosen hinweg hörte ich doch noch immer das Jaulen Neptuns, als ich an der Tür vorbeiging, hinter der er gefangensaß. Die Tür dröhnte unter den vereinigten Kräften des Sturms und Neptuns verzweifelten Bemühungen, sich zu befreien – aber ich lief eilig hinunter zu der eisernen Tür am Fuße des Turms.

Ich brauchte beide Hände, um sie zu öffnen, und stellte deswegen die Laterne auf den Boden. Mehr noch, um sie zu öffnen, mußte ich alle meine Kräfte sammeln, wozu ich kaum imstande war, denn draußen tobte die Wut des wüstesten Sturms, der je über diesem brodelnden Wasser gerast hatte. Eine unerwartete Woge konnte mich einfach wegspülen oder, umgekehrt, hereindringen und den Leuchtturm unter Wasser setzen.

Aber mein Wissen setzte sich durch und trieb mich vorwärts. Ich *wußte*. Ich wußte es mit bohrender Gewißheit, daß sie vor der eisernen Tür war – ich öffnete die Verriegelung mit der Eile eines Mannes, der in die Arme seiner Geliebten stürzt. Die Tür schwang auf – sprang auf – öffnete sich brüllend – und der Sturm stürzte sich auf mich, ein gieriges Monster aus schwarzen Wellen mit weißen Fängen. Meer und Himmel brachen herein zur Attacke, und ich stand mitten im Chaos. Ein Blitz erhellte die Ungeheuerlichkeit dieses Alptraums. Ich sah ihn nicht, denn derselbe Blitz beleuchtete die Figur, die Züge von Ihr, die ich suchte.

Blitz und Laterne waren unnötig – ihr goldener Glanz überstrahlte alles, als sie dortstand, bleich und schaudernd, eine Göttin aus den Tiefen der See! Halluzination, Vision, Erscheinung? Meine zitternden Finger suchten und fanden die Antwort. Ihr Fleisch war wirklich – kalt wie die eisigen Wasser, aus denen sie kam, aber greifbar und dauerhaft. Ich dachte an den Sturm, an zertrümmerte Schiffe und ertrinkende Menschen, ein ins Wasser geworfenes Mädchen, das sich schwimmend in Richtung Leuchtfeuer kämpfte. Ich dachte an tausend Erklärungen, tausend Wunder, tausend Rätsel und Gründe außerhalb aller Vernunft. Aber nur eine Sache zählte – meine Gefährtin war da, und ich mußte einen Schritt vorwärts machen und sie in meine Arme nehmen.

Kein Wort wurde gesprochen, man hätte in dem Inferno auch keines hören können. Kein Wort wurde gebraucht, denn sie lächelte. Bleiche Lippen teilten sich, als ich meine Arme ausbreitete, und sie kam näher. Bleiche Lippen teilten sich – und ich sah die spitzen Zähne, in Reihen wie die eines Haifisches. Ihre Augen, glotzend wie Fischaugen, schwammen näher. Als ich zurückprallte, hob sie ihre Arme, um mich zu umschlingen, und sie waren kalt wie das Wasser um uns, kalt wie der Sturm, kalt wie der Tod.

In jenem ungeheuerlichen Augenblick wußte ich mit äußerster Gewißheit, daß die Kraft meines Willens tatsächlich erfolgreich gewesen war, daß der Ruf meines Bewußtseins ein Echo gefunden hatte. Aber die Antwort kam nicht von den Lebenden, denn nichts überlebte in diesem Sturm. Ich hatte meinen Willen über die Wasser ausgesandt, aber der Wille durchdringt alle Dimensionen, und mein Echo war aus den Wassern gekommen. Sie kam von unten, wo die Ertrunkenen sich in ihren Träumen wiegen, und ich hatte sie geweckt und mit gräßlichem Leben bekleidet. Einem Leben voller Durst, der trinken wollte...

Ich glaube, ich schrie, aber ich hörte kein Geräusch. Gewiß nicht, denn ich hörte auch Neptuns Heulen nicht, als das Tier aus seinem Gefängnis brach, die Stufen herunterpolterte und sich gegen das Geschöpf der See warf.

Sein pelziger Körper warf sie zurück und verdunkelte meine Vision; sie fiel zurück in das Meer, das sie ausgespien hatte. Da, und nur da, sah ich einen Augenblick lang, was mein Bewußtsein ins Leben gerufen hatte. Ein Blitz brannte diesen Anblick unauslöschlich in mein Gedächtnis – den Anblick der äußersten Blasphemie, die ich in meinem Stolz geschaffen hatte. Die Rose war verwelkt... Die Rose war verwelkt und zu Seetang geworden. Und jetzt war diese goldene Erscheinung verschwunden und an ihren Platz eine gedunsene, aufgeschwollene Obszönität, eine vor langer Zeit Ertrunkene, eine Wasserleiche, die ich aus dem Schleim gerissen hatte und die nun in den Schleim zurückkehrte. Nur einen Moment, dann schlugen die Wogen darüber zusammen und zogen sie hinab in die Dunkelheit. Nur einen Moment, und ich schlug die Türe zu und raste die Stufen hinauf, den jaulenden Neptun auf meinen Fersen. Im nächsten Augenblick erreichte ich die Sicherheit meines Refugiums.

Sicherheit? Es gibt keine Sicherheit mehr im Universum für mich, keine Sicherheit in meinem Geist, der einen solchen Greuel schaffen konnte. Und keine Sicherheit in diesem Turm – die Gewalt der Wogen steigert sich mit jedem Moment, die Wut der See und ihrer Wesen steigt an zu einem gewaltigen Crescendo.

Verrückt oder nicht, das spielt keine Rolle, das Ende ist in jedem Falle dasselbe. Ich weiß jetzt, daß der Leuchtturm zerschmettert werden und zusammenstürzen wird. Ich bin schon zerschmettert, und ich werde mit ihm fallen.

Es ist nur noch Zeit, diese Notizen zusammenzunehmen, sie in einen sicheren Zylinder zu stecken und ihn an Neptuns Halsband zu befestigen. Vielleicht kann er es schwimmend schaffen oder sich an Trümmer klammern. Vielleicht kommt ein Schiff an diesem zerstörten Leuchtturm vorbei und sucht in den Wellen nach einem Zeichen – und findet und rettet das tapfere Tier.

Dieses Schiff wird mich nicht finden. Ich gehe mit dem Leuchtturm, und gehe absichtlich, hinab in die düsteren Tiefen. Ist es pervertierte Poesie? – Vielleicht... Der Leuchtturm erzittert. Das Feuer flackert über meinem Kopf, und ich höre das Donnern der Wogen in ihrem endgültigen Ansturm. Da ist eine Welle, die mich hinwegspülen wird. Sie ist höher als der Turm, sie löscht den Himmel selbst aus, löscht alles aus...

Das hungrige Haus

Zunächst waren sie zu zweit – er und sie. So war es, als sie das Haus kauften.

Dann kam *es*. Vielleicht war es schon die ganze Zeit dagewesen und hatte im Haus auf sie gewartet. Jedenfalls war es jetzt dort. Und man konnte nichts dagegen tun.

Ein neuerlicher Umzug kam nicht in Frage. Sie hatten einen Mietvertrag auf fünf Jahre abgeschlossen und sich dabei insgeheim zu den günstigen Konditionen gratuliert. Es wäre absurd gewesen, sich jetzt beim Makler zu beschweren, und unmöglich, es den Freunden zu erklären. Außerdem hätten sie nirgends hingehen können, sie hatten Monate gebraucht, um ein Heim zu finden.

Am Anfang gaben sie voreinander keinerlei Bewußtsein seiner Gegenwart zu. Aber beide wußten, daß es da war.

Sie fühlte es gleich am ersten Abend im Schlafzimmer. Sie saß vor dem hohen altmodischen Spiegel und kämmte ihr Haar. Der Spiegel war noch nicht geputzt worden und schien fleckig; auch flackerte das darüber angebrachte Licht ein bißchen. Deshalb dachte sie zuerst, es sei nur ein Schattenspiel oder ein paar Kratzer im Glas. Eine wallende Silhouette hinter ihr schien verschwommen reflektiert zu werden, und sie runzelte die Stirn. Dann bemerkte sie, was sie oft als ihr »Verheiratetsein-Gefühl« bezeichnete – das eigenartige Bewußtsein, daß ihr Mann unbemerkt den Raum betreten hatte, in dem sie sich befand.

Er mußte auch jetzt hinter ihr stehen. Er mußte ganz

leise hereingekommen sein, ohne etwas zu sagen. Vielleicht wollte er seine Arme um sie legen, sie überraschen oder erschrecken. Deshalb der Schatten im Spiegel. Sie wandte sich um, bereit, ihn zu begrüßen.

Das Zimmer war leer. Aber die befremdliche Spiegelung war immer noch da, zusammen mit dem Gefühl, jemand stünde hinter ihr.

Sie zuckte die Achseln, drehte sich wieder um und schnitt sich im Spiegel ein Gesicht. Als Lächeln war es mißlungen, denn das verzerrte Glas und das armselige Licht schienen es in etwas Fremdartiges zu verwandeln – in ein Lächeln, das nicht ausschließlich von ihren Zügen und ihrem Gesicht hervorgebracht wurde.

Nun ja, der Umzug war wirklich eine höchst ermüdende Prüfung, eine Zerreißprobe, gewesen. Sie strich sich mit der Bürste durchs Haar und versuchte das Problem zu vergessen. Nichtsdestoweniger fühlte sie eine tiefe Erleichterung in sich aufsteigen, als er plötzlich das Schlafzimmer betrat. Einen Moment lang erwog sie, es ihm zu sagen, aber dann entschied sie sich, ihn nicht mit ihren »Nerven« zu belästigen. Er war in diesen Dingen viel freimütiger. Es passierte am folgenden Morgen. Er kam aus dem Badezimmer geschossen, in seinem Gesicht blutete ein Rasiermesserschnitt auf der Wange.

»Ist das deine Vorstellung von Humor?« fragte er in der ungeduldigen Art eines kleinen Jungen, die sie so reizend an ihm fand. »Sich hinter mich reinzuschleichen und mir im Spiegel Fratzen schneiden? Das hat mich sehr erschreckt – schau dir diesen Schnitt an!«

Sie setzte sich im Bett auf.

»Aber Liebling, ich hab dir keine Fratzen geschnitten. Ich bin die ganze Zeit nicht aus dem Bett aufgestanden.«

»Oh.« Er schüttelte den Kopf, wobei sein Stirnrunzeln einer Miene der Befremdung Platz machte. »Oh, ich verstehe.«

»Was ist denn los?« Sie schlug die Decke zurück und setzte sich auf die Bettkante, bewegte ihre Zehen und sah ihn ernst an.

»Nichts«, murmelte er, »überhaupt nichts. Ich dachte mir bloß, ich hätte dich oder sonst jemanden gesehen, der mir im Spiegel über die Schulter schaute. Ganz unvermutet, weißt du. Es muß dieses verdammte Licht sein. Ich werde heute in der Stadt ein paar neue Birnen kaufen.«

Er betupfte seine Wange mit einem Handtuch und drehte sich um. Sie holte tief Atem.

»Ich hatte gestern abend dasselbe Erlebnis«, gestand sie und biß sich gleich auf die Lippen.

»Tatsächlich?«

»Es liegt vielleicht wirklich am Licht, Liebling, wie du gesagt hast.«

»Ah ja.« Er wirkte geistesabwesend. »Das muß es sein. Ich werde auf jeden Fall neue Glühbirnen mitbringen.«

»Das ist das beste. Vergiß nicht, die ganze Bande kommt am Samstag zur Housewarming-Party.«

Die Zeit bis Samstag wurde sehr lang. Bis dahin hatten beide verschiedene Erlebnisse, die sie mehr aufregten, als sie voreinander zugegeben hätten.

Als er am nächsten Morgen zur Arbeit gefahren war, ging sie hinter das Haus und sah sich den Garten an. Er war in fürchterlichem Zustand – ein halber Morgen Land voller Bäume, dazwischen hohes Gras, und tote Herbstblätter, die um das alte Haus tanzten. Sie stand auf einem kleinen Hügel und betrachtete diese schweren, grauen Giebel aus einem anderen Jahrhundert. Plötzlich fühlte sie sich verlassen. Es war nicht nur die Einsamkeit, das Gefühl, eine halbe Meile vom nächsten Nachbarn an der einsamen, ungeteerten Straße entfernt zu sein. Es war mehr das Gefühl, hier ein Eindringling zu sein – ein Eindringling in die Vergangenheit. Der kalte Wind, die sterbenden Bäume, der düstere Himmel gehörten hierher, sie gehörten zum Haus. Sie war die Außenseiterin, weil sie jung und lebendig war.

Sie fühlte das alles, sprach es aber nicht aus. Hätte sie diese Gefühle zugegeben, hätte sie ihre Angst zugeben müssen. Angst vor dem Alleinsein. Oder, noch schlimmer, Angst davor, nicht allein zu sein.

Während sie nämlich dort stand, schloß sich die Hintertür. Das kam nicht vom Herbstwind, o nein. Die Tür schloß sich nicht mit einem Krachen, sie schlug nicht zu. Sie schloß sich einfach. Aber natürlich mußte der Wind daran schuld sein, was sonst. Es war niemand im Haus, niemand, der die Tür hätte zuziehen können.

Sie tastete in der Tasche ihres Hauskleides nach dem Schlüssel und zuckte dann die Achseln, als ihr einfiel, daß sie ihn auf der Spüle in der Küche hatte liegenlassen. Nun, sie hatte ohnehin noch nicht zurück ins Haus gewollt. Sie wollte sich auf dem Areal umsehen, insbesondere den Platz prüfen, wo früher der Blumengarten gewesen war und wo sie im nächsten Frühjahr wieder einen in voller Blüte sehen wollte. Sie mußte Messungen und Schätzungen vornehmen, und es gab hier draußen hundert Dinge zu tun.

Und doch, als die Tür sich schloß, wußte sie, daß sie ins Haus mußte. Etwas versuchte, sie auszuschließen, sie aus ihrem eigenen Haus auszuschließen, und das durfte nicht sein. Da war etwas, das gegen sie kämpfte, gegen jede

Veränderung kämpfte. Sie würde zurückschlagen müssen. Also ging sie zur Tür, rüttelte am Knopf und fand sich ausgeschlossen, wie sie es erwartet hatte. Die erste Runde hatte sie verloren. Aber da gab es immer noch das Fenster. Das Küchenfenster befand sich in Kopfhöhe, und nachdem sie eine kleine Kiste daruntergestellt hatte, war es leicht zu erreichen. Ein Spalt von gut zehn Zentimetern stand offen, und es war kein Problem, die Hände darunterzuschieben, um das Fenster hochzustemmen.

Sie drückte.

Nichts geschah. Es mußte sich verklemmt haben. Aber es konnte nicht verklemmt sein; sie hatte es gerade vor dem Hinausgehen geöffnet, und das war ganz leicht gegangen; außerdem hatten sie alle Fenster überprüft und deren tadellosen Zustand festgestellt.

Sie drückte wieder. Diesesmal hob sich das Fenster um gute zwanzig Zentimeter, und dann – hängte sich irgend etwas aus. Das Fenster kam herunter wie die Klinge einer Guillotine, und sie riß ihre Hände gerade noch rechtzeitig zurück. Sie biß sich auf die Lippen, spannte die Schultern an und hob das Fenster von neuem.

Diesmal starrte sie in die Scheibe. Die war aus gewöhnlichem, durchsichtigem Fensterglas. Nachdem sie es gerade am Vortag gewaschen hatte, wußte sie, daß es jetzt sauber sein mußte. Da konnte es keine Flecken, keinen Schatten und ganz sicher keine Bewegung geben.

Aber da war eine Bewegung. Etwas Wolkiges, etwas auf obszöne Art Undurchsichtiges, glotzte aus dem Fenster, glotzte heraus und drückte das Fenster herunter. Etwas ihr an Kraft Ebenbürtiges bemühte sich, sie auszusperren.

Plötzlich und hysterisch wurde ihr klar, daß sie ihr eigenes Spiegelbild im Schatten der Bäume anstarrte. Natürlich mußte es ihr eigenes Spiegelbild sein. Sie hatte also keinen Grund dafür, die Augen zu schließen und zu schluchzen, als sie das Fenster hochschob und in die Küche kletterte. Jetzt war sie drin, und sie war allein. Ganz allein. Nichts, weshalb sie sich hätte Sorgen machen müssen. Nichts, womit sie ihn belasten mußte. Sie würde ihm nichts erzählen. Er ihr allerdings auch nicht. Als sie am Freitagnachmittag mit dem Auto in die Stadt gefahren war, um Lebensmittel und Getränke für die Party am nächsten Tag einzukaufen, nahm er im Büro Urlaub und blieb zuhause, um nach ihrem Umzug die letzten Kleinigkeiten in Ordnung zu bringen. Deshalb brachte er all die Kleidersäcke auf den Dachboden – um die Sommerkleidung aus dem Weg zu räumen. Deswegen öffnete er den kleinen Verschlag unter dem Frontgiebel. Er suchte den Dachbodenschrank; er hatte die Säcke auf den Boden gelegt und suchte mit einer Taschenlampe die Wand ab. Dann sah er die Tür mit dem Vorhängeschloß.

Staub und Rost erzählten ihre eigene Geschichte; niemand war hier gewesen, seit sehr, sehr langer Zeit. Er mußte wieder an Hacker denken, den zungenfertigen Häusermakler, der ihnen das Haus verkauft hatte. »Steht seit einigen Jahren leer und braucht ein bißchen Überholung«, hatte Hacker gesagt. Wie es aussah, hatte seit Olims Zeiten hier niemand mehr gewohnt. Um so besser; dann müßte er das Schloß mit einer gewöhnlichen Feile öffnen können.

Er ging nach unten, um eine Feile zu holen, und dachte sich beim Rückweg, daß der Staub wirklich eine Geschichte erzählte.

Offensichtlich hatten die früheren Bewohner das Haus in Eile verlassen – Abfall lag überall verstreut, und Schwaden und Kreise im Staub zeigten, daß man die Sachen aus allen Ecken und Enden in Eile und unsystematisch zusammengeholt hatte.

Nun, er hatte den ganzen Winter zum Aufräumen Zeit, und jetzt eben war er eigentlich nur wegen der Kleidersäcke da. Er hängte die Lampe an seinen Gürtel, und beugte sich, die Feile in der Hand, über das Schloß, an dem er seine Geschicklichkeit erprobte.

Es sprang auf. Er zog an der Tür, öffnete sie, atmete den Geruch modriger Feuchtigkeit ein, hob die Taschenlampe und richtete sie ins Innere des langen, engen Verschlags. Tausend Silbersplitter stachen ihm in die Augen. Goldenes, glühendes Feuer versengte ihm die Pupillen. Er schwenkte die Taschenlampe nach unten. Wieder trafen Lichtspeere seine Augen.

Dann stellten sich seine Augen richtig auf das Bild ein und er begriff. Er blickte in einen Raum voller Spiegel. Sie hingen an Schnüren, lagen in Ecken, standen in Reihen den Wänden entlang.

Da gab es einen mannsgroßen, imposanten Spiegel in einer Tür; ein Paar ovaler Spiegel auf einem altertümlichen Toilettentisch; eine Spiegelwand und sogar einen kompletten Badezimmerspiegelschrank, ähnlich dem, den sie selbst angebracht hatten. Am Boden lagen nebeneinander jede Menge Handspiegel in allen erdenklichen Größen. Ein verzierter Spiegel mit Silbergriff, der ebenfalls von einem Toilettentisch gekommen sein mußte, fiel ihm ins Auge; dahinter stand der große Spiegel desselben Tisches. Außerdem gab es Taschenspiegel, Spiegel in Döschen, und andere Spiegel in jeder Größe und Form. An der Rückwand lehnte eine ganze Serie von Spiegeln, die offenbar einmal eine Schlafzimmerwand geschmückt hatten.

Er sah ein halbes Hundert silberner Oberflächen vor sich, und in ihnen ein halbes Hundert mal die Widerspiegelung seines eigenen, verblüfften Gesichts.

Da dachte er wieder an Hacker, und wie sie mit ihm das Haus besichtigt hatten. Zu diesem Zeitpunkt war ihnen das Fehlen eines Badezimmerspiegels aufgefallen, aber Hacker hatte darüber hinweggeredet. Irgendwie hatte er nicht bemerkt, daß nirgendwo im Hause ein Spiegel zu sehen war – es gab natürlich keine Möbel, aber man hätte doch in einem so alten Haus beispielsweise einen kleinen Türspiegel erwartet. Keine Spiegel? Wieso das? Und warum waren sie alle hier oben, hinter Schloß und Riegel?

Das war interessant. Seiner Frau würden ein paar von ihnen gefallen – zum Beispiel dieser Spiegel mit dem Silbergriff. Er mußte ihr unbedingt davon erzählen.

Er machte vorsichtig einen Schritt in den Verschlag hinein, wobei er die Kleidersäcke hinter sich herzog. Es schien hier drin keine Kleiderhaken zu geben, überhaupt keine Haken. Aber die konnte er ja problemlos sofort anbringen. Er bückte sich, legte die Säcke auf einen Haufen, und das Licht der Taschenlampe glitt über die Spiegel, die feurige Facetten auf sein Gesicht warfen.

Dann verschwand das Feuer. Die silbernen Oberflächen verdunkelten sich merkwürdig. Klar, sein Spiegelbild war nun zu sehen. Sein Spiegelbild, und etwas Dunkleres. Etwas Rauchähnliches, Wirbelndes, etwas, das zu dieser modrigen Feuchtigkeit gehörte, etwas, das den engen Verschlag mit seiner Gegenwart ausfüllte. Es war hinter ihm – nein, seitlich – nein, vor ihm – rund um ihn – es wuchs und wuchs und hüllte ihn ein – es brachte ihn zum Schwitzen und Zittern, und er mußte nach Luft schnappen und aus dem Verschlag rennen, die Türe zuschlagen und sich mit schwindenden Kräften gegen sie pressen, und dieses Etwas hieß –

Klaustrophobie. Das war es. Bloß ein klaustrophober Anfall, eine Sache der Nerven. Ein Mensch wird nervös, wenn er in einem engen Raum eingesperrt ist. Ein Mann wird auch nervös, wenn er sich zu lange im Spiegel betrachtet. Geschweige denn in fünfzig Spiegeln!

Er stand dort, zitterte und versuchte, seine Gedanken zusammenzuhalten, nicht daran zu denken, was er gerade so beinahe gesehen, gefühlt, erfahren hatte, er dachte lieber ein bißchen über Spiegel nach. Über Sich-im-Spiegel-betrachten. Frauen taten das ständig. Männer waren anders. Männer schienen befangen zu sein gegenüber Spiegeln. Er konnte sich erinnern, wie er in ein Kleidergeschäft gegangen war und sich plötzlich in einer jener Anordnungen von Spiegeln sah, die es einem ermöglichen, sich von vorn und von der Seite zu betrachten. Was für ein Schock war das im ersten Moment gewesen – und eigentlich jedesmal wieder. Ein Mann sieht im Spiegel anders aus. Nicht so, wie er auszusehen glaubt, wie er weiß, daß er ist. Der Spiegel verzerrt. Deshalb summen und singen und pfeifen Männer, während sie sich rasieren: um sich vom Spiegelbild abzulenken. Sonst würden sie verrückt. Wie hieß dieser griechische Typ aus der Mythologie, der sich in sein Spiegelbild verliebte? Narziß. Starrte stundenlang in einen Teich.

Frauen konnten das. Weil sie sich niemals wirklich selber sahen. Sie sahen eine Idealisierung, eine Vision. Puder, Rouge, Lippenstift, Mascara, Lidschatten, Brillantine oder bloß Leere, auf die diese Dinge angebracht werden mußten. Frauen waren sowieso ein bißchen verrückt. Hatte sie nicht gestern etwas gesagt, sie hätte ihn im Spiegel gesehen, obwohl er gar nicht da war?

Vielleicht sollte er ihr doch besser nichts von alledem sagen. Jedenfalls nicht, bevor er nicht nochmals mit dem Grundstücksmakler Hacker gesprochen hatte. Er mußte sowieso noch Genaueres über dieses Geschäft herausfinden. Irgendwie war etwas hier nicht in Ordnung. Warum hatten die früheren Eigentümer alle Spiegel hier herauf gebracht? Er ging durch den Dachboden, wobei er sich zu langsamem Gehen zwang und dazu, an etwas anders zu denken, als an die Angst, die er in dem Raum mit den Spiegelungen gehabt hatte. Reflektionen von irgend etwas. Reflektionen. Wer fürchtet sich vor der Reflektion? Auch bloß ein Mythos, oder? Vampire. Sie hatten keine Spiegelbilder. »Sagen Sie mir die Wahrheit, Hacker. Die Leute, die dieses Haus gebaut haben – waren es Vampire?«

Das war ein amüsanter Gedanke. Ein amüsanter Gedanke auf dem Weg hinunter ins abendliche Zwielicht, den man wälzen konnte, während die Böden krachten und die Fensterläden schlugen und die Nacht über das Haus fiel, in dem etwas um die Ecken lugte und aus den Spiegeln grinste.

Er saß da und wartete darauf, daß sie heimkam, er drehte alle Lichter an und das Radio auch und dankte Gott, daß er keinen Fernseher hatte, denn er hätte einen Bildschirm und ein Bildschirm gäbe eine Spiegelung und darin könnte er etwas sehen, das er nicht sehen wollte.

Aber es gab an diesem Abend keinen Ärger mehr, und als sie mit ihren Paketen heimkam, hatte er sich völlig unter Kontrolle. Also aßen sie und plauderten dabei ganz unbefangen – ja, ganz unbefangen, und falls es ihnen zuhörte, hätte es nicht erkannt, daß sich beide fürchteten. Sie trafen ihre Vorbereitungen für die Party und riefen ein paar Leute an, und aus einer Augenblickslaune heraus schlug er vor, auch Hacker einzuladen. Das taten sie und gingen dann zu Bett. Die Lichter waren aus, das bedeutete, daß alle Spiegel dunkel waren, und er konnte schlafen.

Am Morgen war es schwierig mit dem Rasieren. Und er erwischte sie dabei, wie sie sich in der Küche das Make-up auflegte, wobei sie den kleinen Spiegel aus ihrer Handtasche benützte und ihn sorgfältig mit den Händen gegen jede Reflektion von außen schützte.

Aber er sagte nichts, und sie sagte nichts, und falls es ihre Geheimnisse bemerkte, blieb es auch schweigsam.

Er fuhr zur Arbeit, sie machte Canapés, und wenn das Haus während dieses langen, dunklen, trüben Samstags seufzte und krächzte und flüsterte, war das nur etwas, was man von einem so alten Haus erwarten mußte.

Als er heimkam, war das Haus ruhig, und das war eigentlich irgendwie unangenehmer. Es war, als warte etwas auf den Einbruch der Nacht. Deshalb zog sie sich früh um, summte die ganze Zeit, während sie sich zurechtmachte, und tanzte vor dem Spiegel herum (man kann nicht besonders klar sehen, während man sich bewegt). Er mixte die Drinks vor ihrer hastigen Mahlzeit und schaute, daß sie ein paar ziemlich steife für sich hatten (man kann nicht besonders klar sehen, wenn man genug trinkt).

Dann trudelten die Gäste ein. Die Teters, die sich über die windige Straße durch die Hügel beklagten. Die Valliants, die über die antike Täfelung und die hohen Decken in Begeisterung gerieten. Die Ehrs, aufgekratzt und lachend, wobei Vic auch noch bemerkte, das Haus sähe aus, als hätte Charles Addams es entworfen. Das war ein

Grund für einen Drink, und als Hacker und seine Frau kamen, plärrte das Radio mit den Gästen um die Wette.

Er trank, und sie trank, aber sie konnten die Sache nicht ganz verdrängen. Die Bemerkung über Charles Addams war unangenehm, und es gab auch anderes. Kleinigkeiten. Die Talmadges hatten Blumen gebracht, und sie ging in die Küche, um sie in eine Kristallvase zu geben. Das Glas hatte Facetten, und als sie einen Moment allein in der Küche stand und die Vase unter dem Wasserhahn füllte, wurde das Kristallglas unter ihren Fingern dunkel, und etwas glotzte, wie sie in den Facetten sehen konnte. Sie drehte sich schnell um, war aber allein. Völlig allein, mit hundert offenen Augen in ihrer Hand.

Deshalb fiel ihr die Vase zu Boden, und die Ehrs und Talmadges, Hackers und Valliants kamen in die Küche, und er auch. Talmadge witzelte, sie sei betrunken, und das war der Anlaß für eine neue Runde. Er sagte nichts und holte eine andere Vase für die Blumen. Aber er mußte doch Bescheid wissen, denn als der Vorschlag nach einer Hausbesichtigung aufkam, winkte er ab.

»Wir haben oben noch nicht aufgeräumt«, sagte er. »Es ist eine schreckliche Sauerei, und ihr würdet ständig an irgendwelche Kisten und sonstiges Zeug stoßen.«

»Wer ist denn jetzt oben?« fragte Mrs. Teters, die mit ihrem Gatten in die Küche kam, »wir haben gerade einen schrecklichen Krach gehört.«

»Da muß etwas umgefallen sein«, meinte der Gastgeber. Aber er sah dabei seine Frau nicht an, und sie ihn auch nicht. »Wie wär's mit einem neuen Drink,« schlug er vor. Sie mixte und servierte schnell, und bevor die Gläser halb leer waren, mixte er schon die nächste Runde. Alkohol half den Leuten beim Reden, und das Reden würde andere

Geräusche übertönen. Die Strategie wirkte. Die Gesellschaft sickerte in Zweier- und Dreiergruppen wieder ins Wohnzimmer, und das Radio plärrte und Gelächter und Stimmen übertönten alle Geräusche der Nacht.

Er schenkte ein und sie servierte, beide tranken auch, aber der Alkohol hatte keine Wirkung. Sie bewegten sich vorsichtig, als seien ihre Körper dünnwandige Gläser – Gläser ohne Böden –, die darauf warteten, durch einen plötzlichen, durchdringenden Ton zu zerspringen. Gläser halten den Alkohol, aber sie werden nie betrunken. Die Gäste waren keine Gläser; sie tranken und fürchteten sich nicht, und die Drinks wirkten. Leute gingen aus und ein und hin und her und ziemlich bald unternahmen Mr. Valliant und Mrs. Talmadge eine private Besichtigungstour in den oberen Teil des Hauses. Sie war irregulär und unbegleitet, und glücklicherweise bemerkte niemand ihren Abgang und ihre Abwesenheit. Wenigstens nicht, bis Mrs. Talmadge die Stiege herunterrannte und sich im Badezimmer einschloß.

Ihre Gastgeberin sah sie im Gang und folgte ihr. Sie hämmerte an die Badezimmertür, wurde eingelassen und versuchte eine vorsichtige Befragung. Das war unnötig. Mrs. Talmadge, die weinte und ihre Hände rang, überfiel sie ohnehin mit ihrer Erklärung.

»Das war ein schmutziger Trick!« schluchzte sie.

»Hinaufzukommen und uns zu bespitzeln! Diese Filzlaus – ich gebe ja zu, daß wir ein bißchen schmusten, aber das war auch schon alles. Als ob er nicht selber dauernd um Gwen Hacker herumscharwenzelte! Wissen möchte ich nur, woher er den falschen Bart hatte! Ich habe mich ja zu Tode gefürchtet.«

»Was soll das alles?« fragte sie, wobei sie die ganze Zeit

wußte, worum es ging, und sich vor dem fürchtete, was kommen mußte.

»Jeff und ich waren im Schlafzimmer, wir standen bloß dort im Dunkeln, das schwöre ich, und auf einmal schaue ich über meine Schulter zurück in den Spiegel, weil aus dem Gang Licht hereinkommt. Jemand hatte die Tür aufgemacht, und ich konnte sein Gesicht im Spiegel sehen. Oh, natürlich war es mein Ehemann, aber er hatte einen Bart umgebunden, und wie er dann hereinschlich und uns anstierte –«

Das Schluchzen verschluckte den Rest. Mrs. Talmadge zitterte so, daß sie nicht bemerkte, daß ihre Gastgeberin ebenso geschüttelt wurde. Sie wollte aber auch den Rest der Geschichte hören. »Er schlich sich aber schon wieder hinaus, bevor wir irgend etwas tun konnten, aber warte nur, bis wir nach Hause kommen – mich so zu Tod zu erschrecken, und alles nur, weil er so verrückt eifersüchtig ist – der Blick, den ich im Spiegel sah –«

Sie beruhigte Mrs. Talmadge. Sie besänftigte Mrs. Talmadge. Sie beschwichtigte Mrs. Talmadge. Die ganze Zeit war niemand da, der sie beruhigt, besänftigt, beschwichtigt hätte. Als sie sich schließlich beide wieder so weit hergestellt hatten, daß sie zu der Gesellschaft zurückkehren konnten, kamen sie gerade rechtzeitig, um Mr. Talmadges erregte Stimme zu hören, die über die aufgeregten Antworten der anderen hinwegtönte.

»Da stehe ich also im Badezimmer, und da kommt diese alte Hexe und fängt an, mir im Spiegel über meine Schulter hinweg Gesichter zu schneiden. Was soll das sein? Was für eine Art Haus habt ihr denn hier?«

Er dachte, das sei komisch. Die anderen auch, die meisten zumindest. Der Gastgeber und seine Frau standen da und wagten sich nicht anzusehen. Ihr Lächeln gefror. Glas ist brüchig.

»Ich glaube dir nicht.« Gwen Hackers Stimme. Sie hatte einen, oder vielleicht drei zuviel getrunken. »Ich werde jetzt selbst hinaufgehen und mir das ansehen.« Sie winkte ihrem Gastgeber zu und ging zur Treppe.

»Halt, warten Sie!« Er kam zu spät. Sie fegte – oder wabbelte – schon vorbei.

»Halloween-Faxen«, sagte Talmadge mit einem Rippenstoß. »'ne alte Vettel mit einer Phantasieperücke. Ich sah sie gestochen scharf. Wie machst du sowas, he?«

Er begann irgend etwas daherzustottern, nur um die Flut von blödem Geschwätz zurückzuhalten. Sie stellte sich neben ihn, um ihm zuzuhören, wollte glauben, was er sagte, wollte nicht an Gwen Hacker oben denken, ganz allein da oben, wie sie in einen Spiegel schaute und was sie zu sehen erwartete – Dann kamen die Schreie. Kein Weinen, kein Lachen, sondern Schreie. Er nahm zwei Stufen auf einmal. Der dicke Mr. Hacker war ihm auf den Fersen, die anderen kamen auch, plötzlich still geworden. Man hörte das Geräusch der Füße auf der Treppe, das schwere Atmen, und über all dem die fortwährenden schrillen Schreie einer Frau, die einem schrecklichen Terror ausgesetzt war.

Dieser Schrecken war in Gwen Hackers Stimme, und er schien auch aus ihrem Körper zu dringen, als sie aus dem Badezimmer taumelte und ihrem Mann im Gang in die Arme fiel. Licht drang aus dem Badezimmer und fiel auf den Spiegel, der völlig frei war von jeder Reflexion, wie auch ihr Gesicht völlig frei von jedem Ausdruck.

Sie drängten sich um die Hackers – er und sie auf der einen Seite, die anderen bildeten eine dichte Traube davor

– und sie gingen mit, als Mr. Hacker zum Schlafzimmer ging und seine Frau dort auf das Bett legte. Sie hatte das Bewußtsein verloren, jemand murmelte etwas von einem Arzt, den man holen sollte, jemand anderer meinte, nein, das sei unnötig, sie werde gleich wieder zu sich kommen, und ein Dritter sagte, ich glaube, wir sollten die beiden besser allein lassen.

Zum erstenmal schien sich jeder des alten Hauses und der Dunkelheit bewußt zu werden, und wie die Böden knackten und die Fenster rüttelten und die Läden schlugen. Plötzlich war jeder nüchtern, besorgt und zum sofortigen Heimgehen aufgelegt.

Hacker beugte sich über seine Frau, rieb ihre Handgelenke und flößte ihr ein wenig Wasser ein, worauf sie aus ihrer Bewußtlosigkeit allmählich erwachte. Der Gastgeber und seine Frau verteilten schweigend Hüte und Mäntel und hörten sich die Bekundungen höflichen Bedauerns an, schnelle Verabschiedungen und jämmerliche Komplimente in der Art von »es war wirklich reizend heute abend, meine Liebe«.

Die Teters, Valliants und Talmadges wurden von der Nacht verschluckt. Er und sie gingen wieder hinauf ins Schlafzimmer zu den Hackers. Im Gang war es zu dunkel und im Zimmer zu hell. Aber sie waren noch da und warteten. Sie warteten nicht lange.

Mrs. Hacker setzte sich auf und begann zu sprechen, zu ihrem Ehemann und zu den beiden.

»Ich habe sie gesehen«, sagte sie. »Sagen Sie nicht, daß ich verrückt sei, ich habe sie gesehen! Sie stand auf den Zehenspitzen hinter mir und schaute in den Spiegel. Sie hatte dasselbe blaue Band im Haar, das sie an dem Tag trug, als –«

»Bitte, Liebes«, sagte Mr. Hacker.

»Aber ich habe sie gesehen! Es war Mary Lou! Sie schnitt mir im Spiegel ein Gesicht, und sie ist tot, das weißt du ganz genau, sie verschwand vor drei Jahren und man hat niemals ihre Leiche gefunden –«

»Mary Lou Dempster.« Hacker war ein dicker Mann mit einem Doppelkinn. Beide Kinne wackelten.

»Sie spielte hier irgendwo ums Haus, wie du weißt, und Wilma Dempster sagte ihr, sie wolle wegbleiben, sie wußte alles über dieses Haus, aber sie wollte nicht und nun – ach, ihr Gesicht!«

Schluchzen. Hacker tätschelte ihre Schulter. Er sah aus, als könnte er das selbst auch brauchen. Aber niemand half ihm. Er und sie standen da und warteten auf die Fortsetzung der Geschichte.

»Sag's ihnen«, sagte Mrs. Hacker. »Sag ihnen die Wahrheit.«

»Na gut, aber mir wär lieber, du würdest heimgehen.«

»Ich werde warten. Ich will, daß du es ihnen sagst. Du mußt das jetzt tun.«

Hacker setzte sich mühsam. Seine Frau lehnte sich gegen seine Schulter. Die beiden warteten noch einen Moment. Dann ging es los.

»Ich weiß nicht, wie ich damit anfangen soll, es zu beschreiben«, sagte der dicke Mr. Hacker. »Das ist natürlich mein Fehler, aber ich weiß nicht recht. All dieser Blödsinn über Spukhäuser – niemand glaubt mehr an solchen Quatsch, und es senkt die Preise, deshalb habe ich erst gar nichts gesagt. Kann man mir das zum Vorwurf machen?«

»Ich habe ihr Gesicht gesehen«, flüsterte Mrs. Hacker.

»Ich weiß. Und ich hätte es Ihnen sagen sollen. Wegen

dieses Hauses, meine ich. Warum es zwanzig Jahre lang nicht vermietet worden ist. In der Nachbarschaft kennt jeder die alte Geschichte, und Sie würden sie früher oder später ohnehin zu hören bekommen.«

»Fang endlich an«, sagte Mrs. Hacker. Sie hatte ihre alte Stärke wiedergefunden, und er, mit seinem wabbligen Doppelkinn, schien schwach.

Die Gastgeberin und ihr Mann standen vor ihnen, spröde wie Glas, während die Wörter tröpfelten; tröpfelten und sie bis zum Überlaufen füllten. Er und sie standen da und hörten zu und erfuhren, worum es ging und was geschehen war.

Das Haus, in dem sie wohnten, war das Bellman Haus gewesen, das Haus, das Job Bellman damals in den Sechzigern des vorigen Jahrhunderts für seine Braut gebaut hatte; das Haus, in dem sie ihm Laura geboren hatte und bei dieser Geburt gestorben war. Job Bellmann hatte während der siebziger Jahre geschuftet wie ein Ackergaul, während seine Tochter heranwuchs, dann zog er sich in den Ruhestand zurück, während Laura Bellman zur ersten Schönheit des ganzen Landstrichs erblühte – manche meinten sogar, des ganzen Staates, aber damals kamen den Männern die Schmeicheleien noch schneller über die Lippen als heute.

Es gab jede Menge Männer, die während dieser Dekade kamen und gingen; sie kamen in blankpolierten Stiefeln, verbeugten sich und strichen sich ihre gewichsten Schnurrbärte, lächelten den alten Job an, grinsten den Bedienten zu und stierten Laura an, als seien sie mondsüchtig.

Laura nahm dies alles als ihr natürliches Recht, aber meine Güte, sie dachte nie an Ernsteres, nein, nicht, solange Papa noch lebte, und nein, es kam nicht in Frage, sie war viel zu jung zum Heiraten, und niemals, von sowas hatte sie noch nie gehört, sie dachte sich immer, es sei so viel netter, einfach gute Freunde zu bleiben –

Mondlicht, Bälle, Parties, Picknicks, Schlittenfahrten, Pralinen, Geschenke, Liebesgaben, Tänze, Punsch, Fächer, Schönheitsflecken, Schneider, Friseure, Mandolinen, Radfahren und all die Jahre, die im Flug vergingen. Dann lag eines Tages der alte Job tot in seinem Himmelbett, der Arzt, der Leichenbestatter und der Anwalt kamen, und der Anwalt sprach zack-zack-zack mit einer dünnen, präzisen kleinen Stimme von Erbschaft und Grundbesitz und Jahreseinkommen. Dann war sie ganz allein, nur sie und die Dienerschaft und die Spiegel. Laura und ihre Spiegel. Spiegel am Morgen und die sorgfältige Überprüfung des Äußeren, mit der der Tag begann. Spiegel am Abend, bevor die Männer sie abholen kamen, bevor die Kutsche vorfuhr, bevor sie davonflatterte zu einem weiteren triumphalen Auftritt. Spiegel in der Morgenröte, die das Lächeln absorbierten, den Geheimnissen lauschten, der Erzählung vom abendlichen Triumph.

»Spieglein, Spieglein an der Wand, wer ist die Schönste im ganzen Land?«

Spiegel sagten ihr die Wahrheit, Spiegel logen nie, Spiegel waren nicht rauh oder gierig oder wollten selber hören, daß sie auch schön seien.

Die Jahre vergingen, die Spiegel alterten nicht und änderten sich nicht. Und Laura alterte nicht. Die Männer, die sie abholten, wurden weniger und veränderten sich merkwürdig. Sie kamen ihr irgendwie älter vor. Aber wie konnte das sein? Denn Laura Bellman war immer noch jung. Die Spiegel bestätigten es ihr, und die sagten immer die Wahrheit. Laura verbrachte mehr und mehr Zeit mit ihnen. Beim Pudern, auf der Suche nach Fältchen, beim Tönen und Eindrehen ihrer langen Haare. Sie lächelte sich zu, flatterte mit den Wimpern, zog sich einen reizenden kleinen Flunsch. Drehte sich zierlich, posierte vor den Spiegeln.

Manchmal ließ sie den Verehrern ausrichten, sie sei nicht zuhause. Irgendwie kam es ihr blöd vor, jetzt vom Spiegel wegzugehen. Nach einer Weile mußte sie sich wegen der Verehrer nicht mehr so viel Gedanken machen. Auch die Diener kamen und gingen, manche starben auch, aber es gab immer wieder neue. Laura und die Spiegel blieben. Die Neunzigerjahre waren wirklich lustig, aber auf eine Art, die vielleicht nicht alle Leute nachvollziehen konnten. Wie Laura lachte und sich auf ihrem Bett hin und her wälzte, während sie ihre wankelmütigen kleinen Geheimnisse mit dem Spiegel teilte!

Die Jahre flogen vorbei, aber Laura lachte nur darüber. Sie gluckste und kicherte, wenn die Diener mit ihr sprachen, und es war jetzt am einfachsten, wenn sie ihr Essen auf einem Tablett ins Zimmer bekam. Irgend etwas stimmte nicht mit der Dienerschaft und auch nicht mit Dr. Turner, der ihr bei seinen Besuchen ständig mit der Idee lästig fiel, sie solle in irgendein nettes Heim gehen.

Die dachten alle, sie würde alt, aber davon war keine Rede – die Spiegel logen nicht. Sie trug das künstliche Gebiß und die Perücke, um anderen einen Gefallen zu tun, diesen Außenseitern, aber in Wirklichkeit brauchte sie diese Dinge nicht. Die Spiegel zeigten ihr, daß sie unverändert war. Sie sprachen jetzt auch mit ihr, ja, die Spiegel sprachen, und sie sagte selbst gar nichts. Saß nur dort und nickte und wiegte sich vor den Spiegeln in diesem Raum mit seinem Geruch nach Puder und Patschuli, streichelte ihre Kehle und hörte den Spiegeln zu, die ihr sagten, wie schön sie sei und was für eine glanzvolle Schönheit sie wäre, wenn sie sich an die Welt verschwenden würde. Aber sie wollte nicht mehr weg von hier; sie und die Spiegel sollten immer zusammenbleiben. Und dann kam der Tag, an dem sie sie abholen wollten, und sie legten tatsächlich Hand an sie – an sie, Laura Bellman, die exquisiteste, die schönste Frau auf der ganzen Welt! War es ein Wunder, daß sie kämpfte, zwickte und trat und winselte, und so sehr ausschlug, daß einer der Diener kopfvoraus in den Spiegel krachte und sich seinen blöden Schädel zerschlug und starb, wobei er mit seinem schmierigen Blut das Bild ihrer Schönheit besudelte?

Natürlich war alles nur ein dummer Mißgriff und nicht ihr Fehler, und das war es auch, was Dr. Turner den Behörden sagte, als diese kamen. Sie mußte sie nicht einmal sehen, und sie mußte auch das Haus nicht verlassen. Aber man verschloß jetzt immer ihre Zimmertür und nahm ihr alle Spiegel weg. Sie nahmen ihr alle Spiegel weg!

Sie ließen sie allein, eingesperrt, eine dürre, vertrocknete, verhutzelte alte Frau ohne Spiegelbild. Sie nahmen ihr die Spiegel und machten sie alt; alt, häßlich, angsterfüllt.

In der Nacht, nachdem sie es getan hatten, weinte sie. Sie weinte und humpelte im Zimmer herum, stolperte blind vor Tränen durch das Nichts.

Da war es, daß sie erkannte, daß sie alt war, und nichts mehr sie retten konnte. Sie geriet nämlich vor das Fenster und lehnte ihre faltige Stirn an die kalte, kalte Scheibe. Das Licht kam von hinten und als sie sich wieder aufrichtete, konnte sie ihr Spiegelbild im Fenster sehen. Das Fenster –

es war auch ein Spiegel! Sie starrte hinein, starrte lange und inbrünstig auf das tränenüberströmte Gesicht dieser fantastisch geschminkten und bemalten alten Frau, und betrachtete dann den leichenhaften Körper, der aussah, als hätte ihn ein verrückter Einbalsamierer für das Grab zurechtgemacht.

Alles drehte sich. Es war ihr Haus, sie kannte jeden Quadratzentimeter darin, vom Tag ihrer Geburt an war das Haus ein Teil von ihr gewesen. Es war ihr Zimmer, in dem sie seit eh und je gelebt hatte. Aber das da – diese Obszönität – war nicht ihr Gesicht. Nur ein Spiegel hätte es ihr zeigen können, und es würde nie mehr einen Spiegel für sie geben. Einen Moment lang erblickte sie die Wahrheit, und dann veränderte sich gnädig das Glas der Fensterscheibe, und sie sah wieder Laura Bellman, die stolzeste aller Schönheiten. Sie richtete sich auf, trat zurück und begann, im Tanz zu wirbeln. Mit einem selbstbewußten Lächeln auf den Lippen tanzte sie nach vorn. Tanzte in die Scheibe, tanzte halb hindurch, bis rasierklingenscharfe Scherben ihre vertrocknete Kehle durchschnitten.

So starb sie, und so fand man sie. Der Arzt kam, die Diener, und der Anwalt tat, was getan werden mußte. Das Haus wurde verkauft und nochmals verkauft. Es fiel einem Makler in die Hände. Es gab Mieter, aber niemals für lange Zeit. Sie hatten Probleme mit Spiegeln.

Ein Mann starb – angeblich an einer Herzattacke – während er sich vor dem Spiegel die Krawatte knüpfte. Groteskerweise hatte er sich zuvor in der Stadt bei allen möglichen Leuten über merkwürdige Geschehnisse beschwert, und seine Frau redete ohnehin mit jedem.

Ein Schullehrer, der das Haus in den zwanziger Jahren gemietet hatte, starb unter Umständen, die Doktor Turner nicht erklären konnte. Zuvor war er zum Makler gegangen und hatte verlangt, daß das Haus nicht mehr angeboten würde; das war fast unnötig, denn das Bellman Haus hatte zu jener Zeit schon einen allgemein bekannten Ruf.

Ob Mary Lou Dempster wirklich hier oder anderswo verschwunden war, würde nie mehr geklärt werden können. Aber man hatte das kleine Mädchen zum letztenmal vor einem Jahr auf der Straße zu diesem Haus gesehen, und obwohl man bei der Suche nichts gefunden hatte, verstummten die Gerüchte nicht mehr.

Dann waren die neuen Erben gekommen, hatten ihre Geringschätzung deutlich gezeigt und jeden Rat in den Wind geschlagen, das Haus war geputzt und wieder zur Vermietung angeboten worden.

So waren er und sie daran geraten – an das Haus und das Es darin. Das war die ganze Geschichte.

Mr. Hacker legte seine Arme um Gwen, räusperte sich und half ihr beim Aufstehen. Er war zerknirscht, schämte sich und zeigte sich rücksichtsvoll. Sein Blick mied den der Mieter. Er versperrte ihm die Tür. »Wir ziehen hier aus, und zwar sofort«, sagte er, »Vertrag oder nicht.«

»Das läßt sich machen. Aber – ich kann keinen anderen Platz für Sie heute nacht auftreiben, und morgen ist Sonntag –«

»Wir werden packen und morgen hier ausziehen«, sagte sie. »Wir gehen in ein Hotel oder sonstwohin. Aber wir ziehen aus.«

»Ich rufe Sie morgen an«, sagte Hacker. »Ich bin sicher, daß alles in Ordnung kommen wird. Schließlich haben Sie jetzt schon eine Woche hier gewohnt, und es ist nichts passiert, ich meine, niemand hat –«

Seine Stimme erstarb. Es gab nichts mehr zu sagen. Die

Hackers gingen, und die beiden blieben allein zurück. Nur sie beide.

Nur sie drei, eigentlich.

Aber die beiden waren zu müde, um sich Sorgen zu machen. Man hörte nichts, denn das Haus – und *es* – bewahrten völlige Ruhe.

Sie ging in ihr Zimmer und zog sich aus. Er ging durchs Haus. Zuerst in die Küche, wo er eine Schublade neben der Spüle öffnete. Er nahm einen Hammer heraus und zertrümmerte den Küchenspiegel.

Peng! Und noch ein Krach! Das war der Gangspiegel. Dann oben, im Badezimmer. Krach, klirr, das Glas des Badezimmerspiegels. Als nächstes der Spiegel in seinem Zimmer. Dann kam er in ihr Schlafzimmer und schwang den Hammer gegen das große Oval des Ankleidetisches und zertrümmerte es.

Er war nicht wütend, aufgeregt oder sonstwas. Und die Spiegel waren dahin. Jeder einzelne war kaputt.

Sie sahen sich einen Moment lang an. Dann drehte er das Licht ab, fiel neben ihr ins Bett und suchte den Schlaf. Die Nacht verging.

Am Tag sah alles ein bißchen komisch aus. Aber sie sah ihn am Morgen wieder an, und er ging in sein Zimmer und holte die Koffer. Als sie das Frühstück fertig hatte, legte er auf dem Bett seine Kleider zusammen. Nach dem Essen holte sie ihre ganzen Sachen von Bügeln und Haken und Ständern. Er würde bald die Kleidersäcke vom Boden holen. Die Leute von der Spedition konnte man morgen anrufen, sobald sie wußten, wohin sie gehen würden.

Das Haus war still. Falls es ihre Pläne kannte, tat es jedenfalls nichts. Der Tag war düster, und sie machten kein Licht an, ohne ein Wort darüber zu wechseln – aber beide wußten, daß es wegen der Spiegelungen in den Fensterscheiben und der Geschichte von heute nacht war. Er hätte natürlich auch die Fensterscheiben zerschlagen können, aber das wäre doch irgendwie blöd gewesen. Außerdem würden sie bald hier weg sein.

Dann hörten sie das Geräusch. Tropfen, Glucksen. Plätschern. Es kam von unten. Sie keuchte.

»Ein Wasserrohr – im Keller«, sagte er und nahm sie lächelnd bei den Schultern.

»Besser mal nachschaun.« Sie ging zur Stiege.

»Warum willst du hinunter? Ich mach's schon.«

Aber sie schüttelte den Kopf und ging. Es war ihre Strafe für das Keuchen. Sie mußte zeigen, daß sie sich nicht fürchtete. Sie mußte es ihm zeigen – und dem anderen auch. »Einen Moment«, sagte er, »ich hole den Engländer. Er ist im Kofferraum des Autos.« Er ging durch die Hintertür hinaus. Sie zögerte einen Moment, dann ging sie zur Kellerstiege. Das Plätschern war lauter geworden. Die gebrochene Wasserleitung überflutete den Keller. Es klang komisch, wie Gelächter.

Er konnte es sogar hören, als er zum Auto ging und den Kofferraum öffnete. In diesen alten Häusern ist immer irgendetwas kaputt, das hätte er sich denken können. Geplatzte Rohre und –

Ja. Er fand den Engländer. Als er zur Tür zurückging, hörte er das Wasser gurgeln und seine Frau schreien.

Sie schrie! Schrie im Keller, im Dunkeln.

Er rannte und schwang den schweren Schlüssel. Er polterte die Stufen hinunter, ins Dunkle, die Schreie zerrten an ihm. Sie war gefangen, *es* hatte sie gepackt, sie kämpfte mit ihm, aber es war stark, zu stark, und das Licht strömte herein auf das Wasser unter der gebrochenen Leitung, und in der Spiegelung sah er ihr Gesicht und die Schwärze anderer Gesichter, die sie umringten und festhielten.

Er hob den Engländer und ließ ihn auf diese Schwärze niedersausen, schlug zu und schlug zu, bis das Schreien erstarb. Dann hielt er inne und schaute auf sie hinunter. Der schwarze Schatten war in der Reflektion des Wassers verschwunden – in der Reflektion, die ihn erzeugt hatte. Aber sie war noch da, ganz still, und das würde sie nun für immer sein. Das Wasser färbte sich rot, wo ihr Kopf drinlag. Das Ende des Engländers war auch rot.

Einen Moment lang wollte er ihr alles erklären, aber dann begriff er, daß sie tot war. Jetzt waren nur noch sie beide übrig – er und es.

Er ging hinauf. Er trug noch immer den blutigen Engländer in der Hand, und er ging zum Telefon, um die Polizei anzurufen und alles zu erklären.

Er setzte sich in den Stuhl vor dem Telefon und fragte sich, was er ihnen sagen sollte, wie er es erklären könnte. Es würde nicht leicht sein. Da war diese Verrückte, ja, und sie schaute in die Spiegel, bis mehr von ihrem Leben in den Spiegelbildern war als in ihrem eigenen Körper. Als sie sich dann umbrachte, lebte sie irgendwie weiter und wurde lebendig in Spiegeln oder Glas oder sonst etwas Reflektierendem. Sie tötete andere oder brachte sie irgendwie zu Tode und verschmolz ihre Spiegelbilder irgendwie mit dem ihren, so daß dieses Wesen immer stärker und stärker wurde, indem sie ihr Leben an sich saugte mit diesem schrecklichen Stolz, der ihren Tod überlebt hatte. Weib, dein Name ist Eitelkeit! Und deshalb, meine Herren, habe ich meine Frau umgebracht.

Ja, das war eine prächtige Erklärung, aber sie war nicht ganz wasserdicht. Wasser – die Überschwemmung im Keller hatte alles verursacht. Er hätte es wissen können, wenn er nicht aufgehört hätte zu denken, zu reflektieren.

Reflektieren. Das war jetzt das falsche Wort. Reflektieren. Die Fensterscheibe vor ihm reflektierte.

Er schaute in das Glas und sah das Ding hinter sich, das aus dem Dunkel herauswuchs. Er sah das Gesicht des bärtigen Mannes, die leeren Augen eines kleinen Mädchens, das grimassenhafte Glotzen einer alten Frau. Es war nicht wirklich hinter ihm, aber es lebte im Spiegelbild, und er umfaßte den Engländer fest, als er aufstand. Es war nicht da, aber er würde es bekämpfen, irgendwie attackieren. Er drehte sich um und trat einen Schritt zurück, weil der Ring der Gesichter näherkam. Er schwang den Engländer. Dann sah er ihr Gesicht durch all die anderen kommen. Ihr Gesicht, mit leuchtenden Spiegelscherben, wo die Augen sein sollten. Er konnte nicht hineinschlagen, er konnte sie nicht nochmal schlagen.

Es bewegte sich nach vorn. Er trat zurück. Seine Arme fuhren zur Seite. Er hörte das Bersten des Glases in seinem Rücken und erinnerte sich vage, daß auf diese Art die alte Frau gestorben war. So, wie er jetzt starb – indem er durch das Fenster fiel und sich die Kehle zerschnitt, der Schmerz schoß in ihm hoch und erreichte sein Hirn, während er in den Scherben hing und sein Leben ausblutete.

Dann war er tot.

Sein Körper hing da, aber er war tot.

Es gab eine kleine Pfütze auf dem Boden, die sich bewegte und anwuchs. Das Licht von draußen fiel darauf, und es gab eine Reflektion.

Da erhob sich etwas aus dem Dunkeln, erhob sich und begann, im Dunkeln herumzutanzen.

Es hatte das Gesicht einer alten Frau und das Gesicht eines Kindes, jenes eines Bärtigen, und sein Gesicht und ihres, alle sich ständig vermischend.

Es machte Freudensprünge und hielt in bizarren Stellungen inne. Zuletzt setzte es sich einfach hin und wartete, ganz allein in dem alten Haus. Es gab nichts weiteres zu tun, als auf den nächsten zu warten, der kommen würde. Und bis dahin konnte es sich selbst bewundern in dem wachsenden, wachsenden roten Spiegel auf dem Fußboden...

Schlafende Schönheit

New Orleans«, sagte Morgan, »das Land der Träume.«

»Stimmt«, nickte der Barkeeper, »so heißt es im Lied.«

»Ich kann mich erinnern, daß Conee Boswell es sang, als ich noch ein Kind war«, erzählte ihm Morgan. »Damals schon beschloß ich, eines Tages hierher zu kommen und es mir selbst anzusehen. Aber was ich jetzt wissen möchte: wo ist es?«

»Was?«

»Das Land der Träume«, murmelte Morgan. »Wohin ist das alles verschwunden?« Er beugte sich nach vorn, und der Barkeeper füllte neuerlich sein Glas. »Nimm mal Basin Street. Das ist ein lausiger Durchgangsbahnhof. Und die Straßenbahn namens Sehnsucht ist ein Bus.«

»War mal eine Straßenbahn, zugegeben«, bestätigte der Barmann. »Dann nahmen sie sie aus dem Quartier und machten überall Einbahnstraßen. Das ist eben Fortschritt, Kumpel.«

»Fortschritt!« Morgan goß seinen Drink hinunter. »Als ich heute hierherkam, sah ich mir das Quartier an. Das Museum, Jackson Square, Pirate's Alley, Antoine's, Morning Call, das ganze Zeug. Das ist alles nichts weiter als eine Touristenfalle.«

»Nun wart mal eine Minute«, sagte der Barmann, »und was ist mit den ganzen alten Gebäuden, den Balkonen und schmiedeeisernen Gittern und all dem?«

»Hab ich gesehen«, räumte Morgan ein. »Aber du

kommst an einem dieser schönen, alten Bauten mit grünen Fensterläden vorbei und was siehst du an der nächsten Hausnummer? Eine Münzwäscherei, genau. Münzwäschereien im Vieux Carré. Sie haben die gute, alte Negermammy abgeschafft und eine automatische Waschmaschine an ihren Platz gestellt. Die altmodische, pittoreske Atmosphäre gibt's vielleicht noch irgendwo hinter den Mauern, in einem privaten Patio. Was übrig geblieben ist, das sind die Antiquitätenläden in der Royal Street, vollgestopft mit sündteurem Zeug, das aus Brooklyn importiert wurde.«

Der Barkeeper zuckte die Achseln. »Es gibt immer noch die Bourbon Street.«

Morgan schnitt ein Gesicht. »Da war ich gerade vorhin, bevor ich hierherkam. Ein großes Nichts mit Neonbeleuchtung. Nepp- und Bumslokale. Imitierte Dixiebands spielen für schwedische Touristen aus Minnesota.«

»Vorsichtig, Kumpel«, sagte der Barmann, »ich komm selber aus Duluth.«

»So siehst du aus.« Morgan machte sich an einen neuen Drink. »Es gibt nicht einen originalbelassenen oder sonstwie echten Platz in dieser ganzen Gegend. Was verzapft das Lied über Kreolinnen mit blitzenden Augen? Alles, was ich gesehen hab, war ein Haufen zweitklassiger Gören aus dem geheimnisvollen, exotischen, alten Cincinnati.«

Der Barkeeper schenkte ohne Aufforderung nach. »Jetzt hab ich kapiert, Kumpel«, murmelte er. »Du hältst Ausschau nach einem bißchen Action, he? Na, ich weiß eine –«

Morgan schüttelte den Kopf. »Da wett ich drauf, daß du eine weißt. Jeder weiß was. Als ich hier in den Norden heraufspazierte, wurde ich noch vor Rampart dreimal angehalten, von Taxifahrern. Sie wollten mich an einen ganz speziellen Ort fahren. Und was war ihr Verkaufsschlager? Air-condition, das war's! Ein Mann wartet sein halbes Leben darauf, sich den Trip hierher leisten zu können, und dann stellt sich heraus, daß das Land der Träume eine Klimaanlage hat!«

Er stand auf und stieß gegen den Barstuhl.

»Ich sag dir was, ein Geheimnis. Wenn Jean LaFitte heute hier wäre, er würde Taxi fahren.«

Er schlurfte aus der Taverne und stand draußen auf dem Gehsteig und inhalierte die feuchte Luft. Es war recht neblig geworden. Nebel auf den Straßen. Nebel in seinem Gehirn.

Trotzdem wußte er, wo er war – nördlich von Rampart, östlich von Canal und dem Jung Hotel. Trotz des Nebels wußte er, wo er war.

Auf einmal wünschte er sich, er hätte sich verlaufen. Verlaufen in dieser verrückten, kleinen, windigen Seitenstraße, wo das Gras zwischen den Pflastersteinen wuchs und die Häuser nachts alle Läden geschlossen hatten. Es gab keine Autos, keine Spaziergänger, und wenn man von den Straßenlampen absah, konnte man sich gut vorstellen, im alten New Orleans zu sein. Im richtigen alten New Orleans der Lieder und Geschichten, der Stadt von Bolden und Oliver und einem Jungen namens Satch.

So war es einmal gewesen, das wußte er. Dann kam der Erste Weltkrieg, und man schloß Storeyville. Und mit dem Zweiten Weltkrieg machten sie Bourbon Street zu einem Jahrmarkt für Soldaten und Betriebsausflügler. Den Touristen gefiel das, sie kamen zum Mardi Gras und aßen bei Arnaud's und probierten den Sazerac im Alten Absinth Haus und trollten sich dann glücklich nach Hause.

Aber Morgan war kein Tourist. Er war ein Romantiker auf der Suche nach dem Land der Träume.

Vergiß es, sagte er sich.

Also machte er sich auf den Weg und versuchte, seine Träume zu vergessen, aber es gelang ihm nicht. Der Nebel wurde dicker – beide Arten von Nebel. Aus dem inneren Nebel kamen Sätze aus den alten Liedern und Bilder aus den alten Geschichten. Aus dem äußeren Nebel ragten die verfallenden Mauern des St. Louis Cemetery. St. Louis Nummer 1, wie ihn die Stadtführer nannten.

Nun, zum Teufel mit den Stadtführern. Das war das, wonach Morgan gesucht hatte. Das wirkliche New Orleans lag innerhalb dieser Mauern. Tot und begraben, zerfallend in verrottendem Glanz.

Morgan kam an das schmiedeeiserne Tor. Es war verschlossen. Er spähte durch die Stäbe auf die Figuren im Nebel. Da drin gab es Gespenster, richtige Geister. Er konnte sie schweigend herumstehen sehen – weiße, drohend aufragende Gestalten, die auf ihn zeigten und ihm winkten. Sie wollten, daß Morgan ihnen Gesellschaft leiste, und das war auch das, was er wollte. Da drin, bei den anderen toten Romantikern –

»Mister, was tun Sie da?«

Morgan drehte sich um und stolperte zurück. Ein kleiner Mann sah zu ihm hoch, ein kleiner weißhaariger Mann, aus dessen Mund ein merkwürdiger, krankhaft-süßlicher Geruch drang. Eines der Gespenster, sagte sich Morgan. Der Geruch der Verwesung –

Aber es war nur Alkohol. Und der alte Mann war echt, auch wenn sein Gesicht und seine Augen mit Nebel gefüllt schienen.

»Da können Sie nicht rein«, sagte er. »Ist nachts zu.«

Morgan nickte. »Sind Sie ein Wächter?«

»Nein. Bin bloß zufällig vorbeigekommen.«

»Ich auch.« Morgan zeigte auf die Allee hinter dem Eingang. »Das erste verdammte Ding in dieser Stadt, das ein bißchen echt aussieht für mich.«

Der alte Mann lächelte, und Morgan roch wieder die krankhaft süßliche Ausdünstung. »Da haben Sie recht«, sagte er. »Alle echten Dinge sind tot. Haben Sie die Engel gesehen?«

»Ich dachte, es seien Gespenster«, gab Morgan zu.

»Vielleicht. Da drin gibt's 'ne Menge anderer Dinge als nur Statuen. Sehen Sie die Gräber? Alle sind über dem Boden begraben, wegen der Sümpfe. Wer sich kein Grab leisten konnte, mietete eine Krypta in der Friedhofsmauer. Man konnte sie sogar monatlich kriegen. Aber wenn man nicht mehr zahlen konnte – gleich flog Opa raus! Wenn ihn nicht die Grabräuber schon vorher geholt hatten.«

Der alte Mann kicherte. »Sehen Sie die Gitter und Ketten am Tor? Das haben die Reichen angebracht. Wollten ihre Toten vor den Grabräubern schützen. Manche waren hinter Juwelen und sowas her. Andere brauchten Knochen für den Voodoo-Kult. Ich könnt' Ihnen Geschichten erzählen –« Morgan holte tief Luft. »Ich würde gern solche Geschichten hören«, sagte er. »Wie wär's, wenn wir irgendwohin auf einen Drink gingen?«

»Es wäre mir ein Vergnügen.« Der Alte verbeugte sich. Normalerweise hätte Morgan all dies ein bißchen lächerlich gefunden. Aber jetzt schien es richtig. Es war richtig, daß der kleine Mann ihn durch gewundene Straßen in immer dickeren Nebel führte. Es war richtig, daß er ihn zuletzt in eine kleine, schäbige Bar mit einer einzigen schwachen Glühbirne zwischen den Vorhängen im Fenster brachte. Es war richtig, daß der Fremde für sie beide bestellte, ohne Morgan zu fragen, was er wollte.

Der Barmann war ein fetter Bursche mit einem Gesicht voller Pockennarben, das keinen Ausdruck zeigte, als er die Gläser vor sie hinstellte. Morgan betrachtete die trübe, grünliche Flüssigkeit. Sie sah aus wie eine Kondensation des Nebels, aber sie gab jenen merkwürdigen kränklichsüßen Geruch von sich, den er schon kannte.

»Absinth«, murmelte der Alte. »Dürfte man eigentlich nicht kredenzen, aber man kennt mich hier.« Er hob sein Glas. »Auf die alten Tage.«

»Auf die alten Tage.«

Das Getränk schmeckte wie feurige Lakritze.

»Damals kannte mich jeder«, erzählte der Fremde. »Kam 1902 nach Storeyville. Ich lernte nie den Akzent, aber ich bin ein professioneller Südstaatler geworden. Ein wirklicher Profi, könnte man sagen.« Er begann mit einem Kichern und endete mit einem Keuchen. »Trockene Kehle«, erklärte er. Morgan winkte dem Barmann. Das grüne Getränk stieg in den Gläsern und sank wieder. Das geschah noch einige Male während der nächsten Stunde. Und die Stimme des alten Mannes hob sich und fiel, und Morgan selbst kam es vor, als steige er auf und stürze wieder ab.

Es war kein unangenehmes Gefühl. Irgendwie kam es ihm ganz natürlich vor, wie er so in dieser einsamen kleinen Bar saß mit dem schäbig angezogenen alten Säufer, der ihn mit Augen aus milchigem Marmor ansah. Es kam ihm natürlich vor, davon zu sprechen, wie enttäuscht er von New Orleans war, wie sehr er es sich gewünscht hätte, damals Mahogany Hall und Ivory Palace zu sehen –

»Storeyville«, sagte der Alte, »darüber kann ich Ihnen alles sagen, was Sie wissen wollen. Ich sagte ja, daß ich ein Profi war.« Er keuchte wieder, erholte sich aber gleich. »Ich hatte sechs Pferdchen im Stall. Sie werden es nicht glauben, wenn Sie mich jetzt anschauen, aber ich war ein verdammt stattlicher Bursche. Und ich machte was her. Hatte eine eigene Kutsche, einen Niggerlakaien und alles. Als Autos aufkamen, fuhr ich mit Chauffeur. Trug jeden Tag Gamaschen.« Er hob sein Glas. »Sechs Pferdchen in einem erstklassigen Haus. Pianist im Salon, Spiegel an allen Wänden im ersten Stock. Vierundzwanzig Stunden im Tag Barbetrieb, und es wurde fast nur Champagner verlangt. Kunden kamen bis von Memphis, nur um die Ölgemälde anzusehen.«

»Keine Klimaanlage?« murmelte Morgan.

»Was?«

»Ach, nichts. Erzählen Sie weiter.«

»Nannte es den ›Palast‹. Es war auch einer. Wenn die Mädchen herunterkamen in ihren Abendkleidern, mit tollen Frisuren und blitzenden Augen hinter den Fächern, sahen sie wie Königinnen aus. Und wir behandelten die Kunden wie Könige. Damals lief das Geschäft ganz anders als heute. Wir wußten damals, wie man einem Mann eine gute Zeit macht. Wir haben sie nicht mal kurz rangelassen und dann wieder rausgeworfen. Es gab einen geselligen Abend, eine wirkliche Verfeinerung, eine kleine Erfrischung, eine kleine Romanze.«

Er seufzte. »Aber die Armee machte Storeyville den Garaus. Die Jazzbands gingen in den Norden, die Pianisten bekamen Jobs in den Schuhputzläden, und ich mußte die Ölgemälde verkaufen. Dabei ging's mir noch immer besser als den meisten. Ich hatte meinen Kies schon gemacht. Blieb im Palast, schloß aber alles außer meinem Zimmer unten. Heute ist niemand mehr dort außer mir und der Red Queen.«

»Was für eine Red Queen?«

»Ich sagte Ihnen doch, daß ich ein Profi war. Daß scharf durchgegriffen wurde, hieß nicht, daß es uns alle wegputzte. Ich machte heimlich weiter, verstehen Sie? Vielleicht war es eine Art sentimentaler Geste, nicht wahr. Nicht mehr als ein Hühnchen, das ist genug. Genug für die paar, die das noch zu schätzen wissen, die einen Geschmack von den alten Tagen mitbekommen wollen, die alte Art –«

Morgans Kehle brannte von den Drinks. »Sie wollen damit sagen, Sie seien – immer noch im Geschäft? Sie haben noch ein Mädchen, eines wie die, die damals in Storeyville arbeiteten?«

Sein Trinkkumpan nickte ernst. »Hab sie selbst ausgebildet«, murmelte er. »Trägt die alten Kleider, gute alte Sachen, nicht so Fähnchen wie die Nutten in den großen Puffs heute. Ihr Zimmer schaut aus wie vor fünfundvierzig, fünfzig Jahren. Es ist, als machten Sie einen Schritt in die Vergangenheit, und sie führt Sie dabei, wissen Sie? Ich bin jetzt sehr vorsichtig bei meiner Kundenauswahl, aber Sie haben so etwas an sich, daß ich mir sagte, als ich Sie sah –«

Morgan stand auf. »Kommen Sie«, sagte er. Er nahm die Brieftasche heraus und warf einen Schein auf die Theke. »Ich bin dabei. Ich habe lange Zeit für diese Reise gespart. Wieviel wird mich das kosten?«

»Sie macht den Preis«, sagte der Alte. »Für mich ist es bloß noch – naja, sagen wir: ein Hobby.«

Dann waren sie wieder draußen in der Nacht, und es

kam Morgan vor, als sei der Nebel dicker geworden, die Straßen dunkler und enger als zuvor. Der Absinth brannte in der Kehle, und er stolperte abwechselnd voraus oder hing hintennach; aber er war begierig, die Vergangenheit wiederzuerobern, und fragte sich, was er wohl mit dem besoffenen alten Zuhälter an ihrem namenlosen Bestimmungsort vorfinden würde.

Dann kamen sie zu dem Haus, das aussah wie irgendein altes Haus im Nebel, im Absinthnebel. Der alte Mann sperrte die Tür auf, dann standen sie in der dunklen, hohen, mit Mahagoni getäfelten Eingangshalle, während das Gaslicht spuckend zu brennen begann. Das Zimmer des Alten war gleich rechts; die große Doppeltür dorthin, wo früher der Salon gewesen war, blieb geschlossen. Aber eine breite Treppe führte nach oben, und Morgan betrachtete seinen Kumpanen, der sich über das Geländer lehnte und mit trichterförmig an den Mund gelegten Händen krächzte: »Gesellschaft!«

Seine Stimme brach sich in dem langen Gang und kam von den Wänden zurück, und Morgan hatte das Gefühl, sie seien allein in dem düsteren Lichtkreis des Gaslichts; daß der alte Mann verrückt und dies wirklich das Land der Träume sei.

Aber er schrie nochmals »Gesellschaft!«, das Gesicht verzogen, die Stimme ärgerlich und schwankend. »Verdammtes Miststück! Verpennt die ganze Zeit. Ich habe deshalb schon öfters mit ihr Ärger gehabt. Ich dachte, ich hätte ihr eine Lektion verpaßt, aber vielleicht muß ich es ihr nochmals beibringen –« und er rief wieder die Stiege hinauf:

»Gesellschaft!«

»Schick ihn herauf.«

Die Stimme war weich, musikalisch und erregend. Im Moment, als Morgan sie hörte, wußte er, daß er keinen Fehler gemacht hatte. Ein verrückter alter Mann, ein verrücktes altes Haus, eine verrückte Tour – aber da war diese Stimme, die warme, begehrliche Einladung.

»Gehen Sie hinauf«, drängte ihn der Alte. »Ihr Raum ist oben, genau am Ende der Treppe. Sie brauchen kein Licht.« Dann ging er in sein Zimmer, und Morgan stieg die Treppe hinauf, bewegte seine Füße über die abgewetzten Teppiche, hielt die Augen auf die Tür auf dem Treppenabsatz gerichtet. Als er an der Tür war, fummelte er im Dunkeln nach dem Knopf, stand einen Augenblick still, während er hineinzukommen versuchte.

Ganz plötzlich öffnete sich die Tür nach innen, da stand er nun in einem großen Schlafzimmer mit zwanzig Kristallüstern, die ihm ein Willkommen blitzten, zwanzig Samtteppichen, die seinen Füßen schmeichelten, zwanzig verzierten Frisiertischen voll mit einem unordentlichen Gewirr von Dingen, von denen ein durchdringender Geruch nach Puder und Patschuli ausging.

Zwanzig große Himmelbetten standen mitten im Raum, und zwanzigmal winkte ihn darauf jemand zu sich heran. Das Licht strahlte auf das tiefe Rot, das reiche strahlende Rot von zwanzig Red Queens. Sie hatten rotes Haar und rote Lippen, rote Strumpfbänder und rote Brustwarzen. Zweimal zwanzig weiße Arme öffneten sich, um ihn in einer illusionären Umarmung zu empfangen.

Morgan stolperte vorwärts durch tausend blitzende Reflexe von den Spiegeln, die Wände und Decke überzogen, und versuchte, das wirkliche Bett und die richtige Red Queen zu finden. Sie lachte über ihn, weil er betrunken war, und streckte ihre Hand aus, um ihm den Weg zu weisen, dann zog sie ihn neben sich. Ihre Berührung war Feuer, ihr Mund ein Brennofen, ihr Körper ein Vulkan, der Feuer spie, und die Spiegel begannen wild zu kreisen in einem langen, roten Traum aus Gelächter und Lust.

Er mußte seine Kleider wieder angezogen haben und in der Morgendämmerung auf Zehenspitzen die Stiege hinuntergeschlichen sein; er konnte sich nicht daran erinnern. Er konnte sich nicht in Erinnerung rufen, wie er sich von ihr verabschiedet oder das Mädchen bezahlt hatte oder daß er den Alten nochmals gesehen hätte, und ebensowenig konnte er sich an seinen Rückweg ins Quartier erinnern. Der Absinth hatte ihn mit schrecklichem Kopfweh und einem bitteren Nachgeschmack im Mund zurückgelassen, und jetzt bewegte er sich wie ein Automat zur ersten Bar, die er erblickte.

Es war eine kleine Austernbar, aber er wollte nicht das traditionelle Dutzend – er brauchte Kaffee. Der Nebel war aus den Straßen im Morgenlicht verschwunden, nicht aber aus seinem Kopf. Morgan fragte sich verschwommen, wie er den Rückweg in vertraute Gefilde gefunden hatte. Er ging zur Theke und griff nach seiner Geldbörse.

Seine Tasche war leer.

Seine Hand fuhr herum auf ihrer Suche, oben und unten, hinten und vorn. Aber die Geldbörse war weg. Seine Geldbörse, sein Ausweis, der Führerschein und 300 Dollars in bar.

Morgan konnte sich zwar nicht erinnern, was passiert war, aber eines war offensichtlich: man hatte ihn geleimt. Geleimt in der guten alten Art der altmodischen bösen Mädchen.

Auf eine gewisse Art war es ja beinahe komisch, und es

geschah ihm irgendwie recht. Er wußte das, aber er konnte andererseits den Humor und das Gerechtigkeitsgefühl nicht aufbringen. Und wenn man schon von Gerechtigkeit redete – er ließ alle Gedanken an Kaffee fahren und ging zur Polizei. Er erzählte seine Geschichte dem Mann im Wachlokal, dann ein bißchen genauer einem Lieutenant, und schließlich endete die ganze Angelegenheit damit, daß er mit einem Zivilbullen die Rampart Street Richtung Osten ging. Der Zivilbulle hieß Belden und war nicht sonderlich höflich. Morgan hatte offen zugegeben, die letzte Nacht hauptsächlich mit Trinken verbracht zu haben, und fand auch problemlos die erste Bar, die er besucht hatte. Der Barmann, mit dem er sich unterhalten hatte, war nicht da, weil er seinen freien Tag hatte, aber seine Vertretung gab dem Polizisten die Telefonnummer, und Belden rief ihn von der Bar aus an und sprach mit ihm. Der Barmann konnte sich an Morgan erinnern. »Er sagte, Sie seien voll gewesen wie eine Strandhaubitze«, berichtete der unhöfliche Belden. »Na, und wohin sind Sie von hier aus gegangen?«

»Zum St. Louis Friedhof«, sagte Morgan. Aber zu seinem Verdruß fand er den Weg nicht mehr. Schließlich führte Belden ihn hin.

»Und jetzt?« fragte der Polizist.

»Dann traf ich diesen Alten –«, begann Morgan.

Aber er konnte keine genaue Beschreibung geben, als Belden ihn danach fragte. Der Polizist wollte den Namen des Alten wissen, wohin sie miteinander gegangen seien, und warum. Morgan versuchte ihm zu erklären, wie er sich gefühlt hatte, warum er einverstanden gewesen war, mit einem Fremden zu trinken; den Polizisten interessierte das alles nicht. »Bringen Sie mich zu der Kneipe«, sagte er.

Sie liefen in den Seitenstraßen umher, aber Morgan konnte die Bar nicht finden. Schließlich mußte er das zugeben. »Aber ich war dort«, beharrte er, »und dann gingen wir zu diesem Haus –«

»Meinetwegen.« Belden zuckte die Achseln. »Führen Sie mich zu dem Haus.«

Morgan versuchte es. Fast eine Stunde gingen sie die gewundenen Straßen auf und ab, aber die Häuser sahen alle gleich aus, und ihre Gleichförmigkeit im Tageslicht unterschied sich sehr von ihrer Unterschiedlichkeit im Dunkeln. Es war nichts Romantisches an diesen schäbigen alten Gebäuden, nichts, das einen Mitternachtstraum provozieren konnte.

Morgan wurde klar, daß der Detective ihm nicht glaubte. Und als er ihm die ganze Geschichte nochmals erzählte – über den alten Mann, der sein Mädchen in der Storeyville-Tradition abgerichtet hatte –, begriff er, daß der Detective ihm nie glauben würde. Wenn er hier auf der hellerleuchteten Straße stand, wo ihm die Sonne mit Speeren in die rotentzündeten Augen stach, konnte er es selber kaum glauben. Vielleicht war wirklich der Schnaps schuld; vielleicht hatte er den Alten und alles andere wirklich nur erfunden. Möglicherweise hatte er vor dem Friedhof das Bewußtsein verloren, jemand kam dann vorbei und klaute ihm die Geldbörse. Das machte Sinn. Mehr Sinn als eine Reise ins Traumland.

Offensichtlich dachte sich auch Belden so etwas, denn er stellte genau diese Theorie auf, während sie zurückgingen. Morgan war gerade dabei, zustimmend zu nicken, als er plötzlich seinen Kopf drehte und sagte: »Da ist es ja – das ist die Bar, in der wir waren, da bin ich ganz sicher!« Und sie war es tatsächlich. Er erkannte den Pockennarbigen, der ihnen serviert hatte, und der erkannte ihn. Und er sagte zu Belden: »Ja, er kam mit dem Alten, mit Louie.«

Der Detective zog sein Notizbuch. »Louie wer? Wie heißt er weiter?«

»Kann ich Ihnen nicht sagen«, meinte der Barmann. »Er ist bloß irgend so ein Alter, wohnt schon lang in der Nachbarschaft. Harmlos, aber –« Der Barkeeper machte eine kreisende Bewegung mit dem Finger vor seiner Stirn.

»Wissen Sie, wo er wohnt?« fragte Belden.

Erstaunlicherweise nickte der Barmann. Er murmelte eine Adresse, die Belden aufschrieb.

»Kommen Sie«, sagte er zu Morgan. »Sieht aus, als hätten Sie mir tatsächlich eine wahre Geschichte erzählt.« Er lachte trocken. »Dachte immer, wir wüßten, was hier läuft, aber ich schätze, der alte Knabe hat uns gelinkt. Man stelle sich vor, hat einen geheimen Puff laufen, heutzutage und in seinem Alter! Das gehört ins Fernsehen.«

Ein erstaunlich kurzer Weg führte sie zu dem Haus in einer Straße, kaum mehr als zwei Blocks entfernt. Das Haus war alt und sah unbewohnt aus; einige Fenster in der Fassade waren ohne Scheiben, und die herabgezogenen grünen Rollos flappten in der heißen Morgenbrise. Morgan erkannte den Ort nicht einmal jetzt wieder, da er ihn sah, und er stand auf der Schwelle, während Morgan läutete.

Lange Zeit rührte sich nichts, und dann ging die Tür mit einem Knarzen auf. Morgan sah das Gesicht des Alten, wie er sie mit seinen merkwürdigen Augen anstarrte.

»Was wollen Sie?« keuchte der Alte. »Wer sind Sie?«

Belden sagte ihm, wer sie waren und was sie wollten. Der Alte öffnete die Tür ein bißchen weiter und starrte Morgan an.

»Hallo«, sagte der, »ich bin zurück. Sieht aus, als hätte ich meine Geldbörse liegenlassen.« Er hatte sich schon entschlossen, keinen weiteren Ärger zu machen – der Alte steckte jetzt schon genug in Schwierigkeiten.

»Zurück?« schnappte der kleine weißhaarige Mann. »Wie meinen Sie das, zurück? Ich hab Sie in meinem ganzen Leben noch nicht gesehen.«

»Letzte Nacht«, erwiderte Morgan. »Ich glaube, ich habe meine Geldbörse hier verloren.«

»Quatsch. Niemand war hier letzte Nacht. Hier kommt überhaupt nie jemand her, seit vierzig Jahren nicht mehr. Ich bin ganz allein. Ganz allein –«

Belden machte einen Schritt vorwärts. »Was dagegen, wenn wir uns mal umsehen?«

Morgan fragte sich, ob der Alte sie aufzuhalten versuchen, vielleicht einen Haussuchungsbefehl zu sehen verlangen würde. Stattdessen lachte der nur und öffnete weit die Türe. »Klar«, sagte er. »Kommen Sie nur herein. Willkommen im Palast.« Er kicherte und keuchte dann wieder. »Trockene Kehle«, erklärte er.

»War nicht so trocken letzte Nacht«, sagte Morgan, »als wir zusammen tranken.«

Der Alte schüttelte den Kopf. »Hören Sie nicht auf den, Mister«, sagte er zu Belden, »hab ihn nie zuvor gesehen.« Sie betraten die Halle, und Morgan erkannte sie wieder. Die dunkle Täfelung sah im Tageslicht schäbig aus, und er sah jetzt auch den Staub auf dem Fußboden. Überall lag Staub, eine dicke Schicht auf dem Holz der Doppeltür und ein bißchen weniger auf der schmalen Tür, die zum Zimmer des Alten führte.

Sie gingen hinein, und Belden begann seine Suche. Er brauchte nicht lange, denn es gab wenig anzusehen. Das

Mobiliar des alten Mannes bestand aus einem einzigen Stuhl, einem kleinen Messingbett und einer beschädigten Spiegelkommode. Es gab nicht einmal einen Schrank. Belden sah sich Bett und Matratze an, dann untersuchte er den Inhalt der Schubladen der Kommode. Schließlich filzte er den alten Louie selbst. »Ein Dollar und fünfzehn Cents«, stellte er fest. Der Alte schnappte sich die Münzen von Beldens Hand. »Na, was hab ich Ihnen gesagt?« nuschelte er. »Ich hab keine Börse. Und ich weiß überhaupt von nichts. Ich bin völlig sauber, bin ich. Fragen Sie unten auf dem Revier. Fragen Sie Captain Leroux.«

»Ich kenne keinen Captain Leroux«, sagte Belden. »Wo ist sein Revier?«

»Na, Storeyville natürlich. Was denken Sie, wo Sie sind?«

»Storeyville ist vor fast fünfundvierzig Jahren dichtgemacht worden«, antwortete Belden, »was glauben Sie, wo Sie sind?«

»Genau hier. Wo ich schon immer war. Im Palast. Ich bin ein Profi, bin ich. Hatte immer sechs Nutten hier. Dann wurde es hier zu heiß, und alles was mir blieb, war die Red Queen. Sie pennt zu viel, aber das krieg ich schon hin. Ich habe es einmal hingekriegt, und ich schaff es wieder –«

Belden wandte sich zu Morgan und wiederholte die Drehbewegung des pockennarbigen Barmanns vor der Stirn. Aber Morgan schüttelte den Kopf. »Natürlich«, sagte er, »die Börse ist oben. Sie hat sie. Kommen Sie!«

Der Alte legte Morgan die Hand auf die Schulter. Sein Mund zuckte konvulsivisch. »Mister, gehen Sie nicht hinauf. Ich habe nur einen Scherz gemacht – Sie ist nicht mehr da, sie ist mir heute morgen abgehauen, ich schwöre es.

Sicher, sie hat wahrscheinlich Ihre Börse. Einer ihrer alten Tricks. Aber sie wollte mich damit ruinieren, Sie werden sie nicht finden –«

»Wir werden sehen.« Belden stieg die Treppe hinauf, und Morgan folgte ihm. Staub wirbelte von den Stufen auf, und Morgan begann zu husten. Seine Ohren schmerzten ihn, denn Belden hämmerte an die Tür am Treppenabsatz.

»Sind Sie sicher, daß es diese hier war?«

Morgan nickte.

»Aber sie kann es nicht sein, Mann – diese Türe ist nicht versperrt, sie ist versiegelt. Total dicht.«

Morgan antwortete ihm nichts. Sein Schädel hämmerte, in seinem Magen brannte es, aber er wußte, was er zu tun hatte. Er stieß den Detective beiseite und warf sich mit seinem ganzen Gewicht gegen die Tür.

Das morsche Holz stöhnte auf und zersplitterte dann entlang dem ganzen Türrahmen. Mit einem Aufkreischen der Angeln gab die Tür nach und fiel nach innen.

Eine Staubwolke quoll heraus, füllte Morgans Lungen und blendete ihn. Er hustete, spuckte, tappte aber vorwärts in den Raum hinein.

Die zwanzig Lüster waren verschwunden, ebenso die zwanzig Teppiche und Spiegelschränke und Betten. Das lag daran, daß die Spiegel zersprungen und zerbrochen in ihren Rahmen hingen. Jetzt war alles nur noch einmal da – ein Lüster voll Spinnweben, ein zerrissener und verrotteter Teppich, ein Spiegelschrank, von dem die auf ihm verstreuten Gegenstände einen Geruch nach altem Parfum und modrigem Zerfall ausströmten, und ein Himmelbett, von dem die gelben Vorhänge zerfetzt herabhingen.

Im Bett lag nur eine. Sie schlief, wie der alte Mann, der jetzt über Morgans Schulter sah, winselte. Sie schlief immer, und vielleicht mußte er es ihr mal wieder beibringen, wie schon vor Jahren. Morgan sah, daß sie noch immer die roten Strumpfbänder trug, aber davon abgesehen hätte er sie nicht wiedererkannt. Schließlich sieht ein Skelett aus wie das andere.

»Was zum Teufel ist das für ein Scherz?« wollte Belden wissen.

Der Alte konnte es ihm nicht sagen, denn er winselte und beschwerte sich abwechselnd, und begann dann in hohen, schrillen Tönen zu weinen – man verstand etwas von der Red Queen und den alten Zeiten und wie er es nicht gewollt hatte, und daß nur er sie aufwecken konnte in den Nächten, wo Gesellschaft da war.

Morgan konnte es Belden auch nicht sagen. Er konnte ihm nichts über das Traumland erzählen, oder, besser gesagt, über das Alptraumland.

Alles was er tun konnte, war, zum Bett hinübergehen, den modrigen Schädel vom verrotteten Kissen heben, seine Hand darunterschieben und seine neue, glänzende Ledergeldbörse herausziehen.

Die Kanarienvögel des Mandarins

Im Garten des Mandarins Quong war ein lärmendes Fest im Gange; eine wahre Orgie, wie man an den lauten Schreien und dem Winseln um Gnade, unterbrochen von Ausbrüchen schrillen Gelächters, erkannte.

Der Mandarin amüsierte sich heute auf eine neue Art. Zwischen den Bambusstauden konnte man sehen, daß die Pfähle unbesetzt waren und ihre rostigen Eisenketten leer im Sonnenlicht baumelten. Die Lotosblüten und Orchideen bewegten sich im Wind und verrieten, daß die Gerüste entlang der Gartenpfade ebenso leer waren und niemand in den eisernen Betten unter dem wilden Wein lag. Keine Peitschen fanden sich zwischen Gras und Blumen, keine Pinzetten, Messer oder gezähnte Dreschflegel.

Da aber Schreie und Gelächter sich steigerten, mußte der Mandarin Quong eine neue Betätigung im Garten der Pein erfunden haben.

Der Mandarin stand in einer abgelegenen Laube, umgeben von großen Bäumen, deren Äste man künstlich zu gequälten Formen verdreht hatte und von denen wie ein Vorhang schlangenförmige Kletterpflanzen hingen, die scharlachfarbene Blüten wie Drachenzähne ausstreckten. Es gab Menschen, die so freundlich waren, Quong mit Buddha selbst zu vergleichen, und manchmal strahlte seine kleine, dicke Erscheinung tatsächlich eine ähnliche würdige Gelassenheit aus.

Aber in Augenblicken wie den jetzigen war Quong

verändert; sein fleischiges Gesicht verzog sich zu einer Maske dämonischer Heiterkeit; seine vollen, roten Lippen wanden sich wie Würmer in seinem schwarzen Bart, und seine Augenbrauen waren Schwerter über geschlitzten Flammen. Vergnügen war ein intensives Gefühl für den Mandarin, und sein höchstes Vergnügen war der Schmerz.

Er starrte aus der Laube auf die zwei Gestalten vor ihm: den Mann, der an den großen Baum gefesselt war, und den anderen, der zehn Schritte entfernt stand. Der Gebundene stieß die Bitten und Schreie aus; der andere schwieg. Er bewegte sich, verursachte damit aber kein Geräusch außer einem gelegentlichen Twannnng!: er hielt nämlich einen großen Bogen in den Händen, und auf seinem Rücken hing ein Köcher voller Pfeile mit Widerhaken an den Spitzen. Von diesen nahm er in schneller Abfolge einen nach dem anderen, spannte den Bogen und zielte präzise, bevor er sie auf den sich windenden, gefesselten Gefangenen abschoß.

Sein Geschick dabei war bemerkenswert – trotz der verzweifelten Bewegungen und konvulsiven Ausbrüche des Opfers verfehlte er nie sein Ziel. Die Pfeile trafen ins Mark; Handgelenk, Knöchel, Knie, Leiste. Mit äußerster Präzision vermied er es, sie in einen vitalen Punkt zu pflanzen, und sein Arm kontrollierte sorgfältig die Tiefe, mit der jeder Pfeil in das zuckende gelbe Fleisch des gefolterten Opfers eindrang.

Aber Quong bemerkte diese Geschicklichkeit nicht, oder ignorierte sie, falls er sie wahrnahm. Seine lachenden Augen waren auf das Opfer gerichtet, verfolgten das Eindringen jedes Pfeils, das Zucken des Fleisches, wenn er hineinfuhr, und das darauffolgende dünne Heraussickern von Blut. Ein Beobachter mußte sich denken, daß Quong in ein Studium der Qual seines Opfers versunken sei, daß er es mit dem Amüsement und dem hingebungsvollen Vergnügen studierte, mit dem ein Bibliophiler zum hundertsten Mal einen seiner Lieblingsbände liest – jedes Detail auskostend, immer auf der Suche nach bisher unbemerkten Nuancen des Genießens. Sein entzücktes Gelächter brach ab, als ein Pfeil dem Gefesselten durchs linke Auge ins Hirn fuhr. Der Körper hörte auf, sich zu winden, sackte weich zusammen und hing an den Seilen, die seinen Fall verhinderten.

Der Mandarin Quong stieß einen Seufzer aus – den Seufzer des Bibliophilen, der das Buch schließen muß – und entließ mit einem Wink seiner safrangelben Hand den Bogenschützen. Dieser verbeugte sich und entfernte sich mit Demutsgesten von der Laube und ließ seinen Meister allein.

Quong stand nach dem Abgang des anderen einen Moment lang stockstill, wobei sich seine Züge seltsam veränderten. Das sadistische Lächeln verschwand, die ganze leidenschaftliche Intensität, die sein Gesicht in eine Wasserspeiergrimasse verwandelt hatte. Gelassenheit trat in seine schrägen Augen, seine Lippen entspannten sich zu einem sanfteren Lächeln. Er ging zu dem Baum, an dem der Körper hing, und schritt an dem blutverschmierten Ding vorbei, ohne auch nur einen Blick darauf zu werfen. Hinter dem Baum hing an denselben Seilen, an die das Opfer geknüpft war, eine Serie von dünnen Metallrohren. Der Mandarin nahm aus dem Ärmel seiner Robe einen dünnen Stock und schlug dessen Metallkopf mit einer sanften, liebevollen Bewegung gegen das Metall.

Glockenklänge ertönten – sanfte, fließende, zirpende Reihen von Tönen, die merkwürdig an Vogelgezwitscher erinnerten. Die Töne fluteten klar und melodisch durch die Luft, da der Mandarin die Rohre mit sorgfältiger Beachtung der Harmonie anschlug. Aus dem Baum des Schreckens erklang Musik. Der Mandarin trat zurück und verharrte wartend. Während die letzten Töne der metallischen Melodie noch durch den Garten fluteten, füllte sich die Luft plötzlich mit einem Flattern und Schwirren – hunderte von winzigen Geräuschen, die sich zu einem Rauschen verdichteten. Dann brach von allen Seiten ein Piepen und schrilles Pfeifen los, das das gelbe Gesicht Quongs erglühen ließ vor kindlichem Vergnügen.

Der Himmel wurde golden. Tausend kleine gelbe Formen wirbelten in der Sonne durcheinander – bewegliche gelbe Farbflecke mit flammenden Juwelenaugen. Sie wirbelten durch den klaren Himmel und fielen in den Baum ein in einer goldenen Wolke, die um den Stamm und seinen grausigen Schmuck kreiste und kreiste.

Und sie kamen noch immer flatternd und wirbelnd herab, bis der Baum in all seinen Zweigen mit einer gelben Blüte überzogen war, und Schnüre aus lebendem Gold überzogen die Rinde und was an ihr hing. Der Garten war voll winziger Vögel, voll des pfeilschnellen Flugs eines Elfenschwarms, der vergnügte kleine Schreie ausstieß.

Der Mandarin betrachtete den goldenen Prunk, der über den Baumstamm floß, und die schimmernden Trauben, die sich hektisch um den Baum bewegten. Die Symphonie dieser Bewegung fesselte ihn so, daß die Minuten unbemerkt verstrichen. Ungefähr eine halbe Stunde später zerstreute sich der Schwarm. Er erhob sich plötzlich in einer goldenen Spirale und verlagerte sich vom Stamm in die Äste. Jetzt sah man im leeren Raum, den das Wegfliegen der Kanaris hinterlassen hatte, eine silberne Figur im

Sonnenlicht schimmern. Wo die Leiche gehangen hatte, hing nunmehr ein sauber abgepicktes glänzendes Skelett.

Der Mandarin betrachtete es ruhig, dann hob er die Augen zu den Ästen, wo die gelbe Horde vollgefressen ausruhte. Er wartete, und im nächsten Augenblick ertönte die Melodie. Der Gesang des Vergnügens war unbeschreiblich in seiner Süße – weich, rein, glühend vor Tonfarbe und durchpulst von einem schmerzhaft-ekstatischen Klagelied. Er erhob sich und sank wieder, schwach zunächst, dann erreichte er seinen Höhepunkt in einem Ausbruch von Schönheit, als das Zirpen sich in geisterhafte Töne auflöste, die schrill und vibrierend klangen.

Das Lied dauerte etwa zehn Minuten an, dann erstarben die letzten Triller, die goldene Kette erhob sich Glied um Glied in die Luft, und die Vögel verschwanden.

Quong ging in der Dämmerung zum Palast zurück und die Dunkelheit schirmte die Tränen, die ihm über seine gelben Wangen liefen.

Der Mandarin Quong liebte seine Vögel. Man wußte das überall im Süden, und man sagte meistens dazu, daß er nichts anderes liebte.

In jenen alten Tagen war China an grausame und schreckliche Herrscher gewöhnt, aber auch in diesem für die Perversität seines Landadels bekannten Staat wurde Quongs Name vor allen anderen gefürchtet.

Gleich nachdem der Mandarin den Thron seines Vaters usurpiert hatte, gab er Beweise jener Eigenschaften, die viele von seinen Untertanen veranlaßten, nach Kanton an die Küste zu fliehen, wo die fremden Teufel mit vielen Schiffen gelandet waren.

Die nach Quongs Amtsantritt blieben, waren jene, die

aus dem oder jenen Grund die Gegend nicht verlassen konnten; aber in ihnen war dieselbe Angst, die ihre glücklicheren Gefährten in die Sicherheit der Küste getrieben hatte.

Sie fürchteten Quong bereits als Kind, denn er hatte schon als Junge in seines Vaters Haus zahlreiche Beispiele seiner grausamen Frühreife geliefert. Mit der Ungeduld der Jugend begnügte er sich nicht wie sein Bruder damit, Sklaven zu peitschen und zu foltern. Er war begierig, Todeskämpfe zu sehen, den Krampf der Agonie, und die Sklaven, mit denen er spielte, starben schnell in ihren dunklen Kerkern. Und bald befriedigten ihn die Kupferschale, die Wasserfolter oder die Sieben Bambus-Züchtigungen nicht mehr. Er verbesserte sich durch Stunden bei den Foltermeistern seines Vaters und verbrachte seine Tage mit dem Studium des Schmerzes. Das war in Ordnung, denn der zukünftige Herrscher mußte sein Volk streng führen und schnell in Zorn geraten können, aber sogar die konservativsten Graubärte flüsterten, daß der junge Quong einen Teufel in sich trug, der ihn nur in den Ausschweifungen der Grausamkeit Vergnügen finden ließ. Es stimmt, daß auch seine ersten Favoritinnen seine Experimente selten länger als einen Monat überlebten; und nur die allerärmsten Familien verkauften ihre Töchter an das Haus Quong. Jeden Monat vergrößerte der junge Mann auf seiner Suche nach neuer Lust durch Schmerz den Schrecken; er selbst wurde blaß von den langen Stunden, die er in dunklen Zellen und düsteren Verliesen verbrachte. Das hätte man bei einem alten Manne, dem nur noch wenige Vergnügungen geblieben waren, verstehen können, aber für einen jungen war es nicht das richtige. Doch Quong war eben frühreif. Diese Frühreife zeigte sich auch in Quongs Verhalten gegenüber seinen drei Brüdern, die ihre letzten Tassen Reiswein ausgesprochen bitter fanden. Sie starben ruhig und ohne Aufsehen, und niemand war überrascht, als eines Morgens der alte Mandarin, Quongs Vater, sich mittels einer seidenen Schnur als Halskette zu seinen Ahnen versammelte. Nun war Quong der Herr des Hauses und Mandarin über die Dschungel, Ebenen und Dörfer samt allen Einwohnern. Er begann seine Herrschaft mit einem verschwenderischen Begräbnis für seinen Vater, dann veranstaltete er für die Leute aus seiner Stadt eine Tigerjagd in einem nahegelegenen kleinen Dorf. Aber diese Beweise von Großmütigkeit überzeugten nicht alle Untertanen: manche murrten unfreundlich über die große Anzahl von Kulis, die vor dem Grab seines Vaters während der Begräbnisfeierlichkeiten geopfert worden waren. Andere Undankbare bemerkten, daß bei der Tigerjagd fast sämtliche Einwohner des Dorfes, in dem sie stattgefunden hatte, umgekommen waren.

Aber die Flucht an die Küste begann erst, als der Mandarin Quong sein neues Gesetz verabschiedete. Quong war Richter über alle Kriminalfälle in seinem Bezirk, beanspruchte jetzt aber auch das Amt des Henkers für sich selbst. In den ersten drei Jahren seiner Herrschaft endete jeder Fall vor seinem Gericht mit einer Verurteilung; und es gab viele Fälle, da er seine Polizei ständig verstärkte und ihr eine Prämie für die Verhaftung jedes Kriminellen bezahlte. Dies ging problemlos, weil man eine steigende Zahl von Verbrechen bei den reichen Kaufleuten und den Landbesitzern entdeckte, und die Verurteilung eine Konfiskation des Vermögens zugunsten des Hauses Quong zur Folge hatte.

Als Henker entfernte sich Quong von jeder eingeführten Art der Tortur. Der Spruch wurde nicht mehr in der Öffentlichkeit vollstreckt; Quong zog die Dunkelheit seiner Palastkerker oder sein elfenbeinernes Amtszimmer vor. Es wurde gemunkelt, daß die Wände dort mit menschlichen Köpfen geschmückt seien wie anderswo mit denen von Hirschen oder Büffeln.

Um solchen unglücklichen Vorurteilen gegen die Tortur die Spitze zu nehmen, gab einer von Quongs Ratgebern ihm demütig zu bedenken, daß der ständige Aufenthalt in Innenräumen der Gesundheit des großen Mandarins abträglich sein könnte. Daraufhin ließ Quong seinen Garten einrichten – seinen wundervollen chinesischen Garten hinter dem Palast, mit Bäumen und Blumen und Teichen, die den offenen Himmel widerspiegelten. Und er ließ Gerüste und Räder und Galgen aufbauen, an denen seltsame Früchte hingen, sodaß es mehr oder minder dasselbe war wie zuvor in den alten Verliesen unter dem Palast.

Aber die Natur erweckte eine neue Schönheitsliebe in der Brust des Mandarins. Er ließ wilden Wein pflanzen, der die eisernen Gerüste überwuchs und die roten Flecken darauf verdeckte; Schlingpflanzen überwucherten die Galgen. Manchmal spazierte er allein durch den Garten und horchte auf die Serenaden, die Musiker in verborgenen Lichtungen und kleinen künstlichen Tälern spielten.

Denn hier blieben keine Vögel. Das Blut nährte die phantastischen Pflanzen, und die Luft war angefüllt mit dem Parfum seltener Orchideen; aber über allem lag ein Aasgeruch, der Krähen und Geier anlockte, aber Singvögel fernhielt. Nachtigallen und Finken flohen den Garten, und jene, die von Vogelhändlern gebracht wurden, flogen mit Schreien davon, die mehr nach Entsetzen als nach

Gesang klangen. Selbst scharlachfarbene Papageien und grüne Kakadus weigerten sich zu bleiben, und der Garten erschien irgendwie unvollständig ohne musikalischen Hintergrund.

Aber zu dieser Zeit kamen zwei Missionare in Quongs Palast und fragten, ob sie eine Zeitlang bleiben könnten. Es waren fremde Teufel; Portugiesen in schwarzen Gewändern, die einen merkwürdigen Akzent hatten und gegen Buddha lästerten, gegen die Vier Bücher und gegen Konfuzius, alles mit demselben Eifer.

Manche ihrer Mitbringsel interessierten den Mandarin, der Tage damit verbrachte, sich die merkwürdigen Donnerbüchsen anzusehen, die sich von chinesischen Waffen so sehr unterschieden; ebenso besah er sich die Sextanten, Silberuhren und andere Wunder vom Hofe des Königs Johann. Sie hatten Vögel in Käfigen dabei – winzige gelbe Vögel, die mit unglaublicher Süße sangen. Die Priester bezeichneten sie als Kanaris, und ihre goldene Schönheit beeindruckte den Mandarin sehr. So sehr, daß er sich eines Tages eine besonders ernste Tirade gegen seine Grausamkeit und die Foltern von den beiden anhörte und sie dann zum Kennenlernen seines Gartens verurteilte und sie dort zu jenem einzigen Gott schickte, den sie als ihren Herrn anerkannten. Er ließ die Kanarienvögel im Garten frei und bemerkte mit Freude, daß sie nicht wegflogen, sondern eng bei ihm blieben. Zu seinem besonderen Vergnügen setzte sich einer auf die Schulter eines der beiden Priester und sang mit besonderem Nachdruck in das tote Gesicht. Er belohnte die Vögel mit dem zartesten Fleisch – der Zunge des Priesters. Vielleicht, so dachte er sich, würde sie die Vögel mit der Eloquenz des Vorbesitzers ausstatten.

Das geschah zwar nicht, die Vögel blieben aber. Innerhalb weniger Jahre vermehrten sie sich hundertfach, dann waren es Tausende. Sie hielten sich tagsüber im Garten auf und zerstreuten sich dann willkürlich, um lediglich in der Dämmerung zurückzukehren, wenn ein Festmahl für sie angerichtet war.

Sie entwickelten einen schrecklichen Appetit auf die scheußliche Frucht, die täglich im Sonnenlicht des Gartens reifte. Mit den ersten hatte es begonnen, und als Generation um Generation in dem Folterlabyrinth aufwuchs und sich ernährte und starb, nahm ihr Blutdurst mit ihrem Hunger und ihrer Zahl zu.

Früher hatte Quong eine Begräbnisstätte auf seinem Grund besessen, aber jetzt mußten nur noch die Knochen in seinen großen Kellern aufgestapelt werden. Tausende Kanaris besorgten den Rest. Nach einer Weile hatten sie sein Signal zu erkennen gelernt.

Im ganzen Garten hatte Quong kleine Metallstäbe aufgehängt, die eine seltsame Tonfolge spielten. Wenn er sein tägliches Pensum an Rechtspflege hinter sich hatte, lockte er den Schwarm mit seinem Glockenspiel an, und er kam, um an seinem Reichtum teilzuhaben. Danach erhoben sie ihre Stimmen in einem süßen Gesang der Dankbarkeit – er war unendlich schöner als alles andere, was der Mandarin je zuvor gehört hatte. Er besänftigte ihn wie ausgereifter Wein, brachte seine Haut zum Prickeln wie das Streicheln einer Liebsten, erregte seine Phantasie wie das Mondlicht über den Drachentümpeln. Er liebte seine Vögel und ihren täglichen Tribut.

Aber die anderen fürchteten sie. Die Menschen erfuhren von seinen Kanaris, sahen die Schwärme über ihren Feldern erscheinen, niedergehen und Saat und Ernte vernichten. Sie wurden nicht vertrieben, um nicht den Zorn des Mandarins zu erregen. Die wachsende Schar schwärmte über den Städten und Dörfern, und keiner konnte sie von den Straßen vertreiben. Ein toter Vogel bedeutete einen toten Menschen, wenn die Garde des Mandarins den Kadaver fand.

Die Geschichte von ihren Festen im Garten sprach sich herum, und danach wurden seltsame Dinge über die ausländischen Teufel erzählt, die die Vögel als Spione hergebracht hatten. Es wurde geflüstert, daß die winzigen flatternden Kreaturen menschliche Seelen hätten; daß sie schlimme Nahrung aus den Toten saugten und deren Weisheit annähmen, die sie verwendeten, um auf den Straßen zu spionieren. Ein anderes Gerücht behauptete, daß sie dem Mandarin von allen Mißbräuchen berichteten, die sie auf ihren täglichen Flügen sahen, und daß sie als lebende Symbole der schrecklichen Macht, die das Land regierte, gefürchtet wurden.

Nun hatte vor kurzem Quong eine neue Tortur erfunden, die ihm sehr gut gefiel. Er schrieb auf vielen Pergamentstücken eine Geschichte des Schmerzes nieder, die er der Großen Schule in Peking übersenden wollte, und es freute ihn, daß er interessante, von ihm selbst erfundene Variationen einfließen lassen konnte.

Der Tod der Tausend Pfeile war eine solche Erfindung. Gezähnte Pfeile verschiedener Größen wurden mit unterschiedlicher Kraft in sorgfältig ausgesuchte Körperteile des Opfers geschossen und erzeugten eine lang andauernde Qual zum Entzücken der Aristokraten des Schmerzes.

Quong hatte zwar die Idee gehabt, brauchte aber einen erfahrenen Bogenschützen zur Unterstützung. Er suchte deshalb den kaiserlichen Bogenschützen Hin-Tze auf und bot ihm die Stelle an.

Hin-Tze kam mit seiner Frau Yu-Li in den Palast und der Mandarin bemerkte mit Vergnügen, daß der Bogenschütze sehr tüchtig war und seine Frau ausgesprochen gut aussah. Es dauerte nur einige Tage, nachdem Hin-Tze sich mit den Opfern im Garten des Mandarins zu beschäftigen begonnen hatte, daß der Mandarin die Frau in seine Gemächer bringen ließ und dort mit ihr der Liebe pflegte.

Der Bogenschütze erfuhr davon und kränkte sich. Er liebte seine schreckliche Aufgabe nicht, war aber auf Befehl des Kaisers hin gekommen und wagte nicht, den Gehorsam zu verweigern. Er haßte diese Grausamkeit, haßte den Mandarin und fühlte sich von den widerlichen Vögeln abgestoßen, deren unnatürliche Freßorgien ihm eine Übelkeit verursachten, die er auf dem Schlachtfeld niemals empfunden hatte. Tatsächlich hatte er eines Tages zufällig einen der gelben Körper mit einem Pfeil durchbohrt – und nur die Tatsache, daß der Kanari selbst in die Schußlinie geflogen war, rettete ihn vor dem Zorn des Mandarins. Er war ein Soldat, und die Musik der Vögel klang ihm nach dem Schauspiel nicht angenehm im Ohr.

Nachdem ihm nun seine Frau weggenommen worden war, hegte Hin-Tze sehr bittere Gefühle gegen seinen Herrn Quong, obwohl er sie nicht auszusprechen wagte. Stattdessen ängstigte er sich, denn er hatte über die Art der Liebe des Mandarins schon Geschichten gehört.

Wenige Wochen nachdem er die Frau genommen hatte, geriet Quong in Wut und stach mit dem Dolch so tief in die goldene Kehle seiner neuen Favoritin, daß die schöne Yu-Li mit dem Namen ihres Ehemannes auf den Lippen starb.

Hin-Tze sah zu und sagte nichts, als der arme Körper von Dienern in den Garten gebracht wurde.

Er kehrte in sein Zimmer zurück und saß alleine im Mondlicht da, während er wartete, was er zu hören bekommen würde. Und dann kam der süße, abscheuliche Klang aus den Baumkronen, das Lied der gesättigten Kanarienvögel. In diesem Moment sprach Hin-Tze seinen Fluch gegen den Mandarin, gegen dessen Entweihung des Körpers seiner Frau, der nicht einmal ein ordentliches Begräbnis erhalten hatte, sondern geopfert worden war für ein paar Augenblicke einer Melodie aus den winzigen Kehlen von Quongs Freunden.

Aber er sagte kein Wort zu dem Mandarin, weil das nicht vernünftig schien; und Quong unterließ mit herrschaftlicher Höflichkeit jede Erwähnung des Vorfalls bei ihrem Zusammentreffen am nächsten Tag.

Hin-Tze trug einen gebundenen Kuli in den besonnten Garten, ein armes, halbverhungertes Wrack, das ein paar Taels auf einem Markt außerhalb der Stadt gestohlen hatte. Der Gefangene flehte Hin-Tze an, und dieser war verwundert, zu hören, daß der Mann weniger als seinen Tod den Verlust seiner unsterblichen Seele fürchtete. Wie alle Leute fürchtete er die Kanaris des Quong, deren Festmahl sie ihres anständigen Begräbnisses beraubte.

Aber Hin-Tze sagte kein Wort, als er die Fesseln des Mannes durchschnitt und den Mandarin erwartete.

Quong kam lächelnd im Sonnenschein den Pfad entlang. Er strahlte seinen Schützen breit an, weil er es schätzte, daß dieser soviel höfischen Takt zeigte, den unglücklichen Vorfall des vergangenen Tages nicht zu erwähnen. Quong klatschte in die Hände, um anzuzeigen, daß das Ritual des Bindens beginnen solle, und wies auf den großen Baum als denjenigen, an den das Opfer gefesselt werden sollte. Aber der Herr über Vergnügen und Schmerz war sehr verärgert, als der Gefangene sich plötzlich aufrappelte und durch den Garten davonrannte, daß die durchschnittenen Fesseln an seinen Gliedern wehten. Er öffnete seinen Mund zu einem Ausruf der Empörung und sperrte ihn dann vor Verblüffung noch weiter auf, als Hin-Tze herantrat und ihn an der Kehle packte. Der Bogenschütze hielt einen starken Pfeil mit Widerhaken an der Spitze in der Hand. Er drückte den widerstrebenden Mandarin mit dem Rücken gegen den Baum. Dessen Gesicht wurde bleich, als er in den glühenden Augen seines Bedrängers las.

Er winselte um Gnade und schrie und schlug wild aus. Aber Hin-Tze zog den Pfeil über die Brust Quongs und heftete ihn an den Baum.

Dann trat der Schütze zurück und legte einen weiteren Pfeil an seinen Bogen. Er schoß ihn ab, die Augen blind vor Rachsucht und die Ohren taub gegen die Schreie seines lebenden Ziels. Er zog, zielte, schoß, alles automatisch, ein halbes Hundert Pfeile, er zielte mit Augen, in denen der Wahnsinn stand. Erst dann war seine Rachgier befriedigt – erst dann zögerte er und betrachtete das Bild des Schreckens, das immer noch vor dem Baum stand.

Eine der Hände, eine blutige Klaue, bewegte sich. Sie fuhr herum auf der Rinde, suchte und suchte. Dann hielt sie inne, um sich wieder zu bewegen. Und plötzlich ertönten Glocken, das Glockenspiel, das zur Versammlung rief. Die Hand fiel herab, aber in die starrenden Augen kroch ein Schimmer von Triumph und Kraft. Die Lippen bewegten sich mühsam.

»Laß mich herab«, wisperte der Mandarin.

Verwirrt entfernte Hin-Tze den Pfeil, der den Körper fixierte, worauf der sterbende Quong ihm in die Arme fiel. Zu spät sah Hin-Tze den Pfeil, den er sich aus dem Fleisch gezogen hatte, den Pfeil in Quongs Hand, den er nun mit aller Kraft, die in seinem gebrochenen Arm geblieben war, in ihn stieß. Mit einem letzten Aufbäumen seiner Kraft hatte der Mandarin ihn an den Baum genagelt!

Die Figur in der prachtvollen Robe war zusammengebrochen, aber Quongs triumphierende Augen blickten noch immer in Hin-Tzes schmerzverzogenes Gesicht.

»Ich habe die Vögel gerufen«, sagte der Mandarin mit schwacher Stimme. »Sie sind meine Freunde, und sie kommen, wenn die Glocken sie rufen. Du hast die Legenden gehört, die besagen, daß meine Kanaris Seelen besitzen – die Seelen der Toten, die früher an dem Baum hingen, an dem jetzt du hängst.«

Der Mandarin erschauerte einen Moment und schwieg. Dann flüsterte er weiter.

»Sie sind nicht wahr. Die Vögel sind bloß einfache Vögel, sie kennen und lieben mich, weil ich ihnen so viele Festessen bereitet habe. Deshalb soll die Rache für meinen Tod zu ihren Gunsten sein. Und – ich werde ihr Lied noch einmal hören beim Sterben.«

Hin-Tze verstand jetzt. Er kämpfte, um sich zu befreien, aber der Pfeil heftete ihn mit seinen Widerhaken an den Baum des Schreckens.

Er schrie und schlug um sich, als er das flatternde Geräusch hörte, stöhnte laut, als die goldene Wolke sich summend auf ihn herabsenkte. Dann waren sie alle über ihm mit ihren schlagenden Flügeln, ihren winzigen Schnäbeln, die ihm scharfe Stiche versetzten, grausam, hungrig. Das Blut blendete ihn, zwei geflügelte Messer fuhren in seine Augen, und der goldene Glanz verwandelte sich in nachtschwarzen Schmerz. Eine Zeitlang wand er sich noch unter den Attacken seiner winzigen Peiniger. Dann ließ sich die Wolke auf dem Verstummten nieder.

Der Mandarin Quong lag am Boden. Da er die Natur eines Dichters hatte, waren seine Wunden vorübergehend vergessen. Diese letzte Rache, dieser letzte Triumph im Vergehen, war eine Genugtuung. Er beobachtete jede Bewegung der räuberischen Vögel und trank förmlich ihre Schönheit bis zur Neige. Und bald würde er das Lied hören – das letzte Lied vor dem Tod.

Denn er hatte zu Hin-Tze die Wahrheit gesprochen. Die Vögel liebten ihn, und sie waren nur Vögel. Der absurde Aberglaube, daß diese Vögel die Seelen der Toten aus seinem Garten beherbergten, war lächerlich.

Quong verfolgte die Bewegungen des Schwarms auf dem Körper des Bogenschützen. Zwitschernd erhob er sich. Im nächsten Moment würde das Lied beginnen. Der Mandarin wartete auf einen perfekten Tod voll Poesie.

Sie erhoben sich – und plötzlich löste sich einer der kleinen Vögel aus der sonnenfarbenen Traube. Es war ein winziges Weibchen, und sie flog geradlinig hin zu dem Skelett am Baum. Dort setzte sie sich komischerweise auf die fleischlosen Rippen, als spähte sie in die Gitter eines Käfigs.

Quong sah es mit neuem Interesse. Er erhob sich mühsam und schmerzhaft auf einen Ellenbogen. Der Vogel saß dort – und dann – dann waren da zwei Vögel!

War es eine Halluzination, das Delirium eines Sterbenden? Oder war ein anderer Vogel plötzlich aus dem Skelett heraus erschienen? Eine gelbe Form, schwirrend entstanden zwischen den Rippen, wo das Herz gewesen war?

Jetzt flogen die beiden miteinander heraus. Ihre kleinen glänzenden Augen betrachteten den am Boden liegenden Körper des Mandarins.

Er sank zurück, während das Entsetzen nach seinem Herzen griff. Ein weiblicher Vogel – Yu-Li. Und ein Männchen aus dem Skelett des Bogenschützen! Die Seelen der Toten? Die beiden flogen hinauf zu der gelben Wolke, die über dem Baum schwebend verharrte. Sie flogen hin und stießen schrille Schreie aus, die wie Kommandos klangen. Dann drehten sie sich und stürzten herab. Quong schrie in äußerstem Entsetzen auf. Die Seelen der Toten holten sich ihre Rache. Gelbe Messer fuhren ihm ins Fleisch, zehntausend flatternde Vögel zerrissen und zerfetzten, was sich am Boden wand.

Und so war niemand da, der hätte zuhören können, als der große Moment endlich kam – es war ein verlassener Garten, in dem des Mandarins Kanarienvögel ihre letzte süße Serenade sangen.

Mars einfach

Joe Gibson war völlig high und wußte nicht einmal mehr, wo er eigentlich war, aber das ließ ihn kalt, solange er die Bar vor sich hatte, und er lachte, und jemand sang weit weg mit trauriger Stimme, und er sagte, klar nehme er noch einen und dann –

Dann kam dieser Typ in dem braunen Überzieher.

Das war ein komischer kleiner Bursche, die Hände in den Taschen, mit aufgestelltem Kragen und herabgezogener Hutkrempe, wie ein Darsteller in einem Gangsterfilm. Der Vogel sprach mit ihm, aber er brauchte eine Minute, bis er in den Wörtern endlich einen Sinn fand.

»Siehst schlecht aus, mein Freund, brauchst ein bißchen Urlaub«, sagte die Type. »Solltest mal weg von allem.«

»Klar, klar«, sagte Gibson und suchte nach seinem Glas. Es war im Nebel da unten irgendwie abhanden gekommen. »Ich habe dir zugesehen, Kumpel«, sagte der andere. »Da sagte ich zu mir selbst: hier siehst du einen Mann, der Ärger hat. Einen Mann, der aus all dem rausmuß. Du siehst verloren aus, Freund.«

»Sicher«, sagte Gibson. »Logo. Bin eine verlorene Seele. Willst du einen Drink, oder möchtest du dich lieber doch verpissen?«

Der Kleine schenkte diesen Worten keine Beachtung. Er sprach weiter in ernstem Tonfall. Geradezu väterlich.

»Ich komme vom Reisebüro Trumpfas. Möchtest du nicht eine Fahrkarte kaufen?«

»Wohin?« fragte Gibson, als interessiere es ihn.

Der Mann im braunen Überzieher zuckte die Achseln. »Wie wär's mit einer Reise zum Mars?«

Gibson brauchte eine Minute, um diese Frage zu verdauen. Dann grinste er.

»Mars, hä? Was wird mich das kosten?«

»Oh, ich weiß nicht genau. Für dich machen wir's billig. Sagen wir zwei Dollar achtundachtzig.«

»2,88 $ zum Mars? Klingt vernünftig.« Gibson schwieg einen Augenblick. »Ist das einfach oder retour?«

Der Anreißer hustete entschuldigend.

»Ah – einfach. Verstehst du, bisher haben wir nicht herausgekriegt, wie man zurückkommt.«

»Ich wette, du verkaufst kaum Tickets«, sagte Gibson.

»Wir haben unsere Kundschaft«, sagte die Type im Überzieher. »Bist du interessiert?«

»Ich glaube nicht.« Gibson fand sein Glas, hob es durch den Nebel zum Mund und kippte den Scotch, worauf ihn ein Schaudern überlief.

»Vielleicht hast du ein anderes Mal mehr Interesse?« redete ihm der andere zu.

»Hör mal –«, sagte Gibson plötzlich.

»Du stehst schon eine ganze Weile auf meiner Liste«, murmelte der Anreißer, ohne zu beachten, wie Gibsons Faust sich um das Glas schloß, »früher oder später kommen wir ins Geschäft.«

»Wie wär's mit früher, am besten jetzt gleich?« fragte Gibson sanft.

Er holte aus, um den kleinen Burschen ins Gesicht zu schlagen. Er machte sich dazu fertig, drehte den Körper halb und versteifte sich für den Moment, wo seine Faust hart landen würde.

Dann folgte er seinem Hieb, die Faust schoß davon, hinaus in die Sterne und die Dunkelheit dahinter. Joe Gibson mußte ihr nach und fiel durch die Dunkelheit in ein tiefes Loch... weiter und weiter hinunter...

»Mann! Hattest du letzte Nacht einen Affen!« sagte Maxie, rührte in der Kaffeetasse herum und setzte sie dann Joe an die Lippen. »du warst vielleicht besoffen – aber total.«

»Schnauze«, erwiderte Gibson.

»Mit der Fresse auf dem Boden der Bar. Total hinüber«, sagte Maxie und zwang Gibson, den Kaffee zu trinken.

»Vergiß es«, sagte Gibson, sobald er wieder reden konnte. Maxie zuckte die Achseln.

»Okay, Junge. Ich vergesse es. Du bist auf einem verdammt hohen Roß. Ich verschaff dir einen 500-$-die-Woche-Job mit der heißesten Combo auf der Szene, und was machst du? Gehst los und hängst in sämtlichen Bars der Stadt rum und fällst vor dem Burschen um, der die Jazzkolumne im Billboard schreibt. Und dann sagst du mir, ich soll's vergessen. Gut, ich vergeß alles – dich eingeschlossen.«

Gibson setzte sich im Bett auf. Für einen Mann mit einem Kater bewegte er sich sehr schnell.

»Nein, Maxie. Ich hab's nicht so gemeint. Ehrlich nicht. Tut mir leid. Ich wär nie über den Burschen hergefallen, wenn er nicht diesen Scheiß über den Mars verzapft hätte. Ich stand dort und dachte über meine Angelegenheiten nach, als er aufkreuzte und dieses Gefasel über eine Reise abließ. Deshalb wollte ich ihm eine langen und fiel dabei auf die Nase.«

Maxie glotzte ihn an.

»Ich war dabei, Joe, hab's auch gesehen. Du standest völlig allein an der Bar, drei freie Meter auf jeder Seite. Du hast mit dir selbst gesprochen, dich dann umgedreht, weit ausgeholt und bist auf den Boden gefallen. Du hast in die Luft geschlagen.«

»Aber dieser Anreißer im braunen Mantel –«, fing Gibson an. »Ich hab keinen Burschen in einem braunen Mantel gesehen«, sagte Maxie langsam. »Alles, was ich sehen konnte, war ein Bursche namens Joe Gibson, der besoffen auf die Nase gefallen ist.«

Gibson seufzte. »War's wirklich so?«

»So war's.«

»Ich war sternhagelvoll«, gab Gibson zu.

Maxie setzte sich aufs Bett.

»Kannst du dich an die alten Zeiten erinnern, Joe? Du warst ein Niemand, als ich dich aufgetan habe. Du hast bei Herrenabenden Musik gemacht, warst in keiner Gewerkschaft. Ich habe dich aufgebaut, dir Engagements verschafft. Habe dich zum Arbeiten gebracht. Durch mich hast du deinen Stil gefunden.«

»Wo ist deine Geige?« fragte Gibson. »Du brauchst sanfte Hintergrundmusik für dein Liedchen.«

»Ich singe kein Liedchen, ich mach dir nur was klar.«

»Was erzählst du mir denn?« Joe Gibson setzte sich gerade und wischte Maxies Hand von seiner Schulter. »Also gut: du hast mich in der Gosse aufgelesen und einen guten Trompeter aus mir gemacht. Einen bekannten Trompeter. Gut genug für Goodman, Shaw, Miller und jeden anderen. Einen Scheiß hast du gemacht, Maxie! Ich war das, ich, Joe Gibson – ich bin der Bursche, der sein Herz aus dem Rohr herausbläst. Du erkennst etwas Gutes, wenn du es siehst, das stimmt, deshalb hast du mich aufgebaut. Aber du kriegst ständig deine zehn Prozent, oder etwa nicht? Ich bin der Musiker. Du bist nur der Sklaventreiber.«

Maxie rührte sich nicht. Er lächelte breit und traurig. »Darum geht's nicht, Joe«, seufzte er. »Es geht darum, daß du mal ein guter Junge warst. Du hast hart gearbeitet. Aber jetzt tust du das nicht mehr.«

Er erhob sich. »Ich begreife es nicht. Zuerst diese Scheiße, die du in Scranton gebaut hast, wo du angesoffen aufgetreten bist. Dann haust du aus der Combo ab, die ich für den Rainbow Room zusammengestellt hatte. Denk an die Zeit, wo wir ständig Ärger hatten, weil du nicht für Decca arbeiten wolltest. Dazwischen die meschuggene Frau und deine Vorstellung, es sei eine gute Empfehlung für dich, den üblen Typ zu spielen. Joe Gibson, einer der besten Klassetrompeter, die's heute gibt. Aber vergiß ihn! Noch besser als mit der Trompete bringt er's mit Bourbon und Blondinen.«

Joe Gibson krümmte sich zusammen. Der Kopf hing ihm herab, und er weinte.

»Von mir aus«, sagte Maxie. »Ich weiß nicht, was in dich gefahren ist. Ich weiß nicht, wovor du dich fürchtest. Vielleicht kannst du mit all dem wieder aufhören. Versprich mir aber nichts. Ich werde sehen, was ich tun kann. Vielleicht kann ich dir doch noch einen Job verschaffen. Alles andere liegt dann bei dir. Ruh dich aus. Ich ruf dich morgen an.«

Maxie ging.

Joe Gibson kroch wieder unter die Laken. Das Zucken in seinem Gesicht beruhigte sich allmählich. Er versuchte einzuschlafen.

Das Telefon läutete. Joe Gibson nahm ab.

»Hallo«, sagte eine vertraute Stimme. Gibson wußte trotzdem nicht, wer es war. Er grunzte leise.

»Ich hab mich schon gewundert«, sagte die Stimme, »über unsere kleine Unterhaltung heut nacht. Hast du dir's überlegt wegen des Trips zum Mars?«

Joe Gibson schleuderte den Hörer auf die Gabel. Sein Kopf verschwand unter der Decke, und er lag da und schluchzte und zitterte lange Zeit.

Der erste Abend war kein Problem.

Er durfte keines sein. Die Woche davor war die pure Hölle gewesen. Maxie hatte alles Mögliche getan, um doch noch einen Abschluß zu bekommen. Joe Gibson schwitzte bei den Proben den Alkohol aus seinem Körper.

Jetzt saß er auf dem Podium, wartete auf den Einsatz und hielt ruhig die Trompete in seinem Schoß. Er wußte, daß alles in Ordnung war.

Nur eine Sache nicht. Seine Augen. Sie schmerzten ihn. Sie schmerzten ihn, weil er die ganze Woche aus den Augenwinkeln Blicke in alle Richtungen geworfen hatte. Die Gesichter in der Menge, die Gesichter, die er vom Bus oder durch die Fenster sah, er hatte sie alle kontrollieren müssen. Joe Gibson hatte jemanden gesucht. Einen kleinen Burschen in einem braunen Überzieher. Er fürchtete sich davor, ihn zu sehen. Aber noch mehr fürchtete er irgendwie, daß er ihn nicht sah.

Jetzt ließ er seinen Blick über die Tanzfläche schweifen, geblendet von dem hellen Licht über ihm, und er kniff die Augen zusammen.

Die Augen taten ihm weh, und er sagte sich ständig, alles sei in Ordnung, alles in Ordnung, ein ganz gewöhnliches Opening – Aber er wartete sehnlichst auf den Moment, wo er die Trompete an die Lippen setzen konnte und alle Angst und Sorge hinausblasen würde, das ständige Herumschauen und die Angst dahinter.

Die Hände an der Trompete zitterten, und kleine Schweißbäche liefen an dem Instrument entlang.

Ein letzter hastiger Blick auf die Tische rund um die Tanzfläche. Kein brauner Überzieher.

Einsatz.

Joe Gibson hob die Trompete.

Dann war alles in Ordnung.

Die Leute tanzten. Joe Gibson dachte nicht einmal mehr an den kleinen Burschen. Er hatte die Augen geschlossen. Er war weit draußen. Ritt auf den Sternen mit seiner Trompete, ritt dahin auf dem Boogie Beat.

Es war eine wirklich heiße Sache; eine, die ihm etwas gab. Er dehnte die Noten, ließ sie nur widerstrebend ziehen. Er wollte ein Solo, seine Trompete ausspielen, mit geschlossenen Augen, dichtgemachtem Hirn, alles weg außer dem Klang des Instruments. Hinaus aus dieser Welt. Er war völlig in Ordnung. Total gut drauf während jeder einzelnen Nummer bis zur Pause.

Nach der Kennmelodie ließ er sich zurücksinken und bemerkte zum erstenmal, daß sein Hemd klatschnaß war und der neue Frack einen Riß unter dem linken Arm hatte. Er war zu beschäftigt gewesen, um es zu bemerken. Die anderen Musiker gingen vom Podium, um eine Zigarette zu rauchen, und die Leute verließen die Tanzfläche.

Joe Gibson setzte sich auf. Er sah, daß Maxie auf ihn wartete. Er legte die Trompete ins Etui und stand auf, um zu Maxie hinüberzugehen.

Er warf einen Blick auf die leere Tanzfläche. Sie war nicht ganz leer.

Ein brauner Fleck bewegte sich dort im Licht. Eine einzelne Gestalt zog eine Solotanznummer ab. Sie wirbelte mit einem prahlerischen Tanzschritt zum Podium heran, und Joe Gibson sah das Gesicht unter der herabgezogenen Hutkrempe und hörte die spöttische Stimme.

»Dein Spiel gefiel mir gut. Ich glaub, du bist jetzt langsam zum Marstrip bereit.«

Joe Gibson sprang vom Podium. Aber er war nicht schnell genug. Der braune Überzieher verschwand zwischen den Tischen. Niemand schien ihn zu bemerken.

Aber beinahe jeder sah Gibson vom Podium springen und schreiend aus dem Saal hinaus auf die Straße rennen.

Joe war in Ordnung, solange Maxie mit ihm im Zimmer war, aber dann sagte ihm der Psychoheini, er solle hinausgehen, er wolle alleine mit Joe sprechen.

Der Psychoheini war ein glatter Bursche mit sanfter Stimme und schien sein Geschäft zu verstehen. Maxie sagte, er sei der beste Psychiater in der Gegend, und er kannte sich da aus.

Aber jetzt war Maxie hinausgegangen, und Joe lag auf der Couch, das Licht schmerzte in den Augen, und der Psychiater sagte ihm, er solle sich entspannen, alles leicht nehmen, aufhören zu denken und einfach sagen, was ihm einfiel. Es erinnerte Joe an diese Gangsterfilme, wenn sie dort jemandem den Dritten Grad verpassen. Aber es war noch immer besser, als dazuliegen und der Psycho klopfte ihm aufs Knie und ließ ihn mit geschlossenen Augen die Arme ausstrecken. Das sollte die Reflexe testen, aber Joe Gibson kümmerte sich einen Dreck um seine Reflexe. Was er fürchtete, war der Mann im braunen Überzieher. Der Mann, den er nicht erwischte, der Mann, den er nicht einmal mehr hatte sehen können auf der Straße, als er ihn aus dem Café verfolgte und seinen Job verlor.

Joe erklärte das dem Psychiater, wobei er seine Worte sehr sorgfältig wählte, weil er nicht wollte, daß der Arzt glaubte, es fehle ihm wirklich etwas.

Schließlich hörte er ja keine Stimmen oder sowas. Es fehlte ihm nichts, außer daß er diesen Burschen sah.

Aber der Psycho fragte und fragte ihn, und bald gab Joe alles zu – oder, besser gesagt, erinnerte sich genauer. An merkwürdige Ideen, die er als Kind gehabt hatte. Komisches Zeug.

Wie er zum Beispiel in den Kohlenkeller abgehauen war, wenn sein alter Herr sich mit seiner Mutter stritt. Er fiel dort in Schlaf und träumte, daß er gar nicht in einem Kohlenkeller sei – daß er eigentlich überhaupt nirgends sei. Es gab keinen Keller und auch nichts darüber in diesen Träumen. Keine Außenwelt und keine Menschen. Nur Dunkelheit und Joe Gibson.

Joe erzählte dem Psychiater eine Menge solcher Dinge. Er konnte sich an immer mehr erinnern, während er so unter der Lampe lag. Er erzählte von seiner ersten Trompete und wie er zuhause die ganze Zeit geübt hatte, damit er nicht mit der Bande draußen zusammensein mußte.

Dann berichtete er von seinem ersten Engagement und wie er abgehauen war, ohne auch nur das ihm zustehende Geld abzuholen, und schließlich, wie sehr er die Musik liebte – besonders die Art, bei der man keine Noten lesen mußte, sondern einfach aus dem Kopf hinausspielte und wie das auf einen wirkte, ähnlich wie Alkohol.

Dann wurde Joe klar, daß er mit seiner Story sehr nahe an seine gegenwärtige Situation geraten war, und daß er über den Mann in dem braunen Überzieher sprechen mußte, das aber eigentlich nicht wollte. Er sprach deswegen lauter und schneller, um die Gedanken zurückzudrängen, aber das haute nicht hin, deshalb spuckte er alles aus, und der Psychiater stellte mit tiefer Stimme Zwischenfragen, und er sagte, ja, er habe den Mann an der Bar gesehen, und nein, er sähe nicht irgendwie zweifelhaft aus, und ja, er habe ein Gesicht und die Haut um seinen Mund sehe aus wie zerknülltes Papier. Komisch... Joe hatte nicht gewußt, daß er sich an die Haut um den Mund der Type erinnern konnte, bis ihn der Arzt danach fragte.

Jetzt war er froh, daß er sich alles von der Seele reden konnte. Deshalb erzählte er genau, was er gesagt hatte und was der andere, vom Reisebüro Trumpfas und dem 2,88-$-Ticket zum Mars einfach, über die anderen Kunden, die der Mann angeblich hatte, und über das Abreisen.

Dann erklärte er die Vorfälle mit dem Telefon und dem Tanzlokal. Aber er bestand darauf, daß er bei dieser letzten Gelegenheit völlig nüchtern gewesen war und den kleinen Burschen im braunen Mantel völlig klar vor sich gesehen und seine Stimme gehört hatte, daß er also nicht meschugge war. Der Psychoheini lächelte und sagte Joe, alles sei in Ordnung, und er werde Maxie hereinholen. Sie sprachen dann eine Weile im Nebenzimmer und Joe konnte nicht verstehen, was sie sagten.

Der Arzt kam wieder herein und zeigte ihm ein Telefonbuch. Er öffnete es beim Branchenverzeichnis, Abteilung: Reisebüros, und zeigte ihm, daß es kein Reisebüro Trumpfas gab.

Joe fühlte sich deshalb ein bißchen besser, bis der Arzt begann, ihn über den Planeten Mars auszufragen. Dann kapierte er, worauf das hinauslief, und schloß sich wie eine Muschel. Der Arzt fragte ihn, was die Nummer 288 für ihn für eine Bedeutung habe, und Joe stellte sich blöd.

Der Psychiater lächelte und sagte ihm, er solle aufstehen und in ein paar Tagen wiederkommen, um sich einigen Tests zu unterziehen.

Maxie bat Joe, allein voraus zum Hotel zu gehen, er werde in ein paar Minuten nachkommen, nachdem er das Finanzielle mit dem Psychiater erledigt habe.

Also stand Joe auf und ging.

Im Wartezimmer saß ein Patient und las im National Geographic, aber als Joe vorbeiging, ließ er das Magazin sinken, und Joe sah den kleinen Mann im braunen Überzieher. »Ich hab dein Ticket ausgestellt«, sagte der Bursche. »Du kannst heute abreisen, wenn du willst.«

Joe sagte kein Wort. Er stand nur da, schaute auf die verkrumpelte Haut um den Mund des anderen und die kleinen Augen im Schatten der Hutkrempe. Joe sah den braunen Überzieher mit den Flecken darauf und die großen Mottenlöcher am Kragen.

Er zog tief den Atem ein und konnte den Geruch des Mantels wahrnehmen und noch etwas anderes – einen alten, schalen, säuerlichen Geruch.

Also wußte er, daß er dieses Ding sehen und hören und riechen konnte, und die ganze Zeit grinste ihn der Kleine an und griff dann in seine Tasche, und Joe wußte, daß er nach der Fahrkarte zum Mars suchte.

Diesmal war Joe bereit. Er sprang ihn an wie der Blitz, fühlte, wie sich seine Finger um etwas schlossen, und drückte und würgte, und alles wurde rot und schwarz und schwarz und wieder rot, und jemand schrie in großer Entfernung, und das war Joe, aber er wußte es nicht, weil er das Bewußtsein verlor.

Als er zu sich kam, lag er wieder im Bett und fühlte sich gut. Sehr gut sogar.

Zuerst konnte er es nicht begreifen, aber dann fiel es ihm ein, warum es ihm so gut ging. Er hatte den Burschen erwischt. Er fragte sich, ob er ihn umgebracht hatte. Wahrscheinlich doch nicht, sonst wäre er jetzt im Gefängnis, nicht in diesem Hotelzimmer.

Trotzdem war es ein gutes Gefühl. Er wollte feiern.

Maxie kam herein. Er sah nicht aus, als fühle er sich auch so gut.

Joe begann ihm zu erzählen, daß jetzt alles in Ordnung sei, aber Maxie murmelte etwas von dem Vorfall im Wartezimmer des Psychiaters.

Joe wußte, daß er nicht verrückt war. Er gab zu, daß im Wartezimmer etwas passiert war, aber er sagte nichts davon, daß er den Typ im braunen Überzieher gewürgt hatte.

»Ich glaube, ich ziehe mich an und geh eine Runde spazieren«, sagte Joe.

Er wußte, daß Maxie das nicht gefallen würde, aber er fühlte sich zu aufgekratzt, um sich darum zu kümmern.

Aber Maxie versuchte nicht, ihn aufzuhalten. »Okay«, sagte er, setzte sich auf das Bett und entzündete eine Zigarre, während Joe sich anzog. Er starrte auf den Teppich und runzelte die Stirn, als Joe zu pfeifen begann.

»Joe«, sagte er.

»Ja?«

»Du kannst nicht spazierengehen.«

»Wer sagt das?«

»Du darfst dich nicht aufregen.«

»Klar. Ich rege mich nicht auf. Ich werde bald zurück sein.«

»Nein. So meine ich das nicht, Joe. Du mußt im Bett bleiben. Du mußt in ein Sanatorium.«

»Was zum Teufel –«

»Ich habe mit dem Arzt gesprochen. Sie holen dich in einer halben Stunde ab. Es ist nichts, worüber du dich aufregen müßtest, du wirst nur wieder –«

So war das also. Jetzt verstand er alles.

Joe ging zur Kommode.

»Was machst du?« fragte Maxie.

»Ich hol meine Zigaretten. Mach dir keine Sorgen. Alles in Butter. Ich verstehe alles.«

»Schließlich ist es zu deinem eigenen Besten«, sagte Maxie, ohne Joe anzusehen.

»Klar«, sagte Joe und öffnete die Schublade.

»Keine bösen Gefühle«, sagte Maxie.

»Keine bösen Gefühle«, erwiderte Joe.

Er drehte sich um und schoß Maxie zwei Kugeln in den Leib, mit der Pistole, die er aus der Schublade genommen hatte. Joe war nicht verrückt und hatte sich in seinem Leben nie besser gefühlt, sonst hätte er das nicht so perfekt planen können.

Er ging hinunter und zahlte die Rechnung mit dem Geld, das er bei Maxie gefunden hatte, dann nahm er ein Taxi. Wenn er während der Stoßzeit hinüber nach Jersey kommen konnte, würden sie ihn nie mehr finden.

Er kaufte am Bahnhof seine Fahrkarte und erwischte den Zug um 5.14 Uhr gerade noch, als er anfuhr.

Er ging durch die Waggons und lachte, als er daran denken mußte, daß der Kleine in dem braunen Überzieher tot war. Er mußte sich vor nichts mehr in acht nehmen als vor diesen Leuten hier, allen diesen Menschen. Er wollte für eine Weile weg von ihnen und sich die nächsten Schritte überlegen. Er suchte den Waschraum am Ende des Waggons auf, öffnete die Tür und trat ein. Das Licht funktionierte nicht, deshalb war es dunkel da drin, aber Joe konnte aus dem Fenster sehen. Er brauchte eine Minute, um seine Augen auf die richtige Distanz einzustellen, dann sah er, was draußen war. Nichts als große schwarze Leere mit winzigen blinkenden Sternen. Dann öffnete sich die Tür, und Joe wußte, daß der Schaffner kam. Aber der Schaffner trug einen braunen Überzieher und hatte seine Hutkrempe herabgeknickt. Eine Hand griff nach Joes Fahrkarte.

Er sah sie im Licht der Sterne an und las seinen Namen, den Preis und den Bestimmungsort – und dann gab es nichts mehr für Joe Gibson als dazustehen und zu warten, während er hinabstürzte, hinab und hinaus, hinaus aus dieser Welt.

Enoch

Es fängt immer gleich an.

Zuerst dieses Gefühl.

Haben Sie jemals verspürt, wie kleine Füße über Ihren Schädel trippeln? Schritte auf Ihrem Kopf, vorwärts und zurück, vorwärts und zurück?

So fängt es an.

Man kann nicht sehen, was da herumläuft. Immerhin ist es auf der oberen Rückseite des Kopfes. Wenn man schlau ist, wartet man auf seine Chance und fährt sich plötzlich mit der Hand durchs Haar. Aber auf diese Weise kriegt man den Spaziergänger nicht. Er weiß Bescheid. Selbst wenn man beide Hände flach über der Schädeldecke zusammenschlägt, schafft er es, sich irgendwie herauszuwinden. Vielleicht springt er auch.

Er ist schrecklich schnell. Und man kann ihn nicht ignorieren. Wenn man nicht auf seine Schritte achtet, trifft er seine nächste Maßnahme. Er klettert das Genick entlang hinunter und flüstert einem ins Ohr.

Man kann dann seinen Körper fühlen, winzig und kalt, wie er sich eng an jene Stelle fügt, wo der oberste Halswirbel liegt. Er muß etwas Betäubendes in seinen Krallen haben, denn sie schmerzen nicht – erst später findet man kleine Kratzer im Genick, die bluten und bluten. Aber zuerst ist alles, was man weiß, daß sich etwas Kaltes und Kleines an einen preßt. Preßt und wispert.

So ist es, wenn man sich ihm zu widersetzen versucht.

Man versucht nicht hinzuhören, was er sagt. Wenn man zuhört, ist man verloren! Man muß ihm dann gehorchen.

Oh, er ist verschlagen und klug!

Er weiß, wie er einem Angst machen und drohen kann, wenn man widerstehen will. Aber ich versuche das nur noch selten. Für mich ist es besser, ich höre zu und gehorche. Solange ich willig zuhöre, sieht alles nicht so schlimm aus. Er kann sanft und überzeugend sein. Verführerisch. Was er mir alles mit diesem seidigen Geflüster versprochen hat! Er hält seine Versprechen aber auch.

Die Leute glauben, ich sei arm, weil ich nie Geld habe und in einer alten Hütte am Rand des Sumpfes wohne. Aber er hat mir Reichtümer gegeben.

Sobald ich getan habe, was er will, nimmt er mich mit – aus mir selbst heraus – ganze Tage lang. Es gibt noch andere Welten neben dieser, wissen Sie; Welten, in denen ich ein König bin.

Die Leute lachen über mich und sagen, ich hätte keine Freunde; die Mädchen in der Stadt rufen mich gewöhnlich »Vogelscheuche«. Und er bringt mir manchmal Königinnen ins Bett, wenn ich seine Wünsche erfüllt habe.

Das seien nur Träume? Ich glaube nicht. Dieses andere Leben ist bloß ein Traum, das Leben in der Hütte am Rande des Sumpfes. Dieser Teil kommt mir nicht mehr real vor. Nicht einmal das Töten...

Ja, ich bringe Leute um.

Das ist nämlich das, was Enoch will, verstehen Sie? Davon flüstert er. Er bittet mich, für ihn Menschen zu töten.

Ich tu's nicht gerne. Früher kämpfte ich dagegen an – das habe ich Ihnen schon erzählt, nicht wahr? – aber jetzt kann ich nicht mehr.

Er will, daß ich für ihn Menschen töte. Enoch will das. Das Ding, das auf meinem Schädel lebt. Ich kann es nicht sehen. Ich kann es nicht fangen. Ich kann es nur spüren, hören, und ihm gehorchen.

Manchmal läßt mich Enoch tagelang allein. Dann fühle ich ihn plötzlich wieder, wie er auf meiner Kopfhaut herumkratzt. Ich höre sein Flüstern überaus deutlich, und er berichtet mir von jemandem, der durch den Sumpf kommt.

Ich weiß nicht, wie er von ihnen erfährt. Er kann sie nicht gesehen haben, aber er beschreibt sie perfekt.

»Ein Landstreicher kommt die Aylesworthy Road herunter. Ein kleiner dicker Kerl mit einer Glatze. Er heißt Mike. Er trägt eine braune Jacke und einen blauen Overall. In zehn Minuten, wenn die Sonne untergeht, wird er zum Sumpf abbiegen. Unter dem nächsten großen Baum nahe der Hütte wird er Rast machen.

Versteck dich am besten hinter dem Baum. Warte, bis er anfängt, sich nach Feuerholz umzusehen. Du weißt, was du dann zu tun hast. Nimm jetzt das Beil, los. Beeil dich.«
Manchmal frage ich Enoch, was er mir dafür geben wird. Aber meistens vertraue ich ihm einfach. Ich weiß ja, daß ich es ohnehin tun muß. Also kann ich es gleich tun. Enoch irrt sich niemals, und er hält alle Schwierigkeiten von mir fern. Das heißt, er tat das immer – bis vor kurzem.

Eines Abends sitze ich in der Hütte beim Essen, als er von diesem Mädchen anfängt.

»Sie kommt hierher, direkt zu dir«, flüstert er, »ein schönes Mädchen, ganz in Schwarz gekleidet. Ihr Kopf ist von wunderbarer Qualität, wirklich prächtige Knochen. Prächtig.« Zuerst dachte ich, er spräche mit mir über meine Belohnung. Aber Enoch flüsterte von einem richtigen Menschen. »Sie wird an die Tür klopfen und dich bitten, ihr mit dem Auto zu helfen. Sie hat die Seitenstraße genommen, weil sie eine Abkürzung zur Stadt fahren wollte. Jetzt steht der Wagen im Sumpf, und ein Reifen muß gewechselt werden.« Es klingt komisch, wenn Enoch über solche Dinge wie Autoreifen redet. Aber er kennt sich aus. Enoch kennt sich mit allem aus.

»Du hilfst ihr, wenn sie dich darum bittet. Nimm nichts mit. Sie hat einen Schraubenschlüssel im Wagen. Verwende den.«

Dieses Mal versuchte ich, ihm zu widerstehen. Ich winselte: »Ich will nicht, ich will nicht.«

Er lachte bloß. Dann erzählte er mir, was er tun würde, wenn ich widerstrebte. Er malte es mir immer und immer wieder aus.

»Es ist besser, ich tu es ihr statt dir«, erinnerte mich Enoch. »Oder wäre es dir lieber, wenn ich –«

»Nein!« rief ich. »Nein, ich tue es ja.«

Enoch flüsterte: »Außerdem kann ich dir sowieso nicht helfen. Ich muß so oft bedient werden. Es hält mich am Leben. Es macht mich stark. Dann kann ich auch dir dienen. Nur so kann ich dir etwas geben. Deshalb mußt du mir gehorchen. Wenn nicht, werde ich einfach hierbleiben und –«

»Nein«, sagte ich, »ich werde es tun.«

Und ich tat es.

Sie klopfte ein paar Minuten später an meine Tür, und alles war, wie Enoch mir geflüstert hatte. Sie war ein hübsches Mädchen, eine Blondine. Ich liebe blondes Haar. Ich war glücklich, als ich mit ihr in den Sumpf hinausging, daß ich ihr Haar nicht beschädigen mußte. Ich schlug ihr mit dem Schraubenschlüssel ins Genick.

Enoch sagte mir Schritt für Schritt, was ich tun solle. Nachdem ich das Beil benützt hatte, warf ich den Körper in den Treibsand. Enoch war bei mir und wies mich auf die Fußspuren hin. Ich verwischte sie.

Ich machte mir wegen des Autos Sorgen, aber er zeigte mir, wie ich es mit dem Ende eines verrotteten Baumstammes anheben und umstürzen konnte. Ich hätte nicht gedacht, daß es versinken würde, aber das tat es, und viel schneller, als ich je erwartet hätte.

Es war eine Erleichterung, das Auto verschwinden zu sehen. Ich warf ihm den Schraubenschlüssel nach. Dann befahl mir Enoch, nach Hause zu gehen, und ich bemerkte, wie mich dieses traumhafte Gefühl überkam.

Enoch hatte mir eine besondere Belohnung für dieses Mal versprochen, und ich sank gleich in tiefen Schlaf. Ich spürte kaum noch, wie der Druck Enochs auf meinen Kopf verschwand, als er mich verließ und nach seiner Beute in den Sumpf hinausrannte...

Ich weiß nicht, wie lange ich geschlafen habe. Es muß ziemlich lange gewesen sein. Alles, woran ich mich erinnere, ist, daß Enoch wieder bei mir war, und daß ich spürte, daß etwas schiefgelaufen war.

Dann wachte ich richtig auf, weil ich das Hämmern an meiner Tür hörte.

Ich wartete einen Augenblick. Enoch sollte mir seine Ratschläge ins Ohr flüstern.

Aber Enoch schlief. Er schläft immer – danach. Tagelang kann ihn nichts aufwecken, und während dieser Zeit bin ich wieder frei. Normalerweise genieße ich diese Freiheit, aber jetzt nicht. Ich brauchte seine Hilfe.

Das Hämmern an meiner Tür wurde lauter, ich konnte nicht länger warten.

Ich stand auf und antwortete.

Der alte Sheriff Shelby kam herein.

»Komm mit, Seth«, sagte er. »Ich bring dich ins Gefängnis.« Ich sagte nichts. Seine glänzenden kleinen schwarzen Augen spähten in meiner Hütte umher. Wenn er mich direkt ansah, hätte ich mich gerne versteckt, so sehr fürchtete ich mich. Natürlich konnte er Enoch nicht sehen. Niemand kann das. Aber Enoch war da; ich fühlte ihn sehr leicht auf meinem Schädeldach liegen, unter einer Haarsträhne vergraben, mit den Krallen in meinen Locken und so friedlich schlafend wie ein Baby.

»Die Familie von Emily Robbins sagt, daß sie die Abkürzung durch den Sumpf nehmen wollte«, erzählte mir der Sheriff. »Wir haben die Reifenspuren bis zum Treibsand verfolgt.« Enoch hatte die Reifenspuren vergessen. Was konnte ich jetzt sagen? Gar nichts.

»Alles, was du sagst, kann gegen dich verwendet werden«, sagte Sheriff Shelby. »Komm mit, Seth.«

Ich ging mit ihm. Ich konnte nichts anderes tun. Ich fuhr mit ihm in die Stadt, und all die Tagediebe waren da und versuchten das Auto zu stürmen. Es waren auch Frauen in der Menge. Sie schrien gellend, die Männer sollten es mir »zeigen«.

Aber Sheriff Shelby hielt sie zurück, und schließlich wurde ich sicher in eine Zelle hinten im Gefängnis gebracht. Er sperrte mich in die Mittelzelle. Die beiden anderen auf jeder Seite waren leer, so daß ich ganz allein war. Ganz allein, abgesehen von Enoch natürlich, aber der schlief immer noch.

Ganz schön früh am Morgen ging Sheriff Shelby mit einigen anderen Männern weg. Ich wußte, daß er versuchen würde, die Leiche aus dem Treibsand zu bergen, falls das möglich war. Er versuchte nicht, mir Fragen zu stellen, was mich ein bißchen wunderte.

Charley Potter war da ganz anders. Er wollte alles wissen. Sheriff Shelby hatte ihm die Bewachung des Gefängnisses überantwortet, während er weg war. Nach einer Weile brachte er mir das Frühstück und hing dann herum und fragte mir ein Loch in den Bauch.

Ich antwortete nichts. Ich weiß was Gescheiteres, als mich mit einem Trottel wie Charley Potter zu unterhalten. Er glaubte, ich sei verrückt. Das glaubte auch der Mob draußen. Die meisten Leute in dieser Stadt hielten mich für verrückt – ich nehme an, wegen meiner Mutter und wegen der Art, wie ich allein draußen im Sumpf lebte.

Was hätte ich Charley Potter erzählen sollen? Wenn ich ihm von Enoch berichtet hätte, würde er mir nie geglaubt haben. Also sagte ich nichts.

Ich hörte zu.

Charley Potter erzählte mir über die Suche nach Emily Robbins, und daß sich der Sheriff Gedanken über einige andere Vermißtenfälle der letzten Zeit gemacht hatte. Er sagte, es würde eine große Verhandlung geben und der Staatsanwalt käme aus der nächsten Stadt. Außerdem hatte er gehört, daß man einen Doktor schicken würde, der mich untersuchen sollte.

Tatsächlich kam der Arzt, als ich gerade mit dem Frühstück fertig war. Charley Potter sah ihn vorfahren und ließ ihn herein. Er mußte sich sehr bemühen, daß nicht mit dem Arzt ein paar von den Nichtstuern mit hereinkamen. Ich nehme an, daß sie mich lynchen wollten. Aber der Arzt – ein kleiner Bursche mit einem Kinnbart – schaffte es doch, allein durchzuschlüpfen, und schickte

Charley Potter nach vorn ins Büro, während er sich außerhalb der Zelle hinsetzte und mit mir zu reden begann.

Sein Name war Dr. Silversmith.

Bis zu diesem Zeitpunkt hatte ich mir überhaupt noch nichts gedacht. Alles war so schnell gegangen, daß mir keine Zeit zum Denken geblieben war.

Es war wie im Traum; der Sheriff und der Mob und all dieses Gerede über eine Verhandlung und Lynchen und die Leiche im Sumpf.

Aber irgendwie änderte sich das beim Anblick Dr. Silversmiths.

Er war real, klar. Er war wie einer von den Ärzten, die mich in ein Heim stecken wollten, nachdem man meine Mutter gefunden hatte.

Das war eine der ersten Fragen Dr. Silversmiths – was mit meiner Mutter gewesen sei?

Er schien eine Menge über mich zu wissen, was mir das Sprechen sehr erleichterte.

Bald war ich dabei, alles mögliche zu erzählen. Wie meine Mutter und ich in der Hütte gelebt hatten. Wie sie Liebestränke braute und verkaufte. Über den großen Kessel und wie sie nachts Kräuter sammelte. Über die Nächte, wo sie allein wegging und ich die merkwürdigen Geräusche aus der Ferne hörte.

Ich wollte nicht viel mehr erzählen, aber er wußte ohnehin Bescheid. Er wußte sogar, wie sie gestorben war – als Santo Dinorelli an diesem Abend zu uns kam und sie erstach, weil sie einen Trank für seine Tochter gebraut hatte, die mit einem Trapper durchgebrannt war. Er wußte über mein einsames Leben danach im Sumpf Bescheid.

Aber er wußte nichts über Enoch.

Enoch, der immer noch auf meinem Kopf schlief und

sich um nichts kümmerte, was rundherum und mit mir geschah...

Irgendwie erwähnte ich Dr. Silversmith gegenüber Enoch. Ich wollte erklären, daß es nicht wirklich ich gewesen war, der dieses Mädchen getötet hatte. Deshalb mußte ich Enoch erwähnen, und wie meine Mutter diesen Handel im Wald abgeschlossen hatte. Sie hatte mich damals nicht mitkommen lassen – ich war erst zwölf –, sondern Blut von mir mitgenommen, in einem Fläschchen.

Als sie zurückkam, war Enoch bei ihr. Sie sagte, er solle immer mir gehören, sich um mich kümmern und mir auf jede Weise helfen.

Ich erzählte dies sehr sorgfältig und erklärte, wieso ich mir also nicht helfen konnte, wenn ich so etwas tun mußte, weil Enoch seit dem Tod meiner Mutter mich eben in allem geleitet hatte.

Ja, durch all diese Jahre hatte Enoch mich beschützt, genau wie meine Mutter das geplant hatte. Sie wußte, daß ich allein nicht zurechtkommen konnte. Ich gab das Mr. Silversmith gegenüber zu, denn ich glaubte, daß er ein gescheiter Mann sei und es verstehen würde.

Das war ein Irrtum.

Ich erkannte es sofort. Mr. Silversmith lehnte sich nämlich nach vorn, streichelte seinen kleinen Bart und sagte immer wieder »ja, ja«, während er mich anstarrte. Mit demselben Blick wie der Mob draußen. Gemeine Blicke. Blicke voll Mißtrauen. Neugierige, stechende Augen.

Dann begann er, mir alle möglichen lächerlichen Fragen zu stellen. Zuerst über Enoch – obwohl ich wußte, daß er nur so tat, als glaube er an Enoch. Er fragte mich, ob ich auch schon andere Stimmen gehört hätte. Er fragte mich, wie ich mich gefühlt hätte, als ich Emily Robbins erschlug und ob ich sie – aber ich möchte an diese Frage nicht noch einmal denken. Ja, er fragte mich, als sei ich – ein Verrückter!

Er hatte mich die ganze Zeit nur geblufft, als er so tat, als kenne er Enoch nicht. Das merkte ich, als er mich fragte, wie viele andere Menschen ich noch getötet hätte. Dann wollte er wissen, wo ihre Köpfe seien?

Er konnte mich aber nicht länger täuschen.

Ich lachte ihn nur aus und verschloß mich wie eine Auster.

Nach einer Weile gab er auf und ging kopfschüttelnd weg. Ich lachte hinter ihm her, denn ich wußte, daß er nicht herausgefunden hatte, was er hatte wissen wollen. Er hatte all die Geheimnisse meiner Mutter erfahren wollen, und meine Geheimnisse, und die von Enoch auch noch.

Aber er hatte nichts erfahren, und ich lachte. Dann schlief ich wieder. Ich verschlief fast den ganzen Nachmittag. Als ich aufwachte, stand ein neuer Mann vor meiner Zelle. Er hatte ein großes Gesicht mit einem breiten, jovialen Lachen und gute Augen.

»Hallo, Seth«, sagte er sehr freundlich, »kleines Nikkerchen gemacht?«

Ich griff nach meinem Schädeldach. Obwohl ich Enoch nicht fühlen konnte, wußte ich, daß er da war und immer noch schlief. Er bewegt sich schnell, auch wenn er schläft. »Reg dich nicht auf, ich will dir nichts tun«, sagte der Mann.

»Hat der Doktor Sie geschickt?«

Der Mann lachte. »Natürlich nicht. Mein Name ist Cassidy. Edwin Cassidy. Ich bin der Staatsanwalt und amtlich hier. Kann ich reinkommen und mich setzen, was meinst du?«

»Ich bin hier eingesperrt.«

»Ich habe die Schlüssel vom Sheriff«, sagte Mr. Cassidy. Er zog sie heraus und öffnete meine Zelle, kam tatsächlich herein und setzte sich neben mich auf die Bank.

»Fürchten Sie sich nicht?« fragte ich. »Sie wissen, daß man mich für einen Mörder hält.«

»Aber Seth«, lachte Mr. Cassidy, »ich fürchte mich doch nicht vor dir. Ich weiß, daß du niemanden umbringen wolltest.«

Er legte mir die Hand auf die Schulter, und ich entzog mich nicht. Es war eine dicke, weiche Hand. Ein großer Diamantring auf seinem Finger funkelte in der Sonne.

»Wie geht es Enoch?« fragte er.

Ich sprang auf.

»Oh, das ist schon in Ordnung. Dieser Trottel von einem Doktor erzählte mir von ihm, als ich ihn auf der Straße traf. Er versteht nichts von Enoch, nicht wahr, Seth? Aber du und ich schon.«

»Der Doktor glaubt, ich sei verrückt.«

»Ehrlich, unter uns gesagt, Seth, man kann es zuerst kaum glauben. Aber ich komme gerade vom Sumpf. Sheriff Shelby und ein paar von seinen Männern arbeiten immer noch dort. Sie haben Emily Robbins Leiche vor einer Weile gefunden. Und andere Leichen auch. Die von einem dicken Mann, einem kleinen Jungen und ein paar Indianer. Der Treibsand konserviert sie, weißt du.«

Ich sah ihm in die Augen, und sie lächelten noch immer, da wußte ich, daß ich diesem Mann vertrauen konnte.

»Sie werden noch mehr Leichen finden, wenn sie weitermachen, nicht wahr, Seth?«

Ich nickte.

»Aber ich konnte nicht länger warten. Ich habe genug gesehen, um zu wissen, daß du die Wahrheit gesagt hast. Enoch muß dich veranlaßt haben, diese Dinge zu tun, stimmt's?«

Ich nickte wieder.

»Fein«, sagte Mr. Cassidy und drückte meine Schulter, »siehst du, wir beide verstehen uns. Du wirst keinen Schaden davon haben, wenn du mir ein paar Sachen erzählst.«

»Was wollen Sie denn wissen?«

»Oh, eine Menge Dinge. Ich interessiere mich natürlich für Enoch. Wieviele Leute hat er dir zu töten befohlen – insgesamt, meine ich?«

»Neun«, sagte ich.

»Und die liegen alle im Treibsand?«

»Ja.«

»Weißt du ihre Namen?«

»Nur ein paar.« Ich sagte ihm die paar Namen, die ich wußte. »Manchmal beschreibt Enoch sie mir, und ich gehe, um sie zu treffen«, erklärte ich.

Mr. Cassidy schluckte und zog eine Zigarre heraus. Ich runzelte die Brauen.

»Du willst nicht, daß ich rauche?«

»Bitte – ich mag es nicht. Meine Mutter hat nicht ans Rauchen geglaubt; sie ließ mich nie.«

Mr. Cassidy lachte jetzt laut heraus, steckte aber die Zigarre weg und lehnte sich nach vorn.

»Du kannst mir eine große Hilfe sein, Seth«, flüsterte er. »Ich nehme an, du weißt, was ein District Attorney zu tun hat.«

»Das ist eine Art Anwalt, nicht wahr – bei Verhandlungen und so?«

»Stimmt. Ich werde bei deiner Verhandlung dabei sein, Seth. Du willst sicher nicht vor all diesen Leuten stehen und ihnen erzählen – wie es passiert ist. Stimmt's?«

»Nein, das will ich nicht, Mr. Cassidy. Nicht vor diesen gemeinen Menschen hier in der Stadt. Die hassen mich.«

»Dann sag ich dir, was du tust. Du erzählst mir alles, und ich spreche dann für dich. Das ist in Ordnung, nicht wahr?« Ich wünschte, Enoch wäre dagewesen, um mir zu helfen, aber er schlief immer noch. Ich betrachtete Mr. Cassidy und entschied mich selbst.

»Ja, ich kann Ihnen alles erzählen.«

Also erzählte ich ihm alles.

Nach einer Weile hörte er mit seiner Schluckerei auf, aber er war so interessiert, daß er nicht mehr lachte und nichts anderes tat als lauschen.

»Eine Sache noch«, sagte er schließlich. »Wir haben ein paar Leichen im Sumpf gefunden. Die von Emily Robbins konnten wir identifizieren, und ein paar andere auch noch. Aber es wäre leichter, wenn wir über alles Bescheid wüßten. Du kannst mir da helfen, Seth.

Wo sind die Köpfe?«

Ich stand auf und wandte mich ab. »Ich werde Ihnen das nicht sagen, weil ich es nicht weiß.«

»Du weißt es nicht?«

»Ich gebe sie Enoch«, erklärte ich ihm. »Verstehen Sie denn nicht – deshalb muß ich doch diese Leute umbringen. Weil er ihre Köpfe will.«

Mr. Cassidy sah verwirrt aus.

»Er läßt mich ihre Köpfe abtrennen, und ich lasse sie zurück. Ich werfe die Körper in den Treibsand und gehe dann nach Hause. Er versetzt mich in Schlaf und belohnt mich. Dann verschwindet er – zurück zu den Köpfen. Die sind das, was er haben will.«

»Wofür braucht er sie, Seth?«

»Sehen Sie, es wäre für nichts gut, wenn Sie sie fänden. Sie würden vielleicht gar nichts erkennen können.«

Mr. Cassidy setzte sich auf und seufzte. »Aber warum läßt du Enoch solche Dinge tun?«

»Ich muß. Oder er würde es mit mir machen. Das, was er immerzu androht. Er muß es haben. Deshalb gehorche ich ihm.« Mr. Cassidy betrachtete mich, während ich im Gang umherging, aber er sagte kein Wort. Er schien plötzlich sehr nervös, und wenn ich ihm näherkam, lehnte er sich zurück. »Sie werden all das bei der Verhandlung natürlich vorbringen, über Enoch und so meine ich«, sagte ich. Er schüttelte den Kopf.

»Ich werde nichts von Enoch erwähnen bei der Verhandlung, und du auch nicht. Niemand wird erfahren, daß Enoch existiert.«

»Wieso nicht?«

»Ich versuche, dir zu helfen, Seth. Weißt du nicht, was die Leute sagen werden, wenn du ihnen gegenüber Enoch erwähnst? Sie werden sagen, du seist verrückt! Und das willst du doch nicht.«

»Nein. Aber was können Sie tun? Wie können Sie mir helfen?« Mr. Cassidy lächelte mich an.

»Du fürchtest dich vor Enoch, nicht wahr? Nun, ich habe gerade laut gedacht. Angenommen, du gibst mir Enoch?«

Ich schluckte.

»Ja. Stell dir mal vor, du übergibst Enoch an mich, genau jetzt. Ich sorge während der Verhandlung für ihn. Dann wäre er nicht dein Partner, und du müßtest nichts über ihn sagen. Vielleicht will er gar nicht, daß die Leute von seinen Handlungen erfahren.«

»Das stimmt«, erwiderte ich, »Enoch würde sehr ärgerlich sein. Er ist ein Geheimnis, wissen Sie. Aber ich möchte ihn nicht an Sie weggeben, ohne ihn zu fragen – und jetzt schläft er.«

»Er schläft?«

»Ja. Auf meiner Kopfhaut. Natürlich können Sie ihn nicht sehen.«

Mr. Cassidy betrachtete meinen Kopf und kicherte dann.

»Ach, ich kann ihm alles erklären, wenn er aufwacht«, meinte er, »wenn er merkt, daß das das Beste für ihn ist, wird er sicher glücklich sein.«

»Na – dann nehme ich an, daß das o. k. ist«, seufzte ich, »aber Sie müssen mir versprechen, gut auf ihn aufzupassen.«

»Klar«, sagte Mr. Cassidy.

»Und Sie werden ihm geben, was er will? Was er braucht?«

»Natürlich.«

»Und Sie werden keiner Seele was davon sagen?«

»Keiner Seele.«

»Natürlich wissen Sie Bescheid, was passiert, wenn Sie Enoch nicht geben, was er haben will«, warnte ich Mr. Cassidy. »Er wird es sich mit Gewalt nehmen – von Ihnen.«

»Mach dir keine Sorgen, Seth.«

Ich stand einen Moment lang ganz still, denn ich konnte fühlen, wie etwas sich auf mein Ohr zu bewegte.

»Enoch«, flüsterte ich, »kannst du mich hören?«

Er hörte.

Ich erklärte ihm alles. Wie ich ihn an Mr. Cassidy geben würde. Er sagte kein Wort.

Mr. Cassidy sagte ebenfalls kein Wort. Er saß nur da und grinste. Ich gebe zu, daß es ziemlich merkwürdig ausgesehen haben muß, wie ich so dastand und sprach – mit niemandem. »Geh zu Mr. Cassidy«, flüsterte ich, »geh jetzt.«

Und Enoch ging.

Ich fühlte, wie das Gewicht von meinem Kopf verschwand. Das war alles, aber ich wußte, daß er gegangen war.

»Spüren Sie ihn, Mr. Cassidy?«

»Was – ja, sicher!« sagte er und stand auf.

»Passen Sie gut auf ihn auf.«

»Bestens!«

»Setzen Sie Ihren Hut nicht auf«, warnte ich ihn, »Enoch haßt Hüte.«

»Oh, ich dachte nicht daran. Also, Seth, ich verabschiede mich jetzt. Du warst mir wirklich eine große Hilfe – und von jetzt an können wir Enoch gänzlich vergessen, wenn wir vor Zeugen sprechen.

Ich werde nochmal kommen und über die Verhandlung mit dir reden. Dieser Doktor Silversmith wird hingehen und den Leuten einreden wollen, du seist verrückt. Vielleicht ist es das beste, wenn du alles abstreitest, was du ihm gesagt hast – jetzt, wo ich Enoch habe.«

Das klang nach einer guten Idee, und ich wußte, daß Mr. Cassidy ein gerissener Mann war.

»Ganz wie Sie meinen, Mr. Cassidy. Seien Sie gut zu Enoch, und er wird gut zu Ihnen sein.«

Mr. Cassidy schüttelte meine Hand, und dann gingen Enoch und er.

Ich war wieder müde. Vielleicht lag es an der Anspannung, vielleicht fühlte ich mich auch ein bißchen merkwürdig, nachdem Enoch weg war. Jedenfalls schlief ich lange Zeit. In der Nacht wachte ich auf. Der alte Charley Potter schlug an die Zellentür, als er mein Abendessen brachte. Er prallte zurück, als ich ihn grüßte.

»Mörder!« schrie er. »Sie haben neun Tote aus dem Sumpf gezogen! Du verrückter Mörder!«

»Hör mal, Charley«, sagte ich, »ich hatte dich immer für einen meiner Freunde gehalten.«

»Irrer! Ich hau sofort ab und laß dich die ganze Nacht allein hier eingesperrt. Der Sheriff wird sich schon darum kümmern, daß dich keiner lyncht – was ich für Zeitverschwendung halte, wenn du mich fragst.«

Dann drehte er alle Lichter ab und verzog sich. Ich hörte ihn die Vordertür schließen und das Vorhangschloß drantun, dann war ich ganz allein in dem Bau.

Ganz allein! Es war ein merkwürdiges Gefühl, das erste Mal in all diesen Jahren allein zu sein – ohne Enoch.

Ich fuhr mir mit der Hand über den Kopf. Er fühlte sich nackt und komisch an.

Der Mond schien durchs Fenster, ich stand da und schaute auf die leere Straße. Enoch hatte den Mond immer geliebt. Er machte ihn lebendig. Er machte ihn rastlos und gierig. Ich frage mich, wie er sich nun bei Mr. Cassidy fühlen mochte. Ich mußte lange Zeit dort gestanden haben. Meine Beine waren eingeschlafen, als ich mich umdrehte und auf das Geräusch an der Tür lauschte.

Das Schloß sprang auf, und Mr. Cassidy rannte herein.

»Nimm ihn weg von mir!« schrie er. »Nimm ihn sofort weg!«

»Was ist denn los?«

»Enoch – dieses Ding von dir – ich dachte, du seist übergeschnappt – vielleicht bin ich's – aber nimm es weg.«

»Aber, Mr. Cassidy! Ich habe Ihnen gesagt, wie es mit Enoch sein würde!«

»Er kriecht da oben herum! Ich spüre ihn. Und ich, ich kann ihn hören! Das Zeug, was er flüstert!«

»Aber das habe ich doch alles erklärt, Mr. Cassidy. Enoch will etwas, nicht wahr? Sie wissen, was er will. Und Sie werden es ihm geben müssen. Das haben Sie versprochen.«

»Ich kann nicht. Ich werde nicht für ihn töten – er kann mich nicht –«

»Er kann – und er wird.«

Mr. Cassidy rüttelte an den Gitterstäben der Zellentür. »Seth, du mußt mir helfen! Ruf Enoch. Hol ihn zurück. Mach, daß er zu dir zurückkehrt. Beeil dich!«

»Gern, Mr. Cassidy«, sagte ich.

Ich rief Enoch. Er antwortete nicht. Ich rief nochmals. Stille.

Mr. Cassidy begann zu weinen. Das schockierte mich, und ich fühlte so etwas wie Mitleid mit ihm. Er hatte überhaupt nichts verstanden, und ich wußte, wie Enoch einem zusetzt, wenn er auf diese Weise zu flüstern beginnt. Zuerst versucht er einen zu überreden, dann bittet er, dann beginnt er zu drohen –

»Sie sollten ihm besser gehorchen«, sagte ich zu Mr. Cassidy, »hat er Ihnen gesagt, wen Sie töten sollen?« Mr. Cassidy schenkte mir keine Beachtung. Er schrie nur. Und nahm dann die Gefängnisschlüssel aus der Tasche und öffnete die Zellentür neben der meinen. Er ging in die Zelle und schloß die Tür.

»Ich werde es nicht tun«, winselte er, »ich werde nicht, nein, nein, nein!«

»Was werden Sie nicht tun?« fragte ich.

»Ich werde nicht Doktor Silversmith im Hotel ermorden und Enoch seinen Kopf geben. Ich werde hier in der Zelle bleiben, wo ich sicher bin! Oh, du Teufel, du Teufel –« Er brach zusammen, und ich konnte ihn durch das Gitter sehen, das unsere Zellen voneinander trennte, wie er zusammengekrümmt dasaß und mit den Händen an seinem Haar zerrte.

»Sie würden es besser tun«, rief ich. »Oder Enoch wird etwas unternehmen. Bitte, Mr. Cassidy – oh, schnell –«

Dann stöhnte Mr. Cassidy leise auf und verlor, glaube ich, das Bewußtsein. Er sagte jedenfalls nichts mehr und hörte auf, die Hände in seinen Kopf zu krallen. Ich rief ihn nochmal, aber er antwortete nicht.

Was konnte ich da tun? Ich saß in der dunklen Ecke meiner Zelle und sah dem Mondlicht zu. Mondlicht macht Enoch immer wild.

Dann begann Mr. Cassidy zu schreien. Nicht laut, aber tief aus der Kehle. Er bewegte sich überhaupt nicht, schrie bloß. Ich wußte, es war Enoch, der sich nahm, was er wollte – von ihm.

Wozu hinsehen? Man kann ihn nicht stoppen, und ich hatte Mr. Cassidy gewarnt.

Ich saß nur da und hielt mir die Hände auf die Ohren, bis alles vorbei war.

Als ich mich wieder umdrehte, saß Mr. Cassidy immer noch zusammengesunken und gegen das Gitter gelehnt da. Kein Geräusch war zu hören.

Oder doch, da war eines! Ein Schnurren. Ein weiches, entfernt klingendes Schnurren. Das Schnurren Enochs, nachdem er gegessen hatte. Dann hörte ich Kratzen. Das Kratzen seiner Klauen, wenn er herumtanzt, nachdem er gefüttert worden ist.

Das Schnurren und Kratzen kam aus Mr. Cassidys Kopf. Das war Enoch, klar, und er war richtig happy.

Ich war's auch.

Ich langte durch die Gitterstäbe und zog die Gefängnisschlüssel aus Mr. Cassidys Tasche. Mit ihnen öffnete ich meine Zellentür und war wieder frei. Ich hatte keinen Grund mehr zum Bleiben, nach Mr. Cassidys Abgang. Und Enoch würde auch nicht bleiben wollen. Ich rief ihn.

»Hierher, Enoch.«

Dann kam der Moment, in dem ich Enoch so gut sah, wie es nur irgend möglich war – eine Art weiße Schliere kroch aus dem blutigen roten Loch, das er in die Rückseite von Mr. Cassidys Schädel gefressen hatte.

Dann fühlte ich das weiche, kalte Gewicht wieder auf meinem eigenen Kopf, und ich wußte: Enoch war nach Hause zurückgekehrt.

Ich ging durch den Korridor und öffnete die äußere Gefängnistür.

Enochs winzige Füße begannen auf meiner Schädeldecke zu krabbeln.

Zusammen gingen wir in die Nacht hinaus. Der Mond schien, alles war still, und ich hörte, so sanft wie immer, das glückliche Kichern Enochs in meinem Ohr.

Bitte beachten Sie auch die folgenden Seiten

Robert Bloch im Diogenes Verlag

Nacht im Kopf
Roman. Aus dem Amerikanischen von Monika Elwenspoek
detebe 21414

Ich küsse deinen Schatten
Kriminalstories. Deutsch von Kurt Bracharz
detebe 21771

Kurt Bracharz
im Diogenes Verlag

Ein Abend-Essen zu Fuß
Notizen zu Lichtenberg. Mit einem Vorwort
von Michael Köhlmeier. Leinen

Pappkameraden
Roman. detebe 21475

Für Kinder:

Wie der Maulwurf beinahe in der
Lotterie gewann
Mit Illustrationen von Tatjana Hauptmann
Ein Diogenes Kinderbuch
Auch als kinder-detebe 25071

Edgar Allan Poe
im Diogenes Verlag

Werkausgabe in Einzelbänden
Herausgegeben von Theodor Etzel
Aus dem Amerikanischen von Gisela Etzel,
Wolf Durian u.a.

Die schwarze Katze
und andere Verbrechergeschichten
detebe 21183

Die Maske des roten Todes
und andere phantastische Fahrten
detebe 21184

Der Teufel im Glockenstuhl
und andere Scherz- und Spottgeschichten
detebe 21185

Der Untergang des Hauses Usher
und andere Geschichten von Schönheit,
Liebe und Wiederkunft
detebe 21182

Die denkwürdigen Erlebnisse des
Arthur Gordon Pym
Roman. Mit einem Nachwort von Jörg Drews
detebe 21267

Meistererzählungen
Ausgewählt und mit einem Vorwort
von Mary Hottinger
detebe 21721

Barbara Vine im Diogenes Verlag

Die im Dunkel sieht man doch
Roman. Aus dem Englischen von Renate Orth-Guttmann
Leinen

Es scheint die Sonne noch so schön
Roman. Deutsch von Renate Orth-Guttmann
Leinen

P.G. Wodehouse im Diogenes Verlag

Promenadenmischung
Lustige Geschichten I. Aus dem Englischen von Günter Eichel. detebe 21056

Der Pennymillionär
Lustige Geschichten II. Deutsch von Günter Eichel. Mit einem Nachwort von Fritz Senn
detebe 21226

Ray Bradbury im Diogenes Verlag

Die Mars-Chroniken
Roman in Erzählungen
Aus dem Amerikanischen von Thomas Schlück
detebe 20863

Der illustrierte Mann
Erzählungen. Deutsch von Peter Naujack
detebe 20365

Fahrenheit 451
Roman. Deutsch von Fritz Güttinger
detebe 20862

Die goldenen Äpfel der Sonne
Erzählungen. Deutsch von Margarete Bormann
detebe 20864

Medizin für Melancholie
Erzählungen. Deutsch von Margarete Bormann
detebe 20865

Das Böse kommt auf leisen Sohlen
Roman. Deutsch von Norbert Wölfl
detebe 20866

Löwenzahnwein
Roman. Deutsch von Alexander Schmitz
detebe 21045

Das Kind von morgen
Erzählungen. Deutsch von Hans-Joachim Hartstein
detebe 21205

Die Mechanismen der Freude
Erzählungen. Deutsch von Peter Naujack
detebe 21242

Familientreffen
Erzählungen. Deutsch von Jürgen Bauer
detebe 21415

Der Tod kommt schnell in Mexico
Erzählungen. Deutsch von Walle Bengs
detebe 21641

Der Tod ist ein einsames Geschäft
Roman. Deutsch von Jürgen Bauer
detebe 21774

Raymond Chandler im Diogenes Verlag

Die besten Detektivstories
Aus dem Amerikanischen von Hans Wollschläger. Diogenes Evergreens

Der große Schlaf
Roman. Aus dem Amerikanischen von Gunar Ortlepp. detebe 20132

Die kleine Schwester
Roman. Deutsch von Walter E. Richartz
detebe 20206

Das hohe Fenster
Roman. Deutsch von Urs Widmer
detebe 20208

Der lange Abschied
Roman. Deutsch von Hans Wollschläger
detebe 20207

Die simple Kunst des Mordes
Briefe, Essays, Notizen. Herausgegeben von Dorothy Gardiner und Kathrine Sorley Walker. Deutsch von Hans Wollschläger
detebe 20209

Die Tote im See
Roman. Deutsch von Hellmuth Karasek
detebe 20311

Lebwohl, mein Liebling
Roman. Deutsch von Wulf Teichmann
detebe 20312

Playback
Roman. Deutsch von Wulf Teichmann
detebe 20313

Mord im Regen
Frühe Stories. Vorwort von Philip Durham. Deutsch von Hans Wollschläger
detebe 20314

Erpresser schießen nicht
Gesammelte Detektivstories I. detebe 20751

Der König in Gelb
Gesammelte Detektivstories II. detebe 20752

Gefahr ist mein Geschäft
Gesammelte Detektivstories III. detebe 20753
Alle drei Bände deutsch von Hans Wollschläger

Englischer Sommer
Geschichten, Parodien, Sprüche, Essays. Mit einem Vorwort von Patricia Highsmith, Zeichnungen von Edward Gorey und einer Erinnerung an den Drehbuchautor Chandler von John Houseman. Deutsch von Hans Wollschläger, Wulf Teichmann u.a.
detebe 20754

Meistererzählungen
Deutsch von Hans Wollschläger
detebe 21619

Außerdem liegt vor:

Frank MacShane
Raymond Chandler
Eine Biographie
Mit vielen Fotos. Deutsch von Christa Hotz, Alfred Probst und Wulf Teichmann
detebe 20960